KB114630

연기의 신

GOD OF ACTING

PRODUCTION
DIRECTOR
CAMERA
DATE   SCENE   TAKE

연기의 신 5

서산화 장편소설

초판 1쇄 찍은 날 § 2016년 5월 17일
초판 1쇄 펴낸 날 § 2016년 5월 24일

지은이 § 서산화
펴낸이 § 서경석

편집책임 § 조현우

펴낸곳 § 도서출판 청어람
등록번호 § 제387-1999-000006호
등록일자 § 1999. 5. 31
어람번호 § 제1-2435호

주소 § 경기도 부천시 원미구 부일로 483번길 40 서경B/D 3F (우) 14640
전화 § 032-656-4452 팩스 § 032-656-4453
http://www.chungeoram.com
E-mail § chungeorambook@daum.net

ⓒ 서산화, 2016

ISBN 979-11-04-90804-0 04810
ISBN 979-11-04-90645-9 (세트)

연기의 신

FUSION FANTASTIC STORY

서산화 장편소설

5

GOD OF ACTING

PRODUCTION

DIRECTOR

CAMERA

DATE | SCENE | TAKE

도서출판 청어람

목차

1장

할리우드

캘리포니아 주 LA(로스엔젤레스 : Los Angeles), 할리우드 스타의 거리에 위치한 소극장 K.

무대 뒤편에선 배우들의 공연 준비가 한창이었다.

오늘의 공연은 미국 극작가 테네시 윌리암스의 〈욕망이라는 이름의 전차〉였다.

〈욕망이란 이름의 전차〉는 어린 시절 결혼한 남편의 충격적인 죽음과 농장의 몰락으로 받은 정신적인 고통을 남자들과의 욕정으로 채워나가던 '블랑슈'가 동생 '스텔라'를 찾아가 과거를 숨긴 채 순결한 여자처럼 행동하는 데서 시작된다. '스텔라'의 남편 '스탠리'가 그런 '블랑슈'의 실상을 눈치채며 그녀와 꾸준히 갈등을 빚게 된다.

무대의 막이 오르자 배우들은 공연을 올렸다.

긴장감이 배우들의 에너지를 태웠다.

초조한 눈빛이 열정으로 바뀌는 데까지는 오랜 시간이 걸리지 않았다.

배우들이 열연을 펼쳤고, 마침내 '스탠리'가 등장했다. 그는 흰 반팔 티에 통이 큰 청바지를 입은 채 머리카락을 뒤로 넘긴 헤어스타일을 하고 있었다.

식탁에는 세 사람이 앉아 있었다.

스탠리, 스텔라, 그리고 블랑슈.

스탠리는 식탁에 앉은 채 술이 취한 얼굴로 아내인 스텔라를 바라보았다. 시선과 침묵에 내재된 광기가 긴장감을 고조시켰다. 그러다 불쑥, 스탠리가 식탁의 접시를 바닥에 내던졌다.

와장창!

유리가 깨지며 효과음이 울려 퍼졌다.

스탠리 역할의 배우가 날뛰는 야생마처럼 외쳤다.

"이게 내가 식탁을 치우는 방법이야!"

풍성한 목소리와 밀도 높은 숨결이 소극장의 공기를 태웠다.

관객들은 침이 말랐다. 갈증이 습격하자 다음 연기를 갈구했다.

스탠리는 손을 뻗으며 강압적으로 스텔라의 가는 팔을 움켜쥐며 그녀의 얼굴을 손가락으로 가리켰다.

"잘 들어. 나한테 그런 식으로 말하지 마! 돼지, 폴란드 자식,

더럽다, 야비하다, 번들거린다! 당신과 언닌 항상 그런 식으로 지껄이는데, 당신 둘은 자기들이 뭐라고 생각하는 건가? 한 쌍의 여왕인가?"

그는 바닥에 침을 뱉고 입꼬리를 말아 올리며 웃었다.

"휴이 롱이 뭐라고 말한 줄 알아? 모든 남자는 왕이다! 그리고 난 여기서 왕이야, 그러니까 잊지 말라고!"

가파른 오르막을 오르듯 호흡이 거칠어지는데도 대사는 또렷하고 흔들리지 않았다. 탄탄한 화술이 뒷받침되지 않으면 나올 수 없는 연기였다.

감정은 또 어떠한가? 무대에서 위협적인 불길이 치솟은 것처럼 관객들은 어깨를 움츠렸다. 감정은 무대에서 풀려나 객석을 지배했다.

스탠리는 식탁의 컵과 접시를 바닥에 내던지며 자신이 오만한 폭군이 된 것처럼 고압적으로 말했다.

"내 자린 다 치웠어! 당신들 자리도 치워줘?"

몸을 오들오들 떨며 그를 바라보던 스텔라가 조금씩 울기 시작했다. 그럼에도 스탠리는 개의치 않고 담배를 꺼내 물었다.

"난 폴란드 내기가 아냐. 폴란드 사람은 폴란드 사람이지, 폴란드 내기가 아니라고. 그리고 난 백 퍼센트 미국인이야. 세계에서 제일 위대한 나라 미국에서 태어나고 미국에서 자란! 그리고 그걸 아주 자랑스럽게 생각하는 백 퍼센트 미국인이란 말이야! 그러니 날 폴란드 내기라고 부르지 말라고."

언성을 높이면서도 그의 음성은 시종일관 뾰족하지 않았다. 무거운 해머처럼 객석을 내리찍었다.

그때 전화벨이 울렸고, 스탠리는 반갑게 전화를 받았다.

"여보세요. 오, 여어, 맥."

그가 불쑥 크게 소리쳤다.

"조용히 해!"

한편 관객들은 단숨에 블랑슈가 되었다. 그들은 마치 무대에 올라가 상대역인 블랑슈가 된 듯한 기분에 빠져서 주눅이 들었다.

스텔라와 블랑슈가 무슨 말을 꺼내기도 전이었다.

차가운 시선으로 두 여자를 훑은 스탠리가 전화에 대고 말했다.

"아, 아무것도 아냐. 여기 시끄러운 여자가 있어서 그래. 말해 봐, 맥. 라일리네서? 아냐, 난 라일리네에선 볼링하고 싶지 않아. 지난주에 라일리하고 좀 싸웠어. 내가 팀 주장이 아닌가?"

그는 고개를 끄덕이며 호탕하게 대답했다.

"좋아, 그럼 라일리 말고 웨스트사이드나 갈라에서 하는 거야! 알았어, 맥, 이따 보세!"

스탠리는 전화를 끊고 주머니에 손을 넣었다. 호흡이 잦아들며 태도가 돌변했다. 그는 불쑥 헤벌쭉 웃으며 느릿느릿 다정한 목소리로 말했다.

"블랑슈, 당신 생일 선물을 준비했소."

그는 작은 봉투를 꺼내며 블랑슈를 조롱하듯 이어갔다.

"당신이 좋아하면 좋겠는데! 차표요! 로렐로 돌아가는! 화요일에 그레이하운드로! 이 집에서 나가달란 말이오!"

이후에도 블랑슈와 스탠리의 갈등은 계속됐다.

그때마다 스탠리 역할의 배우는 어떤 기교도 발휘하지 않았다. 호흡과 발성만으로 무대를 장악하고 관객을 압도했다. 다소 연기가 과해보일 수 있는 인물을 표현하는 일이었지만 그는 자연스럽게 소화했다. 스탠리의 비상식적이고 극단적인 성격이 무리 없이 받아들여지는 건 오직 배우가 가진 재량이었다.

장장 두 시간을 숨 쉴 틈 없이 몰아치는 카리스마를 본 관객들은 '스탠리'의 연기를 가장 강렬하게 기억했다. 폭발적인 연기력으로 객석을 집어삼킨 장본인, '스탠리' 역할의 배우는 기립 박수를 받으며 무대에서 내려왔다.

비록 소극장이었지만 연극 무대에 관객 전부가 일어나 격한 호응을 보내는 일은 드물었다. 그러나 정작 '스탠리'는 이런 호응이 매우 익숙해 보였다.

분장실로 가서 가발을 벗고 분장을 지운 그는 놀랍게도 검은 머리칼과 눈동자를 가진 동양인이었다. 동양인 배우가 세안까지 마무리했을 즈음, 분장실로 미리부터 인터뷰를 하기로 약속돼 있던 기자 하나가 들어왔다.

기자를 발견한 동양인 배우는 수건으로 얼굴을 닦으며 말했다. "거기 앉으시죠."

자리를 권한 동양인 배우가 철제 간이 의자에 앉자 맞은편의 기자가 물었다.

"바로 시작해도 괜찮겠습니까?"

동양인 배우는 흔쾌히 고개를 끄덕였다.

이어 만면에 웃음을 띤 기자가 입을 열었다.

"한국에서는 최고의 배우였다고 들었는데, 굳이 미국에서 극단을 만들고 연극에 뛰어드신 이유가 궁금합니다. 비록 순회공연이 SNS나 유튜브에서 화제가 되고 있다지만, 얼굴을 알리기에는 아직 부족합니다."

그에 동양인 배우는 곰곰이 생각을 정리한 후 대답했다.

"처음 미국을 왔을 때 외국어로 연기를 하는 것도, 문화 자체도 많이 어색했습니다. 제가 과연 이곳 분들에게 감동을 전달할 수 있을지 궁금했고, 기량을 발휘하려면 이 땅에 적응하는 것이 먼저였습니다. 그런 의미에서 연극은 최고의 선택이었습니다. 즉석에서 반응을 느낄 수 있을뿐더러 관객과 직접 소통하며 체감으로 적응할 수 있었으니까요."

"그래서 연극을 선택하신 거군요."

고개를 끄덕인 기자가 덧붙여 물었다.

"굳이 소규모의 공연만 고집하는 이유가 있나요?"

"연극을 막 시작했을 땐 굉장히 적은 관객 앞에서 공연을 했고 반응도 건조했죠. 때문에 큰 규모의 공연을 준비할 수 없었습니다. 공연 규모에 따라 많은 점이 다르기 때문에 애초에 계획한 소규모 공연으로 마지막까지 진행하게 된 것입니다."

기자는 다음 질문을 했다.

"제가 이곳에 오기 전 알아본 바로는 참여하신 작품이 작년 〈베니스 영화제〉에서 수상을 했습니다. 각국의 명망 높은 감독 위주로 초청하기 때문에 굉장히 이례적인 경우였죠. 그 과정에서 어느 정도 관계자들에게 알려졌고, 탄탄대로를 걷는 배우의 일탈이라는 말들도 있습니다. 심지어 '그 배우의 행보가 흥미롭고 용기 또한 가상하지만 멍청한 짓을 했다'는 심사위원 알폰소 비가스 감독의 애정 어린 일침도 있었고요. 어떻게 생각하십니까?"

"그건 미처 몰랐네요."

동양인 배우는 피식 웃으며 대답했다.

"인상적으로 봐주셔서 감사할 따름입니다. 이렇게 자세히 관심을 기울여주신 기자 분께도 감사하고요."

기자는 얼굴에 한가득 미소를 머금고 말했다.

"방금 '스탠리'를 봐서 그런지 적응이 안 되는군요. 생각보다 시시하고 긍정적인 반응입니다. 난폭하게 화를 낼 줄 알았는데!"

그 능청에 두 사람은 나란히 웃었다.

웃음소리가 그치자 기자가 말을 이었다.

"그나저나 한국 팬들은 정말 속상하겠습니다. 좋은 배우가 장장 2년 동안 미국에서 무명 배우로 활동하고 있다는 건 팬들이 누리는 즐거움도 그만큼 줄어든다는 의미니까요. 더 큰 부와 영광을 포기하면서까지 이런 순회공연을 결심할 수 있었던 계기가 무엇입니까?"

그 질문에 동양인 배우가 진지한 표정으로 대답했다.

"예전 같으면 불가능했을 겁니다. 어느 날 존경하는 선생님께서 말씀하시더군요. 최고의 배우는 없다. 오직 최고의 순간만 있을 뿐이라고. 그 순간을 계기로 최고 소리를 들으며 삶을 영위하는 대신, 타이틀을 버리더라도 평생 잊지 못할 최고의 순간을 만드는 쪽을 선택한 겁니다."

기자는 흥미가 동한다는 표정으로 물었다.

"향후 구체적인 활동 계획이 있습니까?"

동양인 배우가 고개를 끄덕였다.

"얼마 전 유명한 감독님께 좋은 시나리오를 받았습니다. 배급사나 제작사 측과도 이미 상의가 끝난 상태입니다. 연출자가 구해지는 대로 제작에 들어가기 위해 제가 소속된 백 프로덕션에도 투자 제안서를 보낸 상태입니다."

"그 유명한 감독님께서 좋은 시나리오를 쉽게 제공해 주진 않았겠죠?"

기자의 질문은 꽤 날카로웠다. 감독이 자신의 시나리오를 다른 연출자에게 맡긴다는 건 달리 말해 시나리오만 팔았다는 의미가 된다. 무명 감독도 아니고 직접 연출할 능력이 있는 감독이라면 영혼을 판 것과 다름없는 상황인 것이다. 동양인 배우는 그 질문에 대해 부정하지 않고 선선히 대답했다.

"한국 복귀작을 함께하기로 했습니다."

"전례에 없는 놀라운 일입니다. 미국에 한국인 주인공이 등장

16 연기의 신

하는 영화가 출연하게 될까요? 주연은 직접 맡으시는 겁니까?"

그에 동양인 배우가 고개를 저었다.

"제가 주연이라고 하긴 힘듭니다. 자세한 내용은 나중에 공개해도 될까요?"

"궁금하지만 억지로 참겠습니다."

어깨를 으쓱이며 대답한 기자가 말을 돌렸다.

"이 모든 결정에는 '선생님'이라고 부르는 분의 영향이 있었던 것 같습니다. 한국 최고의 배우인 도원 리를 좌지우지한 분 역시 훌륭한 배우겠죠?"

동양인 배우, 이도원은 활짝 웃으며 입을 열었다.

"안유성이라는 배우입니다. 지금은 돌아가셨죠. 제가 알고 있는 최고의 배우입니다."

*   *   *

인터뷰를 마친 이도원은 로스앤젤레스 웨스트 할리우드에 위치한 '안다즈 웨스트 할리우드 호텔'로 갔다. 썬 룸이 달린 호텔 방은 통유리로 되어 있어 스카이라운지가 따로 없었다.

이도원은 샤워를 하고 노트북을 켠 뒤 팽팽한 파일 몇 개를 꺼내 살폈다. 그 안에는 한국에서 온 자료들이 가득 차있었다. 대부분 백 프로덕션과 엔터테인먼트가 진행하는 사업들에 관한 내용이었다.

이내 이도원이 열일곱 시간의 시차가 나는 한국으로 전화를 걸었다. 현재 시간이 저녁 여섯 시였으니 한국은 오전 열한 시였다. 신호음이 들리고 머지않아 수화기 뒤편에서 이상백의 반가운 목소리가 들려왔다.

—대체 한국에는 언제 들어올 생각이야?

이상백이 전화를 받기 무섭게 대뜸 묻는 말을 이었다.

—투자자들이고 실무진들이고 불만이 이만저만이 아니다.

이도원은 자리에서 일어나 창밖을 보며 대답했다.

"그렇잖아도 조만간 들어갈 생각입니다. 이제야 모든 준비가 끝났어요."

—네가 쓰는 경비 때문에 총무과에서 계속 말이 나오고 있다. 정작 돈 되는 활동은 안하고 쓰기만 한다고.

그럴 수 있었다. 지난 2년, 백 프로덕션과 엔터테인먼트는 눈부신 성장을 거듭해 왔지만 이도원의 공석은 전체 매출에 큰 비중을 차지했다.

현재 이도원이 회사에 기여하는 부분은 광고료뿐이었다. 광고도 그나마 이도원을 전속모델로 하는 곳들만 남았다. 그들은 출장 경비까지 직접 부담해가며 직접 미국까지 와서 촬영을 하고 돌아갔지만, 언제까지 그러리라고 장담할 수는 없는 상황이었다.

이상백은 한숨을 푹 내쉬며 말을 이었다.

—회사 대표라고 네 마음대로 할 수 있는 건 아니다. 투자자들 눈치, 실무진들 눈치도 봐야 해.

"명심할게요."

대답한 이도원이 빙긋 웃으며 물었다.

"제가 보낸 투자 제안서는 검토해 보셨어요?"

이상백은 잠시 침묵하더니 대답했다.

―너무 큰 도박이다. 네가 가장 잘 알겠지만… 우리가 비집고 들어가기에는 절차도 까다롭고 실패 확률이 너무 높아. 괜히 대형 배급사나 투자사들이 미국 시장을 단념하는 게 아니다. 하이리스크 하이리턴이야.

"이쪽 일이 다 그렇잖아요?"

―똑같은 위험이라도 이번 도전은 결과가 너무 극단적이다.

이도원은 곰곰이 생각하다 말했다.

"알겠습니다. 우선 이 문제는 제가 한국에 들어가면 그때 말씀하시죠."

―출국이 언제니?

"내일모래 여섯 시 비행기입니다."

―알겠다.

이상백의 대답을 들은 이도원은 화제를 돌렸다.

"다들 잘 지내죠?"

이도원이 묻는 대상은 백 엔터테인먼트 소속 배우들이었다. 간간이 보고도 받고 언론 매체를 통해 근황을 접하고 있었지만 연락은 자주 주고받지 못하는 상태였다. 그들의 개인적인 상황까지는 알 수 없는 것이다.

이도원의 말을 이해한 이상백이 말했다.

―다들 널 보고 싶어 하는 것 빼고는 아주 잘 지낸다. 지은이야 〈바람〉 이후 이미 톱 여배우 개런티를 받으면서 드라마 두 편 했고, 아현이도 지은이랑 두 작품 모두 들어가면서 주가를 올리고 있다. 드라마가 꽤 잘됐거든. 준식이랑 재빈이도 연기력이 탄탄한 조연으로 주목받고 있고.

보고를 받아서 알고 있는 사항들이었다.

이도원은 빙그레 웃으며 물었다.

"아현이는 조연 하나, 주연 하나 했던데요?"

―이미지가 좀 애매해.

이상백이 불만스럽게 투덜거렸다.

―우리나라 방송계는 그저 비주얼이다 보니까…….

"영화는 괜찮잖아요. 그쪽은요?"

―그쪽도 뭐. 인상이 약해.

이도원은 고개를 끄덕이며 통화를 끝맺었다.

"알겠습니다. 일단 자료는 검토해서 두 시간 내로 회신할게요. 무리하지 마시고 몸조리 잘하세요."

―그래. 네가 없어서 무리하고 있으니까 어서 들어와라.

두 사람은 전화를 끊었다.

이도원은 메일함으로 들어가 백 프로덕션에서 받은 자료를 검토했다. 그곳에는 미국의 무명 감독들에 대한 라인업이 펼쳐져 있었다. 빠르게 스크롤을 내리던 이도원의 눈에 마침내 한 사람이 걸렸다. 그는 책상을 톡톡 두드리며 중얼거렸다.

"앤 로버츠?"

이도원은 기억을 되짚었다. 공교롭게도 미국의 제작사에서 보냈던 감독 명단 속 이름과 같았다. 당시 앤 로버츠의 작품을 모니터링하고 감탄을 했었다. 그녀는 영국 국적의 여성 감독으로, 신인이고 무명이었지만 대학 때 단편영화로 주목받은 이력이 있었다. 그러나 제작사에 문의를 해보니 이미 전화번호나 주소가 바뀌어서 연락이 어려웠던 기억이 났다.

이내 이도원은 새로 들어온 앤 로버츠의 이력서를 클릭했다. 백 프로덕션에서 제공한 앤 로버츠의 이력서는 최신본이었다. 한국의 이력서 양식과는 달리 사진도, 나이도 기입돼 있지 않은 이력서였지만 중요한 건 하단의 전화번호였다.

'찾았다.'

이도원은 망설이지 않고 전화를 걸었다.

*   *   *

뉴욕 퀸즈 써니사이드, 저녁 아홉 시.

올 해로 스물네 살의 영국 여성 앤 로버츠는 룸메이트와 둘이 살고 있었다. 시급 15달러(약 1만 7천 원)을 받고 하루 여덟 시간 식당 일을 하며 시나리오를 들고 지하철로 삼십 분 거리 맨해튼의 영화 제작사를 돌아다니는 것이 그녀의 일상이었다. 그리고 지금, 앤 로버츠는 막다른 구석에 몰려 있었다.

"주급이 840달러, 한 달 방값 700달러……."

다행히 방값에 비해 식비나 교통비 등의 생활비는 크지 않았다. 근래 퀸즈의 방값 시세가 떨어지고 최저임금은 올랐기 때문에 정작 돈은 문제가 안 됐다. 문제는 바로 불투명한 미래에 있었다.

'이곳에 온지 벌써 반년인데 아무런 성과가 없어.'

앤 로버츠는 풍성한 갈색 머리칼을 헝클어트리며 초조한 표정으로 자신의 시나리오를 보았다. 어려서부터 캠코더를 장난감처럼 가지고 놀며 꿈에 대한 확신이 생겼다. 재능에 자부심이 있었고, 연출에 대한 감각만큼은 누구에도 뒤지지 않으리라고 생각했다.

영국 최고의 영화학교 NFTS(The Natianal Film and Television School)에 진학해 교육을 받았고, 영화 촬영법(Cinematography)을 배운 뒤로는 실력에 물이 올랐다.

그런데…….

"내 시나리오가 그렇게 쓰레기란 말이지?"

시나리오를 내밀었을 땐 제작사들이 거들떠도 안 봤다.

때마침 문을 열고 들어온 룸메이트 캐서린 모레즈가 눈살을 찌푸렸다. 찢기고 구겨진 시나리오와 대본으로 거실이 도배가 되어 있었던 것이다.

"앤. 이게 무슨 짓이야?"

캐서린 모레즈가 질색해 묻자 앤 로버츠는 사슴 같은 눈망울로 말했다.

"오늘은 내 시나리오가 뉴욕 시의 모든 영화 제작사들에게 열 번째 퇴짜를 맞은 날이야. 메일로 발송했던 것도 반 년째 퇴짜를 맞고 있지. 오늘 밤 뉴욕에서 나보다 절망적인 여자는 없을 거야."

캐서린 모레츠는 쓰레기더미를 피해 식탁으로 다가가며 대답했다.

"신은 공평하다잖아? 네게 표현에 대한 감각을 준 대신 상상력을 앗아간 게 확실해."

"상상력이 없다면 표현은 반쪽짜리 재능에 불과해."

"우린 아직 젊잖아? 기회는 많아."

우유에 시리얼을 듬뿍 부으며 캐서린 모레츠가 격려했다. 하지만 앤 로버츠의 표정은 여전히 꺼칠했다.

"난 패잔병처럼 영국으로 돌아갈 수 없어. 난 영화를 찍으러 온 거라고!"

그때 휴대폰에서 벨이 울렸다.

앤 로버츠가 신경질적으로 전화를 받는 순간, 수화기 너머에서 기적과도 같은 소리가 들려왔다.

―안녕하세요. 저는 이도원이라고 합니다. 로스엔젤레스의 웨스트마운틴 배급사의 영화 제작 건으로 연락드립니다. 앤 로버츠 씨 맞으신가요?

초콜릿 같은 음성이었다.

그보다 더 중요한 건 내용이었다.

앤 로버츠는 서둘러 목청을 다듬고 대답했다.

"제가 앤 로버츠예요."

잠시 조용하던 상대방이 말했다.

—LA로 좀 올 수 있을까요? 항공료는 제가 지불하겠습니다.

*   *   *

이도원은 능숙하게 지난 달 구입한 '2024년형 레인지로버 LWB'를 몰았다. 베이지 톤의 가죽으로 휘감은 내부와 부드럽고 편안한 승차감이 마음에 들었다.

일 년 전쯤 면허를 땄는데도 불구하고 운전할 일이 많다 보니 금방 익숙해진 이도원은 공항 주차장에 차를 세웠다. 그는 바로 전날 버진아메리카항공을 통해 앤 로버츠에게 비즈니스 클래스를 예약해 준 상태였다.

이내 이도원이 손목시계를 보았다.

오후 네 시.

정반대에 위치한 로스엔젤레스와 뉴욕의 시차가 세 시간인 걸 감안했을 때 앤 로버츠가 도착할 시간이 다 되었다. 그리고 예상대로 앤 로버츠에게서 전화가 왔다.

—앤 로버츠입니다! 지금 공항에 도착했어요.

"라운지를 통해 아일랜드(차량 승강장)로 나오시면 회색 레인지 로버가 보이실 겁니다."

찾기는 쉬웠다. 이도원이 타고 있는 레인지로버는 앞머리에 차량 로고가 쓰여 있었기 때문이다. 그는 머지않아 앤 로버츠를 만날 수 있었다.

"반갑습니다. 제가 이도원입니다."

이도원은 차에서 내려 앤 모레츠의 짐을 싣고 보조석 문을 열어주었다. 그녀를 태우고 운전석에 오른 이도원이 차량을 움직이며 말을 붙였다.

"갑작스럽게 연락하고, 로스엔젤레스까지 불러서 죄송합니다."

"아니에요. 로스엔젤레스에 오는 여섯 시간 동안 설레서 잠도 못 잤어요."

앤 모레츠가 흥분한 표정으로 대답했다. 그녀는 잠시도 못 참고 덧붙여 물었다.

"제 시나리오를 보신 건가요?"

"아닙니다."

이도원이 고개를 저으며 대답했다.

"앤 로버츠 씨를 이곳에 초대한 건 연출을 부탁하기 위해서입니다."

그 말에 앤 모레츠가 눈을 동그랗게 떴다.

"연출요? 전 고등학교랑 대학 때 단편영화를 촬영한 경력뿐이에요. 웨스트마운틴이라면 헤비급 배급사인데, 그런 곳에서 제가 연출한 영화를 작업해 준다고요?"

이도원은 고개를 끄덕였다.

"직접 연출하신 단편영화를 보고 결정한 사안입니다. 또한 현재 시나리오, 배급사, 제작사가 모두 결정된 상태입니다. 감독과 스태프, 배우만 캐스팅되면 바로 제작에 들어갈 수 있는 상황이죠."

"왜 하필 저죠? 저 말고도 유능한 감독들이 널려 있잖아요."

앤 로버츠의 궁금증은 당연했다. 그 정도 준비가 끝난 상태라면 검증된 감독과 스태프 팀을 데려와 제작하면 될 일이었다. 그러나 이도원은 고개를 저었다.

"아무리 훌륭한 미국의 배급사, 제작사와 작업하게 됐다고 해도 문제는 남아 있습니다. 아마 영화 제작비용의 삼십 퍼센트를 한국인이 부담하고, 한국 배우 몇몇을 주조연으로 쓰게 될 겁니다. 순혈 영화가 아닌 혼혈에 가까운 영화라는 거죠."

그가 말을 이었다.

"그 때문에 적합한 표현력을 가진 감독들은 모두 제안을 거절하거나 턱 없이 높은 개런티를 요구해왔습니다. 하지만 만약 앤 로버츠 씨가 이번 제안을 수락한다면 우리는 서로에게 도움이 되는 관계가 될 겁니다. 제작하는 입장에선 적은 비용으로 훌륭한 감독을 고용하게 될 테고, 앤 로버츠 씨는 이름을 알릴 기회를 얻겠죠."

"좋게 봐주셔서 감사해요. 그런데… 아무리 봐도 이도원 씨는 배우 같은데요."

앤 로버츠는 이도원의 분위기만 보고도 배우라는 사실을 짐작할 수 있었다. 배급사나 제작사가 아닌 배우가 연락을 취해왔다는 것은 다른 무언가가 있다는 의미였다.

그 질문의 의도를 짐작한 이도원은 잠시 생각을 정리한 후 말했다.

　"전부터 할리우드 진출을 꿈꿨습니다. 이곳에서도 먹힐 만한 경쟁력 있는 시나리오를 확보했고, 배급사와 제작사를 전전하며 서로 조건이 맞는 곳을 찾았습니다. 제가 내세운 조건은 좋은 시나리오와 높은 배율의 수익금, 영화 제작비의 삼십 퍼센트를 한국에서 부담하겠다는 제안이었죠."

　가만히 듣던 앤 로버츠가 물었다.

　"너무 손해가 큰 비즈니스 아닌가요? 영화에 따라 다르겠지만 제작비의 삼십 퍼센트면 적잖은 금액인데요."

　이도원은 슬그머니 웃으며 대답했다.

　"꼭 그렇지만은 않습니다. 어떤 일이든 투자가 필요한 법이니까요. 이번 기회는 한국 영화나 배우들이 할리우드로 통하는 문을 여는 초석이 되어줄 겁니다. 만일 회사 측에서 투자하지 않는다면 제 사비로라도 투자할 생각입니다."

　"엄청난 자본가신가 보네요."

　앤 로버츠가 휘파람을 불며 말했다.

　피식 웃은 이도원이 고개를 저었다.

　"대단한 자본가가 아니라서 파산할 겁니다."

　"전 재산을 건 도박이라! 멋진 모험인데요?"

　"우리는 비슷한 구석이 있군요. 이런 모험을 즐기는 별종은 흔치 않은데 말이죠."

이도원의 말을 들은 앤 로버츠는 고개를 절레절레 저었다.

"저한테 하라고 하면 아마 못 할 거예요. 전 그 정도로 담이 크지 않거든요. 얼간이 같은 모습을 보일까봐 태연한 척하고 있지만, 지금도 충분히 놀라고 있는 중이고요."

이도원은 고개를 끄덕였다.

그사이 두 사람이 탄 레인지로버는 배급사 웨스트마운틴 본사 건물 앞에 도착했다. 이도원은 차를 주차한 뒤 앤 로버츠와 함께 건물 안으로 들어갔다.

이도원은 로비에서 출입증을 발급받은 뒤 비즈니스 룸이 있는 건물 8층으로 올라갔다. 앤 로버츠가 내부를 둘러보며 말했다.

"제가 이곳에 초대돼 올 줄은 몰랐어요. 얼마 전만 해도 식당에서 일하며 영국으로 돌아갈 걱정을 했었는데."

보기 드문 녹색 눈동자를 반짝이며 고개를 젓는 그녀를 응시하던 이도원이 고개를 끄덕였다.

"앞으로는 더 놀랄 일이 많을 겁니다."

비즈니스 룸의 문을 열고 들어서자 그 말이 현실이 됐다. 배급사 웨스트마운틴의 부사장과 전략기획실장, 〈베니스 영화제〉에서 수상한 경력이 있는 유태일 감독까지 쟁쟁한 영화계 인사들이 기다리고 있던 것이다. 앤 로버츠는 그들의 신분을 모두 알진 못했지만 웨스트마운틴의 부사장만큼은 알아볼 수 있었다.

'맙소사! 웨스트마운틴의 부사장이 직접 납셨다고?'

그녀의 놀람을 뒤로 하고 이도원이 인사를 건네며 자리에 앉왔다. 이미 그들과 여러 번 미팅을 했는지 짧은 덕담을 나누며 앤 로버츠를 소개했다.

"이쪽은 앤 로버츠 감독입니다. 이번 영화의 사령탑으로 초빙한 분이죠."

그에 비즈니스 룸 안의 인사들이 스스로를 소개했다.

"반갑습니다! 웨스티마운틴의 부사장인 데니스 알렌입니다."

불과 삼십 대 후반에 웨스트마운틴 사(社)의 부사장으로 취임한 데니스 알렌이 유쾌한 인사를 건넸다. 그는 금발에 푸른 눈을 가진 전형적인 미국 남성의 이미지였다.

이어 유태일 감독이 말했다.

"저는 유태일입니다. 한국의 영화감독이죠. 이번 영화에서는 시나리오 작가로 활동을 했습니다. 한국 배우들과 소통하는 데 도움을 줄 수 있을 겁니다."

그는 앤 로버츠가 오해할까봐 서둘러 덧붙였다.

"아, 물론 연출에는 일절 관여하지 않을 생각입니다."

앤 로버츠는 이도원이 소개한 것과 별도로 자신을 밝혔다.

"전 앤 로버츠에요. 영화 잡지에서나 보던 분들을 뵙게 되니까 감격을 주체할 수가 없네요. 제가 좀 이상한 행동을 하더라도 이해해 주세요."

비즈니스 룸 안의 사람들이 유쾌한 웃음을 터뜨렸다.

가장 먼저 웃음기를 거둔 이도원이 입을 열었다.

"그럼 본론으로 들어가 볼까요?"

그 말을 신호로 데니스 알렌이 전략기획실장에게 눈짓했다. 전략기획실장은 서류가방에서 계약서를 꺼내 앤 로버츠 앞에 가져다 두었다.

이내 준비가 끝나자 계약서를 들춰보지 않아도 속 내용을 훤히 알고 있는 데니스 알렌이 제안 내용을 구두로 전달했다.

"계약서를 읽으면서 들으시면 됩니다. 우리는 대개 신인 감독들에게 작품 당 50만 달러(약 6억 5천 원)를, 또 유명감독들에게는 8000만 달러(약 960억 원)까지 지급하고 있습니다. 반면 조연출에게는 주급으로 8천 달러, 즉 한 작품 당 12~16만 달러(약 1억 9천만 원) 가량을 지불하죠. 따라서 앤 로버츠 씨에게는 50만 달러(약 6억 5천만 원)를 책정하게 됐습니다."

한국에서는 조건이 좋아졌다고 해도 신인 감독이 대부분 한 작품에 2천만 원 전후의 연출료를 받고, 흥행 영화감독은 1억 원 선의 연출료를 받는다. 간혹 2억 이상 연출료를 받는 특급 감독들도 있지만 대부분은 흥행수익에 대한 지분으로 더 많은 수익을 내는 형태였다. 구상에서 제작까지 영화 한 편에 많게는 몇 년의 노력이 들어가는 걸 감안하면 굉장히 열악한 환경이라 할 수 있었다. 그런데 유태일 감독의 이번 시나리오가 20만 달러(약 2억 4천만 원)를 받았다. 유명 시나리오작가의 경우 많게는 300만 달러까지(약 36억 원) 받고, 연출까지 맡았을 때 추가적으로 연출료까지 받는다는 사실을 감안하면 한국과는 비교도 할 수 없는 수익이었다.

'들을 때마다 충격적이군.'

이도원은 내심 생각했다. 그만큼 웨스트마운틴과 계약에 어려움을 겪었지만, 물꼬만 트면 신천지인 것이다. 물론 배당금이 큰만큼 투자금도 커진다. 때문에 아직 투자 건이 마무리되지 않은 상태에서 무사히 영화를 제작할 수 있을 거라고 속단할 수가 없는 상황이었다.

어안이 벙벙하기는 앤 로버츠도 마찬가지였다.

'데뷔작에 50만 달러를 주겠다고?'

그녀는 황당한 얼굴색을 지우며 물었다.

"그 금액이면 충분히 괜찮은 신인 감독들을 영입하실 수 있을 텐데, 왜 저한테 기회를 주시는 거죠? 우리가 가족은 아니잖아요."

앤 로버츠의 말에 다들 웃음을 터뜨렸다.

잠시 후 데니스 알렌이 대답했다.

"몇몇 단편과 졸업 작품을 보고 결정한 금액입니다. 어중간한 감독을 쓸 바에는 재능 있는 신인을 쓰자는 취지죠. 우리 회사는 앤 로버츠 씨가 가진 재능에 대한 합리적인 금액을 여러 제작사에 전달했고, 타결을 본 것뿐입니다. 이건 마약거래가 아니니까 안심하고 진행하셔도 된다는 뜻이죠."

간략한 미팅을 마친 이도원은 앤 로버츠를 웨스트할리우드의 '몬드리안 로스앤젤레스 호텔'에 내려준 뒤 자신의 호텔 방으로 돌아왔다. 앤 로버츠의 방은 배급사에서 예약해준 반면 이도원은 사비로 묵는 곳이었기 때문에 서로 다른 호텔에서 지내게 됐다.

'어차피 내일이면 서울로 가겠지만.'

저녁 여섯 시 비행기였다.

이곳에 남은 일은 유태일 감독이 알아서 잘 처리해 줄 터였다.

이도원은 속편한 생각을 하며 호텔 창가에 걸터앉아 고소한 옥수수차를 마셨다.

그때 전화 한 통이 걸려왔다. 수신인은 낮에 보았던 데니스 알렌이었다.

―오늘 그렇게 가버리고, 나나 유 감독 모두 서운했습니다!

특유의 친근한 목소리에 이도원이 입가에 미소를 띠고 대답했다.

"내일 바로 한국으로 출국해야 하는 일정이라 어쩔 수 없었습니다."

―그래요. 그건 그렇고… 섭외 말인데. 아무리 생각해도 도원 씨를 주연으로 캐스팅해야겠어요. 난 도원 씨의 연기력을 믿고 도박을 하는 겁니다.

데니스 알렌이 애초에 말하던 내용을 뒤집었다. 이렇게 막무가내로 나오면 곤란했다. 미국에서 촬영하고 개봉하는 영화, 미국 시민들이 가장 먼저 볼 영화에 한국 배우가 주연을 맡을 수는 없었다. 그건 실패로 직결되는 지름길과 같은 판단이었다.

잠시 침묵하던 이도원이 물었다.

"영화 흥행에 악영향을 줄 겁니다. 불가능한 일이란 것을 아시지 않습니까?"

반면 데니스 알렌은 진지했다.

―난 미국인 사업가입니다. 난 셈에 밝고 배타적인 사람이죠. 그런 나도 도원 씨의 이미지와 연기를 보고 매료돼서 투자를 결정했습니다. 무슨 일이든 최초는 있는 법이에요. 나는 내 판단을 믿습니다.

이도원의 미간으로 주름이 잡혔다. 데니스 알렌이 자신의 연기를 긍정적으로 평가해 주는 건 희소식이었지만, 미국영화에 한국인 주연을 쓰겠다는 과감함까지 동조하기는 힘들었다.

그때 데니스 알렌이 강경하게 덧붙였다.

―할리우드에도 좋은 시나리오는 많습니다. 도원 씨가 주연을 맡지 않으면 내가 이 영화에 투자를 하는 목적이 사라집니다. 나는 지금 이 자리에서 재능 있는 감독과 배우를 발굴하겠다는 신념을 따라 제작사들을 설득해 준겁니다.

데니스 알렌이 없었다면 이번 계획은 무산됐을 터였다. 그가 이렇게까지 고집한다면 더 이상 다른 의견을 내세울 수도 없는 입장이었다. 마지못해 고개를 끄덕인 이도원이 대답했다.

"알겠습니다."

다음 날 이도원은 아시아나항공을 이용해 로스엔젤레스 공항에서 인천공항으로 출발했다.

＊　　　＊　　　＊

아시아나항공의 기내식은 비빔밥과 쌈밥 중 택일을 하게 되는데, 이도원은 비빔밥을 선택해 먹으며 좌석 마다 장착된 AVOD 시스템을 통해 영화를 보았다.

열세 시간의 장거리비행이었기 때문에 대부분의 승객들은 비행 도중 잠이 들었다.

이도원은 쉬이 잠을 이루지 못하고 앉아 있었다.

'근 이 년만에 귀국이네.'

그사이 미국에 익숙해져서인지 해외여행을 떠나는 기분과 흡사했다.

연습실이나 무대 밖에서는 철저히 혼자가 되었던 미국생활. 처음에는 외롭고 미숙했지만 시간이 지날수록 오히려 그 생활이 편해졌다. 지난날을 돌이키던 이도원은 다음으로 한국에서 재회하게 될 사람들을 떠올렸다. 그리운 얼굴들이 눈앞에 선했다.

비행기는 예상 경로를 크게 벗어나지 않고 순항을 했다. 인천공항이 가까워움에 따라 파스타로 아침 식사를 마칠 때쯤 영종도 인근의 섬들이 보이면서 비행기가 하강하기 시작했다.

비행을 마치고 무사히 램프로 진입한 이도원은 수속을 밟고 인천공항을 나섰다. 장시간 비행을 한 데다 시차에 적응도 안된 상태라 몸이 무거웠다.

이도원은 매니저 이진빈에게 전화를 걸었다. 그는 무려 일 년 반을 매니저와 떨어져 지냈다. 브로드웨이에서 〈영웅〉 공연을 올렸을 때까지 함께하다 한국으로 보냈던 것이다.

―여보세요? 대표님, 도착하셨어요?

처음 만났을 때 군인 티를 다 벗지 못했던 이진빈은 이제 능글능글한 말투로 물었다. 세월이 사람을 변하게 만드는 건지, 환경이 사람을 바꾸는 건지는 정확히 알 수 없었지만 분명한 건 이 년 전과 많은 것들이 변해 있을 거라는 사실이었다.

이도원이 대답했다.

"응, 도착했어. 어디야?"

―12번 게이트 횡단보도 건너편에 계시면 그쪽으로 갈게요!

이도원은 머지않아 이진빈과 만날 수 있었다.

이진빈은 만면에 웃음을 띠며 그를 반겼다.

"정말 잘 오셨어요!"

"얼굴 좋아졌네. 그동안 어떻게 지냈어?"

이도원의 말처럼 이진빈은 살도 좀 붙고 혈색도 좋아졌다.

백미러로 힐끔 거울을 본 이진빈이 씨익 웃으며 대답했다.

"저야 잘 지냈죠. 그동안 준식이 형 매니저로 배정받아서 일했어요."

이도원은 고개를 끄덕였다.

"준식이도 잘 지내지?"

"그럼요. 요즘 몸 만든다고 정신없어요. 하필이면 상의 탈의하는 드라마에 들어가는 바람에… 오늘도 트레이닝센터 갔어요."

이도원이 기억하는 오준식은 탄탄한 몸이 아니었다. 반면 드라마에 단 한순간 노출이 있더라도 몸을 만들어야 하는 것이 배우의 숙명이었다. 평소 운동을 좋아하지 않는 오준식이 끙끙대며 트레이닝을 받고 있을 모습을 상상한 이도원은 고소하다는 표정을 지었다.

"고생깨나 하겠군."

"대표님은 어떻게 지내셨어요?"

"소극장 돌아다니면서 순회공연했지."

"오오. 반응은요?"

"그냥 뭐."

이도원은 어물쩍 대답했다. 그러나 이진빈은 생각보다 많이 알고 있었다.

"에이. 팬 카페랑 유투브에도 계속 영상 올라오고, SNS에도 뜨던데요? 과한 욕심을 부리고 있다. 이건 신경 안 쓰셔도 될 것 같고… 한국을 알리는 배우, 최고의 타이틀을 마다하고 더 넓은 세상으로 나간 진짜 배우, 잘됐으면 좋겠다는 의견이 지배적이에요. 미국에서도 꽤 화제가 됐다고 들었어요."

꽤 자세한 설명에 이도원이 피식 웃었다.

"나보다 더 잘 알고 있으면서 왜 물어?"

"자세한 내용을 듣고 싶어서요."

이진빈은 백 엔터테인먼트로 차를 몰았다.

그에 이도원이 물었다.

"대표님. 백 프로덕션에 안 계시고 엔터에 계셔?"

"예. 왔다 갔다 하시는데 엔터에 계시는 시간이 더 많으세요. 프로덕션은 대부분 전략기획실 실장님이 관리하시고요."

이진빈의 대답을 뒤로하고 두 사람은 백 엔터테인먼트에 도착했다.

*　　　*　　　*

이도원은 차에서 내려 곧장 대표실로 갔다.

'인테리어도 번듯해졌군.'

이도원이 막 한국을 떠날 때까지만 해도 백 엔터테인먼트 사무실은 텅 비어 있었다. 그런데 이제는 백 프로덕션 못지않게 활기를 띠고 있는 것이다.

이도원은 처음 보는 직원들과 인사를 나누며 대표실 앞 데스크를 통해 안에 기별을 하고 들어갔다.

이상백이 전과 다름없는 모습으로 책상에서 일을 보고 있었다. 그는 이도원을 발견하더니 잠깐 침묵했다.

"저 왔습니다."

이도원이 소파에 앉으며 빙그레 웃었다.

그제야 이상백은 말문을 열었다.

"잘 왔다."

이상백이 짧게 반기며 이도원의 맞은편에 와서 앉았다. 그는 잠시 후 말을 이었다.

"악수나 하자."

"네."

두 사람은 어색한 악수를 나눴다.

"후."

길게 한숨을 뱉은 이상백이 몸을 편히 기대며 미소를 띠었다.

"정말 오랜만이구나. 그래, 그동안 아픈 데 없이 잘 지냈고?"

"그럼요. 미국은 병원비가 비싸다 보니까 잘 아프지도 않더라고요."

이도원이 능청을 떨고 말을 이었다.

"그나저나 다들 나갔나보네요. 바쁜가 봐요."

"네 녀석처럼 팔자좋은 배우가 어딨냐?"

핀잔을 준 이상백이 덧붙였다.

"곧 다들 들어올 게다. 오늘은 회식이 있는 날이거든."

이도원의 환영회였지만 이상백은 마치 원래 회식날인 것처럼 대수롭지 않게 말했다.

모르는 척 고개를 끄덕인 이도원은 사무실을 둘러보았다.

"그래요? 저 가족들도 봐야 하는데."

"어머님이랑 누나도 초대했다."

이상백의 말에 이도원이 씩 웃었다.

"그럼 아무 문제없겠네요."

이내 고개를 끄덕인 이상백이 물었다.

"일 얘기나 얼른 끝내자. 진행 서류를 받아서 대충 알고는 있다만… 어디까지 진행된 거냐?"

그 질문의 의도를 파악한 이도원이 진지한 표정으로 대답했다.

"배급사, 제작사, 감독 섭외까지 끝났습니다. 좋은 시나리오도 있고요. 이미 스태프 팀과 배우 캐스팅만 남아 있는 상황입니다. 이번 영화 투자 결정을 해주십시오."

"네가 귀국하기 전, 이틀 새 내부회의를 여러 번 했다. 회사 주주들과 실무진 모두 양보를 했어. 그 결과 네가 요청한 사항 중에도 되는 것과 안 되는 게 있다. 어떤 것부터 듣겠냐?"

"되는 게 있다는 사실이 기쁘네요. 안 되는 것부터 듣겠습니다."

고개를 끄덕인 이상백이 입을 열었다.

"백 엔터테인먼트에 소속된 배우들을 중 하나를 참여시키겠다고 했는데 그건 불가하다. 현재 잘 활동하고 있는 배우들을 불투명한 도전에 포함시킬 순 없다는 게 투자자 측 의견이다. 네 움직임까진 막을 수 없지만 회사 매출에 영향을 끼치면 안 된다는 조건이지."

"네, 그리고요?"

"실무진 측에서는 너를 제외한 한인배우 섭외 자체를 반대했다. 미국 영화계의 역사와 동향을 정밀하게 분석한 바로 한인의 출연은 최소화시키는 편이 낫다는 결론이다."

일리 있는 의견에 이도원은 고개를 끄덕였다.

"그건 저도 동의합니다."

"이제 되는 것들이다."

이상백은 눈을 질끈 감으며 말했다.

"회사 내 너의 위치와 현재 성장에 기여한 바를 인정해 이번 투자 건은 통과시키기로 했다. 단, 유태일 감독에게 어떤 시나리오를 받았는지 몰라도 블랙버스터는 안 돼. 총무과에서 제안하는 가용한 금액 내로 영화 예산을 맞춰야 한다."

그에 이도원이 흔쾌하게 대답했다.

"물론입니다. 유태일 감독님 시나리오답게 이번에도 저예산 영화예요."

이상백은 실눈을 뜨고 당부했다.

"반드시 성사시켜야 할 거야. 만약 이번 도전이 실패로 돌아가면 대표직 해임까지 생각해야 된다."

"그 정도 각오도 없이 이런 큰일을 벌였을 리가 없죠."

이도원은 담담한 표정으로 말을 이었다.

"그리고 한 가지 사항이 추가됐습니다. 배급사에서 제가 주연을 맡길 원해요."

"뭐?"

이상백이 크게 놀라며 덧붙였다.

"넌 조연 정도로 생각하고 있었잖아?"

"주연을 맡지 않으면 계약을 파기하겠답니다."

"허허……."

허탈한 웃음과 함께 이상백이 물었다.

"그쪽에 무슨 마법을 부린 거냐? 한국인 배우를 보고 제작과 배급, 투자까지 오케이 한 것도 놀라운 일인데 주연이라니."

"그게 좀 황당해요."

이도원은 어깨를 으쓱였다.

"저도 처음에는 일이 이렇게까지 커질 줄 몰랐습니다. 안 선생님이 돌아가신 뒤 브로드웨이에서 연기에 대한 가치관이 새로 잡혔고, 순회공연을 하면서 답을 찾고 싶었거든요. 그래서 신용운 선생님께 공연 기획을 부탁하고 시작한 일이 큰 폭풍을 불러온 겁니다. 가족들과 동네 소극장 관람을 온 데니스 알렌 부사장의 눈에 든 거죠. 처음에는 자신이 배급하는 영화의 주인공을 맡아달라고 하더군요."

이렇게 자세한 내막까지 보고를 받지 못했던 이상백은 절로 흥미가 동했다. 한 편의 재밌는 영화를 보는 기분으로 그가 물었다.

"그래서?"

"거절했죠."

"아니, 왜?"

이상백은 저도 모르게 언성을 높이며 물었다. 굴러들어온 복을 걷어찼다는 생각이 들었던 것이다. 그때 승낙했다면 어떤 손해도 감수하지 않고 할리우드로 진출할 수 있지 않았나.

이도원은 그 생각을 부정했다.

"단순한 운으로 할리우드 진출에 성공할 거라면 왜 지금껏 국내에서 미국 진출을 못했을까? 고민을 해봤죠. 그리고 결론이 나왔습니다. 영어로 연기를 하는 건 문제가 아니라는 걸요. 함께하는 감독부터 문제가 됩니다."

"무슨 문제?"

"일단 한국인을 주연으로 쓰자면 오케이 할 미국인 감독이 없죠. 그럼 데니스 알렌 부사장은 제게 조연 자리를 제안했을 겁니다. 그런다고 미국인 감독이 저를 조연으로 썼을까요?"

이상백은 이도원의 두뇌회전을 따라가려 애쓰며 들었다.

이도원이 잠시 사이를 두고 말을 이었다.

"배급사 요청이니 거절할 수는 없고, 조연 타이틀을 붙인 단역으로 기용했을 겁니다. 거기가 상한선입니다."

그는 말을 이었다.

"제살 깎아먹는 일입니다. 당장 할리우드에 얼굴을 내비치면 좋겠죠. 하지만 이미 관객들에게는 '한국인 단역'이라는 뿌리 깊은 이미지가 심어질 겁니다. 그런 제가 주연을 맡은 영화가 개봉하면 과연 흥행할까요? '단역'에 '한국인' 배우인데요."

이상백의 시선을 음미하며 이도원이 쐐기를 박았다.

"하지만 조연으로 들어가면 이야기가 다릅니다. 인상적인 연기를 오랜 시간 동안 보여줄 수 있죠. 기대감을 심어줄 수 있을 거예요."

"주연이 된 지금은? 더 유리해진 것 아니냐?"

"연기로 매료시키지 못한 상태에서 주연이 되면 사람들은 선입견과 거부감을 가질 겁니다."

"배급사에서 주연을 요청했다면서?"

"예."

이도원은 고개를 끄덕이며 활짝 웃었다.

"그래서 미국인과 한국인의 공동 주연으로 갈 겁니다. 귀국하기 전 유태일 감독님께 시나리오 수정을 요청해 뒀어요. 적대적이지 않고 멜로가 없는, 작품에 녹아들 수 있는 똑같은 비중의 주인공으로 말이죠."

두 사람의 대화가 길어지자 이상백은 전화로 먼저 회식을 시작하라며 알렸다. 공적으로 논의할 주제들은 날을 새도 해결되지 않을 만큼 많았다. 따라서 그들은 급선무로 상의할 일만 처리한 후 회식 장소인 '바다소리'로 갔다.

연예기획사들이 밀집한 청담동 소재의 횟집 '바다소리'는 관계자들이나 연예인들이 자주 찾는 장소였으며, 사전에 메뉴를 예약하고 후불로 계산하는 독특한 지불방식 덕분에 이름난 곳이기도 했다. 덕분에 먼저 도착한 백 엔터테인먼트 소속 배우들과 현장 팀, 이도원의 식구들은 회사 측에서 예약한 요리가 나올 때마다 기대하는 재미를 맛볼 수 있었다. 그들이 고급스러운 밑반찬과 회에 곁들여 술도 마시고 있던 그때, 미닫이문이 열렸다. 동시에 안에 있던 사람들의 면면이 활짝 피었다.

"와! 얼마만이야!"

오준식이 연극 무대를 선 듯이 힘차게 외쳤다.

이도원의 식구들과 대화를 나누던 차지은도 반색을 했다.

"오빠… 아니, 대표님! 진짜 오랜만이에요."

"호칭은 원래대로 하자. 갑자기 바꾸면 헷갈리고 어색하니까."

이도원은 차지은과 포옹하며 어깨를 토닥였다.

은근슬쩍 안긴 차지은이 그의 어깨 너머로 박아현을 보며 혀를 쏙 내밀었다.

그 앙큼한 모습에 피식 웃으며 고개를 내저은 박아현이 중얼거렸다.

"인사법도 아메리칸 스타일이 됐어. 아주 건강해 보이네?"

"너희도 다들 건강해 보인다."

차지은과 떨어져서 반가운 면면을 바라본 이도원은 입이 귀에 걸렸다.

그는 식구들과 포옹을 나누고 자리에 앉았다.

"다들 반가워요. 정말 보고싶었습니다."

이도원이 운을 떼자 끼어들 틈이 노리던 심재빈이 호들갑을 떨었다.

"선배님! 돌아오셔서 진심으로 기쁩니다!"

그 말을 신호로 본격적인 파티가 시작됐다.

이도원은 자신이 없는 동안 있었던 일들을 듣느라 정신이 없었다. 그중 가장 기쁜 건 차지은이 영화 '바람'으로 〈백상예술대상〉에서 여자최우수연기상을 수상했고, 작년 〈청룡영화제〉에서는 '가족'이란 영화로 여우주연상을 거머쥐었다는 소식이었다. 뿐만 아니라 오준식 역시 작년 〈연말시상식〉에서 드라마부문 베스트 조연상을 받았다고 했다.

'다들 잘 지내고 있었네.'

이도원은 내심 웃었다. 대부분 미국에서 보고받은 이야기들이었지만 호재는 들어도 들어도 기쁜 법이다.

한편 기대되는 소식도 있었다. 이상백은 취기가 오른 얼굴로 이도원에게 몸을 기울이며 말했다.

"아마 애들 실력 늘은 걸 보면 깜짝 놀랄 거다. 미국에선 모니터링할 시간이 없었지?"

"예."

"너한테 자극을 받아서인지 다들 단단히 독이 올랐어. 괜히 상을 휩쓴 게 아니야. 재빈이도 조금 더 배우면 꽤 좋은 반응을 얻을 것 같다."

음식들이 비워지고 환영사가 끝나자 배우들은 연기나 활동에 대한 이야길 주고받았다.

그때 이도원의 눈에 박아현이 들어왔다. 그녀는 즐거운 표정을 가면처럼 뒤집어쓰고 있었지만 눈동자에는 짙은 그림자가 깔려 있었다. 이들 중 박아현만 묘하게 안 풀려왔으며 아직도 갈피를 잡지 못하고 있는 것이다.

이도원은 박아현이 화장실을 가느라 자리를 비운 사이, 이상백에게 목소리를 낮춰 물었다.

"아현이는 어떻게 하실 거예요?"

"일단 조연을 좀 하다가 주연을 잡자고 말해놓은 상태다. 본인이 주연만 고집하고 악역은 망설이니까 작품 선택이 애매해.

조연으로 한 번 내려가면 주연으로 다시 올라오기 힘들다는 것을 본인도 아니까 그 마음이 이해가지 않는 것도 아니지만 서도……. 2부작이나 4부작 드라마 주연은 곧잘 잡는데 그 이상이 힘들다. 주연급 섭외 요청 들어오는 건 죄다 악역이고."

이상백의 설명을 들은 이도원이 고개를 끄덕이며 대답했다.

"제가 한번 설득해 볼게요. 그건 그렇고……."

이도원의 시선이 미닫이 문틈 새로 보이는 TV에 머물러 있었다. 그 시선을 따라간 이상백이 물었다.

"김진우?"

이상백은 말을 이었다.

"요즘 최고다. 저 녀석 덕분에 레드 엔터 기가 많이 살았어."

"잘 됐군요."

이도원은 진하게 웃었다. 그리고 과거 두림예고 예술제 때 김진우의 연기를 보고 느꼈던 감정을 떠올렸다.

'충격이었지. 얼마 전에도 그때가 오버랩 되는 경험을 했고.'

이도원은 미국에서도 자주 한국뉴스들을 챙겨보았는데, 그때마다 김진우에 관한 소식이 빠지지 않았다. 특히 연기에 대한 찬사가 유독 많자 김진우가 나온 드라마와 영화를 찾아서 봤던 것이다.

'김진우는 천재다.'

이도원은 인정할 건 인정했다.

김진우는 무섭게 성장했다. 다만 이도원의 경험과 깊이를 쫓아오지 못했던 것뿐이다. 전에도 이도원이 지나치게 뛰어났을 뿐, 김진우가 부족했던 게 아니었다.

깊은 생각에 잠긴 이도원을 응시한 이상백이 입을 열었다.

"내가 보기에는 저 녀석, 요새 물올랐다. 네가 한국에서 활동할 당시보다도 뛰어나. 독을 품은 게 우리 애들뿐이 아니란 의미지."

이도원은 선선히 고개를 끄덕이며 알 듯 말 듯한 미소를 그렸다.

"잘 컸네요."

*   *   *

레드 엔터테인먼트 대표 이로빈과 소속 배우 김진우는 '바다 소리'에서 겸상을 하고 앉았다.

먼저 이로빈이 입을 열었다.

"중국과 일본에서 모두 반응이 좋다. 내 기분도 좋고."

이로빈은 껄껄 웃으며 김진우의 술잔을 채워주었다.

김진우는 고개를 살짝 숙이고 두 손으로 잔을 받았다.

"모두 대표님이 신경 써주신 덕분입니다."

고개를 끄덕인 이로빈이 잔을 내밀었다.

"김 의원님의 심기를 거스르는 일만 없다면 지금의 상승가도를 유지할 수 있을 거야. 중국과 일본 시장에서 이미 이 정도 큰 이상 널 잃으면 회사도 손해다. 의원님께는 내가 잘 말해둘 테니까 사자의 코털을 건드리는 일은 없도록 하자."

김진우가 잔을 부딪치며 입가에 미소를 드리웠다.

"물론입니다."

두 사람은 잔을 털어 넘겼다.

이로빈은 젓가락으로 회를 하나 집어 물고 말했다.

"더 이상 콧구멍만 한 한국시장은 문제가 아니야. 광고로 얼굴 좀 비춰주면서 삼 년, 길면 오 년에 한 작품씩 꾸준히 활동만 해주면 된다. 너도 바깥 물 좀 먹어봤으니 한국이 얼마나 우물 안인지 알겠지?"

"잘 알고 있습니다."

김진우가 소매를 걷으며 두 손으로 잔을 채웠다.

입안의 내용물을 삼킨 이로빈이 예리한 눈빛으로 응시했다.

"이도원이 떠난 이 년 간 네가 영화제 작품을 휩쓸었지?"

"그렇습니다만……."

김진우는 눈꺼풀을 잠깐 떨었다.

그는 이도원이 미국으로 간 뒤 본격적으로 작품 활동을 하며 각광받았다. 그 외에 주연으로 차지은이, 조연으로 오준식이 함께 부상했지만 김진우를 따라올 수는 없었다. 다만 이도원과 적대적인 언론플레이를 펼쳤던 레드엔터테인먼트 소속 배우가 연예계를 장악하자 일각에서 말이 나왔다. 호랑이가 떠난 굴에 여우가 주인 행세를 한다는 것이었다. 그리고 이런 소문이 김진우에게 일종의 콤플렉스로 작용했다.

이로빈은 그를 빤히 보며 말했다.

"미국으로 가버린 놈은 신경 끄도록 해. 쓸데없는 경쟁심리다.

소문을 들어보니 놈은 미국의 소극장이나 전전하며 무명 연극배우로 활동하고 있다더군. 그놈의 선택을 신봉하는 의견도 있지만 멍청한 소리야. 예술이니 뭐니 해가며 설쳐봐야 이게 안 되면 꼴값이란 뜻이다."

이로빈이 손가락을 동그랗게 말며 말을 이었다.

"인기가 곧 이거다. 인기란 거품처럼 수그러들게 마련이야. 지금 상황이 그 증거다. 아주 잠깐 놈은 한국 인기를 독점하다시피 했지. 하지만 틈을 보인 이 년새에 네가 높이 올라가지 않았냐? 한국, 일본, 그리고 중국까지. 놈이 미국에서 헛물을 켜는 동안 넌 지금 아시아 전역으로 이름을 떨치고 있다."

장황한 말에도 김진우는 여전히 불편한 얼굴이었다.

'눈엣 가시 같은 놈을 직접 밟고 싶었습니다. 과정 따윈 중요하지 않습니다. 직접 굴욕감을 안겨주고 싶었어요. 그놈은 나를 몇 번이나 굴욕스럽게 만들었습니다.'

김진우는 속에서 치미는 말을 억지로 삼키며 술잔을 비웠다. 그의 입에서 속내와는 전혀 다른 말이 나왔다.

"신경 쓰지 않습니다."

이로빈은 김진우를 빤히 보다가 고개를 끄덕였다.

"그래. 배우가 인생에 드라마가 있어야지. 극적인 사건이 없으면……."

그때 말을 자르며 미닫이문이 드르륵 열렸다.

김진우의 매니저는 눈을 휘둥그레 뜨고 말했다.

"밖에 이도원이 왔습니다!"

"이도원?"

미간을 찌푸린 이로빈이 싸늘한 어조로 중얼거렸다.

"미국에 있는 놈이 어떻게……."

"들어왔나 보죠."

뒤에서 김진우의 목소리가 들려왔다. 그는 담담한 표정으로 술잔을 털어 넘기고 말을 이었다.

"환영 인사 대신, 계산은 제가 한다고 전해주세요."

*　　　　*　　　　*

백 엔터테인먼트 일행은 와자지껄한 분위기 속에서 횟집 입구로 나왔다. 이도원은 이상백이 계산하려는 걸 제지했다.

"엔터테인먼트 회식이니 제가 낼게요."

이도원이 막 나섰을 때였다.

종업원은 얼굴에 미소를 띠며 말했다.

"계산은 김진우 씨가 하고 가셨습니다."

그에 이도원은 지갑을 열다 말고 종업원을 응시했다.

"배우 김진우요?"

"네."

곁에서 그 말을 함께 들은 이상백이 헛웃음을 터뜨렸다.

"그 녀석도 네가 보고 싶었나보구나. 보기와는 다르게 숫기가 없는 녀석인가? 얼굴도 안 보고 가버리네."

이상백은 두 사람의 관계를 빤히 다 알면서 능청스레 말했다.

피식 웃은 이도원이 지갑을 도로 넣으며 대답했다.

"아쉽네요. 곧 다시 나가야되는 것만 아니면 답례를 했을 텐데."

그 말을 들은 차지은이 화들짝 놀라며 물었다.

"오빠 다시 미국으로 가요?"

"언제?"

박아현도 덧붙여 물었다.

이도원이 아쉬운 얼굴로 말했다.

"일주일 뒤 출국이야."

이것저것 한국에서 직접 처리해야 하는 회사 일만 보고 가족들과 남은 시간을 보낸 후 미국으로 돌아갈 예정이었다.

그 말을 들은 누나 이다원이 서운해 하며 물었다.

"그럴 거면 왜 왔어? 가까운 거리도 아니고 오가기 힘들 텐데."

이도원은 빙그레 웃으며 그녀의 어깨에 팔을 둘렀다.

"식구들 보러 왔지."

어머니가 이다원에게 핀잔을 주었다.

"얘는. 같은 말이라도 예쁘게 해라, 좀."

"예이."

이도원은 무심결에 길 건너 빌딩 옥상에 설치된 전광판을 바라보았다. 그곳에는 김진우의 얼굴이 보란 듯이 나와 있었다. 잠간 전광판을 쳐다보던 이도원은 이상백에게 물었다.

"김진우가 레드 엔터에 벌어주는 돈이 얼마죠?"

이상백은 기억을 되짚으며 대답했다.

"한국은 너랑 비슷할 테고, 중국에선 천만 위안(약 18억)의 광고료와 회당 오백만 위안(약 9억)을 받고 있다. 일본에서는 광고를 열한 개나 하는 바람에 7억 6천만 엔(약 77억 3천만 원) 매출을 올렸다더구나."

이도원은 쓴웃음을 지었다.

'이러니 투자자들 사이에서 불만이 생기지.'

이해하지 못할 일은 아니었다. 김진우로 인해 레드 엔터의 주가가 급상승하고 있을 터였다. 한때 김진우보다 높은 상품성을 구가하던 이도원이 갑자기 한국을 떴으니 백 프로덕션, 엔터테인먼트 투자자들은 배가 아플 수밖에 없었다. 심지어 주식협회 모임이라도 있는 날에는 레드 엔터의 지분을 상당량 가진 주주들에게 돈 벌었다는 자랑을 들으며 손가락만 빨고 있어야 했을 것이다.

어느 정도 정황을 파악한 이도원은 확고한 어조로 말했다.

"제가 없는 동안 투자자들을 잘 어르고 달래주세요. 실망시키지 않겠습니다."

2024년 2월 12일 로스앤젤레스는 서울의 10월 날씨와 비슷했다. 낮에는 봄철, 밤에는 가을철 날씨로 다소 폭넓은 일교차를 보였다.

매니저 이진빈, 스타일리스트 유성연을 동반하고 미국으로 들어온 이도원은 'LA유니버셜스튜디오'로 갔다. 유태일 감독이 약속 장소로 정한 곳이었다. 'LA유니버셜스튜디오'는 〈쥐라기 공원〉이 살아 숨 쉬고 〈터미네이터〉의 불타는 도시를 오감으로 느낄 수 있는 곳으로, 할리우드 영화관과 산을 깎아지른 듯한 로프트로 연결되어 있었다.

이도원은 고개를 절레절레 저었다.

'왜 이곳에서 보자고 했는지 알겠군. 못 말린다니까.'

정말이지 자나 깨나 영화만 생각하는 사람이었다.

이도원은 당일로 관람하는 사람들을 위한 패스트레인 티켓 (FastLane Ticket : 줄을 설 필요 없는 입장권)을 사서 들어갔다. 전화로 연락을 하고 '디스피커블 미(Dispicable Me)'의 캐릭터들이 있는 그루랩카페로 갔다. 유태일 감독은 샌드위치와 감자튀김이 있는 메뉴를 주문하고, 이도원은 타코스를 주문했다.

마침내 자리에 앉자 박시한 후드에 넉넉한 청바지, 선글라스와 스냅백을 쓴 유태일 감독이 입을 열었다.

"네 덕분에 피를 토했다."

이도원은 슬쩍 웃으며 말을 돌렸다.

"스타일이 바뀌셨네요. 힙합퍼 스타일로."

구렁이 담 넘듯이 화제를 전환하는 그를 보며 인상을 찡그린 유태일 감독이 조금 각진 백팩에서 시나리오를 꺼내 테이블 위에 올려두었다.

"더 이상 수정은 없다."

유태일 감독은 아예 쐐기를 박았다.

이도원은 실실 웃으며 시나리오를 읽었다.

시나리오의 내용은 색달랐다. 남부러울 것 없는 생활을 영위하던 한인 부자가 어느 날 차 사고로 아내와 아이들을 잃는다. 한순간의 잘못된 판단으로 사고를 낸 그는 세상을 살아갈 희망을 잃어버린 채 속죄할 생각으로 당시 사고로 인해 죽은 이들의 유족을 찾는다. 가족을 잃은 고통을 겪는 유족들이 필요로 하는 부분을 채워주고 자살로 생을 마무리하는 것만이 그의 유일한 목표다. 그 과정이 놀랍도록 잘 쓰여 있었다.

이도원은 홀린 표정으로 시나리오를 단숨에 다 읽었다.

"미국에서의 성공은 장담할 수 없겠지만, 실패하더라도 시나리오의 문제는 아닐 겁니다."

그 찬사를 들은 유태일 감독이 피식 웃었다.

"또 뭘 부탁하려고 난데없는 칭찬을 해?"

이도원은 씨익 웃으며 볼펜을 꺼내 시나리오에 동그라미를 치고 다시 넘기며 말했다.

"여기 이 아역 배우, 분량을 좀 늘려주십시오. 원톱 말고 투톱으로요."

유태일 감독은 미간에 주름을 잡고 그 부분을 보았다.

"넌 주연을 둘로 쓰라고 했지만 내 시나리오는 애초부터 주연

하나를 조연들이 지탱해주는 구조야. 시나리오란 게 말한다고 뚝딱 써지는 게 아니다. 네 말대로 가려면 내가 미국인 꼬마아이의 심리를 이해해야 쓸 수 있단 뜻이지. 한국 초딩들도 이해를 못 하겠는데, 어떻게 외국 초딩을 이해하겠나?"

이도원이 풋 웃음을 터뜨리며 대답했다.

"애들이 금발의 미녀보단 낫잖아요."

푹 한숨을 내쉰 유태일 감독이 말했다.

"원하는 대로 수정을 해보겠지만 난 자신 없다. 전적으로 이 역할로 올 아역과 앤 로버츠가 얼마나 잘해주냐에 달렸어."

이도원은 진지한 표정으로 고개를 끄덕였다.

"앤 로버츠의 시나리오는 이해하기 힘든 부분이 많습니다. 그럼 아역 캐스팅이 중요해지겠군요."

"역시 고집스럽군."

고개를 내저은 유태일 감독이 시나리오를 다시 집어넣으며 물었다.

"그나저나, 잘할 수 있겠나?"

"모르죠. 그저 최선을 다할 뿐. 마침 참고할 수 있는 경험이 있습니다."

"좋은 경험?"

유태일 감독이 묻자 이도원은 씩 웃으며 고개를 끄덕였다. 예전에 우연히 했던 경험 하나가 떠오른 것이다.

처음 미국에서 순회공연을 할 당시 이도원은 에스페란토라는 국제 언어로 된 'SERVA(Service)'에 초대받았던 적이 있었다. 친교를 통해 인간을 이해하는 목적을 가진 이 모임은 외국인 여행객을 집에서 재워주며 소통하는 활동을 했다. 그들은 젊은 동양 배우가 계획한 소극장 순회공연에 대한 이야기를 듣고 싶어 했고, 'SERVA' LA지부에서 그를 초청하기 이르렀다.

따라서 이도원은 벨에어로 갔다. 벨에어는 미국 스타들의 보금자리기도 하며 비버리힐즈, 홈비힐즈와 함께 '플래티넘 트라이앵글'을 이루는 부촌(富村)이었다. LA에서 가장 경비가 삼엄한 동네 중 하나답게 출입 금지, 사유지 표시가 곳곳에 붙어 있었다. 철문을 지나 한참을 더 가서야 만날 수 있는 현관, 대리석 계단, 높은 천장, 복층 주방은 기본인 동네였다. 영화 속에서나 보던 대저택을 방문한 이도원은 그 당시 소통이 원활하지 않은 상태에서도, 집주인인 노신사와 밤을 새우고 즐겁게 대화를 나눴다. 그때의 대화나 경험이 좋은 소스가 되어줄 터였다.

이도원은 구구절절 설명하지 않고 말을 돌렸다.

"요새 임대주택을 좀 알아보고 있습니다."

유태일 감독이 감자튀김을 먹으며 물었다.

"아예 여기서 살려고?"

이도원은 고개를 저으며 대답했다.

"이제 저 혼자가 아니잖아요. 식구 중에 여자도 있고, 좀 더 쾌적한 환경에서 작업을 하자는 취지죠. 저희 극단 공연 기획을 해주시는 신용운 선생님과 유 감독님도 초대할 생각입니다."

유태일 감독이 딱딱한 표정으로 고개를 저었다.

"난 호텔이 좋다. 드림팀은 취향에 안 맞아."

"제가 소통하기 불편해서 그래요. 시나리오도 그때그때 확인하는 편이 좋고요. 앤 로버츠 감독도 자주 와서 작업에 동참해 줄 겁니다. 아무래도 미국 문화를 이해하는 데에는 한국인보다야 영국인이 익숙하겠죠. 저도 코칭을 좀 받아야 해요."

"하긴… 많은 피드백이 필요하겠지. 연극이야 여러 번 했다지만 영화 쪽은 처음이니까."

"맞습니다."

"타인의 장점을 적절하게 수용하는 자만이 빠른 발전을 기대할 수 있다. 넌 그런 의미에서 영리하고 좋은 배우야."

칭찬한 유태일 감독이 선글라스를 벗으며 말을 이었다.

"작업실을 마련해 준다는 조건이면 미국에서 머물 동안 신세를 지는 걸로 하지."

"콜입니다."

대답하며 씩 웃은 이도원이 말했다.

"전 이곳에서 신인이죠. 두근두근하고 막 그래요. 한국에서 영화 들어갈 때와는 또 다른 흥분입니다. 떨려 죽을 것 같은 기분, 아세요?"

*　　　*　　　*

이도원 일당은 '드림팀은 싫다'는 유태일 감독의 말에 의해 자연스레 '드림팀'이 되었다. 임대주택을 구하고, 그곳을 아지트 삼아 작품에 대한 논의와 작업을 하는 일이 일사천리로 진행됐다.

실력 있는 연출이자 시나리오 작가인 유태일 감독, 연극배우이자 무대연출가인 신용운, 영리한 배우 이도원은 틈만 나면 모여서 시나리오나 연기에 대한 토론을 했다.

다만 문제는 모두 한국인 남성이다 보니 색채가 짙어진다는 것이었다. 따라서 앤 로버츠는 제집 드나들 듯 이도원의 임대주택을 오갔다. 그 결과 시나리오 완본이 나오는 데까지 세 달의 시간이 걸렸다.

그동안 아역 배우 캐스팅도 같이 진행됐다. 놀랍게도 배급사 부사장 데니스 알렌은 오디션 현장에 이도원을 불렀다. 명목은 '다른 나라 배우들의 연기에 적응하라'는 것이었다.

2024년 5월 15일 할리우드의 내러티브 제작사.

앤 로버츠, 이도원을 비롯한 제작사 관계자 두 사람은 사내 오디션 룸의 심사자석에 나란히 앉아 있었다. 오디션 방식은 후보자들이 실제 대본을 토대로 심사자들 앞에 앉아 연기를 펼친다. 이도원이 마주 대사를 해주고, 그를 포함한 심사자들이 점수를 매기는 식이었다. 따라서 각 심사자 앞에는 동일한 오디션 심사표가 배부됐다.

심사표의 항목은 표정(Expression), 대사(Dialogue), 의견(Opinion) 세 가지로 정리되어 있었다.

제작사 관계자가 이도원과 앤 로버츠에게 설명했다.

"눈에 보이는 건 모조리 표정, 귀로 듣는 건 전부 대사, 그리고 개인적인 생각을 의견란에 적으면 됩니다."

두 사람이 고개를 끄덕였다.

제작사 관계자는 이도원에게 덧붙여 말했다.

"아무리 유명한 배우라도 오디션을 봅니다. 이도원 씨는 굉장히 예외적인 경우죠. 그래서 우리는 이번 기회에 이도원 씨의 연기력을 같이 평가하려 합니다. 최대한 현실감 있게 호흡을 맞춰주세요."

이도원이 고개를 끄덕이며 대답했다.

"알겠습니다."

이내 한 명씩 아역들이 들어섰다.

그 자리에서 대본을 배부하고 연습할 시간을 준 뒤 리딩하는 과정을 통해 심사를 하기 때문에 즉흥적인 연기력이 주요했다. 또한 아역들의 성별은 아직 정해지지 않았기에 남녀 구분 없이 꽤 많은 응시자가 몰렸다. 고만고만한 남녀 아역들의 연기를 보면서 이도원이 느낀 감정은 충격과 감탄이었다.

'하나같이 한국의 유명 아역들 수준은 되는군.'

심지어 발성도 안정적이었다.

분명 긴장을 하지 않는 건 아닐 터였다. 똑같이 긴장한 상태에서 기교 없이 안정적인 발성을 보여준다는 건 기본적인 신체 구조나 생활환경에서 차이가 난다는 의미기도 했다.

이도원은 입을 달싹여 소리를 내지 않고 영어 발음을 해본후, 한국어 발음을 해보았다. 그는 혀와 입과 근육에 집중해 원인을 파악했다.

'영어와 한국어의 발성은 서로 사용되는 근육이 다르다. 영어는 유성음과 무성음의 구분이 확실하고 구강의 운동범위가 한국어보다 크다. 영어는 대부분 혀가 아래로 내려와 있다. 소리가 나오는 통로를 혀로 밀어 올려서 공명이 되는 것처럼 들리지.'

이도원은 발성을 통해 한 가지 사실을 깨달을 수 있었다. 한국어와 달리 영어는 배우들이 훈련하는 화술과 매우 흡사하다는 것이었다.

'안면근육을 사용하는 게 자연스러운 것도 당연하겠군.'

더불어 서양인들은 표현 방식 자체에 몸짓이나 큰 표정 변화가 들어가는 경우가 많았다. 이래저래 연기를 하기에 훨씬 더 좋은 조건을 가진 셈이었다.

이도원이 틈틈이 이러한 분석을 하는 동안 어느새 순서는 마지막까지 왔다. 최종 한 명의 후보자를 남긴 채 이도원의 평가는 매우 후했다. 이도원이 보기에 지금까지 보았던 모든 아역들이 훌륭한 연기자의 재능을 가진 것처럼 느껴졌다. 한국 아이들과 이곳 아이들의 차이점을 깨닫는 데에는 꽤 긴 시간이 걸렸고, 그동안 점수를 정정할 기회는 이미 지나가 버렸다.

반면 앤 로버츠나 제작사 관계자들의 평점은 냉혹했다. 관계자 중 한 사람이 앤 로버츠를 보며 말했다.

"오디션을 여러 번 더 진행해야 될지도 모르겠습니다. 기존 아역들을 쓰지 않고 발굴하자니 만만치가 않군요."

앤 로버츠 역시 딱딱하게 굳은 표정으로 고개를 끄덕였다. 두 사람의 반응을 본 이도원은 슬그머니 심사표를 가려야 했다.

'저들이 보기에 내 심사표는 기부천사 수준이겠어.'

그때 한 여자아이가 들어왔다. 예쁘장한 얼굴이 귀여우면서도 나이답지 않게 성숙한 표정을 갖고 있었다. 긴장으로 굳은 얼굴이 도발적인 매력을 가진 것이다.

'좀 다른데?'

이도원은 이미지만 보고도 직감했다. 다른 심사자들도 얼굴에서 피곤한 기색을 지우고 눈을 반짝이기 시작했다.

"이름이 뭐죠?"

심사자의 질문에 소녀는 본인의 실명 대신 극중 이름을 댔다.

"피타 로즈입니다."

심사자가 처음으로 웃었다.

"알겠어요. 피타. 이제 여기, 이분을 상대로 대사를 하면 됩니다. 그럼 연기 한번 해볼래요?"

부드러운 목소리로 묻자 피타 로즈라고 밝힌 소녀가 고개를 끄덕였다.

이도원은 무심결에 후보자 명단을 보았다. No. 127이라는 숫자 뒤에 적혀 있는 이름은 '줄리아 패닝'이었다.

'아!'

타임 슬립 전 익히 들었던 이름이었다. 그러고 보니 얼굴이 눈에 익었다. 지난 삶에서 줄리아 패닝은 이십 대 중후반 때부터 스타덤에 올랐기에 이도원이 미처 알아보지 못했던 것이다.

'아역 시절부터 연기를 했었다니……'

이도원은 절로 기대가 되었다.

심사석을 마주 보고 의자에 앉은 줄리아 패닝은 긴장한 숨을 내쉬더니 대본으로 시선을 내리깔았다. 이윽고 감정을 잡은 줄리아 패닝이 이도원과 눈을 맞췄다.

"제 이름은 피타예요, 당신은요?"

줄리아 패닝은 담 너머를 훔쳐보는 도둑고양이 같은 눈빛과 표정으로 물었다. 속마음을 둘러싼 두툼한 장벽과 경계심이 고스란히 전달되었다.

이도원은 앞에 놓인 대본 속으로 빨려 들어가서 줄리아 패닝을 보았다. 그는 대본 안에서 이야기 속 인물 '존 리'가 되어 대사를 쳤다.

"존 리."

이도원의 얼굴을 지배하는 슬픔이 드러났다. 동공 속은 감정한 점 없이 텅 비어 있었고, 입가에만 어색한 미소가 매달려 있었다. 이내 이도원이 약점을 들킨 사람처럼 다른 곳을 바라보았다. 그는 촉촉하게 젖은 눈가를 훔치고 다시 줄리아 패닝에게로 고개를 돌리며 물었다.

"피타, 왜 이런 곳에 있니?"

'피타 로즈'역의 줄리아 패닝은 눈을 내리깔며 표정을 바꾸는 것만으로 불안한 심리를 반영하더니, 이윽고 입술을 달싹이며 망설이다 입을 열었다.

"전 혼자예요."

이도원이 줄리아 패닝이 앉은 뒤편을 바라보았다. 아무것도 없는 공간에 현관이 생겨나고, 그 안에서 난폭하게 다투는 남녀의 목소리가 들려왔다. 가만히 그쪽을 응시하던 이도원은 줄리아 패닝에게로 시선을 돌리며 물었다.

"부모님은?"

줄리아 패닝은 여전히 눈을 내리깐 채로 어깨를 살짝 떨었다. 그사이 대본을 확인했지만 전혀 눈치채지 못할 만큼 자연스럽게 연기를 했다. 대사와 표정 변화 모두 물 흐르듯 이어지는 것이다.

"그들은 제 부모가 아니에요."

줄리아 패닝이 눈을 들며 강한 적개심을 드러냈다. 담담하게 마주 보는 눈동자 깊은 곳에 불안감이 일렁였다. 마음속에 끓어오르는 두려움을 숨기며 방어적인 태도를 취하는 중이었다.

'표현이 입체적이다.'

이도원은 감탄했다.

아이들은 보통 우는 연기로 부정적인 감정을 표현하고, 웃는 연기로 긍정적인 감정을 표현한다. 상황에 따른 섬세한 감정을 이해하지 못하기 때문이다.

이를 감안했을 때 만약 줄리아 패닝이 현실에서도 고아거나 가정불화를 겪는 아이가 아니라면 타고난 재능이었다. 불과 열두 살의 아이가 쪽대본 하나로 그런 감정을 이해하고, 표현하고, 전달하기까지 막힘이 없다는 건 실로 믿기 힘든 일이었다.

이도원은 신선한 충격을 받았지만 내색하지 않았다. 대신 상대역인 줄리아 패닝에게 집중하며 감정을 잡았다. 그가 일그러지는 표정을 간신히 붙잡고 미소를 만들며 물었다.

"네 부모님은 어디 가셨니?"

그 질문을 들은 줄리아 패닝의 눈이 순식간에 충혈되며 눈물이 뚝뚝 떨어졌다. 그녀는 맑은 구슬 같은 눈물을 뚝뚝 떨어트리며 서럽게 울었다.

두 배우가 대사와 감정을 주고받는 모습을 보며 몰입했던 제작사 관계자가 고개를 끄덕이고 말했다.

"좋아, 피타. 한 장면만 더 해보자."

심사자가 미공개 대본의 중간 부분을 건넸다.

이도원과 줄리아 패닝은 대본을 받아서 읽었다.

실내에는 약 십 분 정도의 침묵이 주어졌다. 그건 줄리아 패닝이 연습할 수 있는 유일한 시간이었다.

시계를 본 제작사 관계자가 물었다.

"준비됐니?"

줄리아 패닝이 고개를 끄덕였다.

이제 이도원이 먼저 대사를 해줄 차례였다.

"피타, 난 나쁜 사람이다. 아주 지독하지."

그 말에 줄리아 패닝은 슬픔을 모두 주체하지 못하고 표정을 일그러뜨린 이도원을 똑바로 보며 대답했다.

"당신은 나쁜 사람이 아니에요."

줄리아 패닝의 눈가가 붉어졌다.

분명 정교하게 감정을 조절하는 것처럼 보였다. 하지만 이도원은 줄리아 패닝이 감정을 '조절'하는 것이 아닌, 불과 십 분의 연습시간 동안 대본을 '이해'하고 자기 것으로 만들었다는 사실을 알 수 있었다.

'공감하는 능력이 말할 수 없이 뛰어나. 오직 재능이나 경험으로만 발휘할 수 있는… 기술로 흉내 낼 수 없는 정교한 표현이야.'

그때 줄리아 패닝이 대사를 이어나갔다.

"내가 다섯 살 때 실수로 이층 난간에서 떨어진 적이 있대요. 그 바람에 팔에 상처가 났어요. 지금도 흉터로 남아 있죠."

줄리아 패닝은 가장 소중한 장난감을 빼앗긴 아이처럼 서럽게 울며 말했다.

"그냥 그런 거예요. 존도 그래서 상처를 입은 거고요. 나도 그래요. 상처가 고통스럽다거나 보기 싫은 흉터가 생겼다고 모든 사람들이 죽으려 하진 않아요. 상처는 아물고 흉터는 익숙해질 테니까요."

줄리아 패닝은 보는 이들의 마음이 움직일 정도로 호소력 짙게 울고 있었지만 대사는 또렷하게 전달됐다. 그런데도 조금도 어색하지 않았다. 격한 호흡과 대사는 서로 상충되지 않고 잘 어우러졌다.

'훌륭해.'

짧은 생각이 들었지만, 이도원은 즉시 상황에 몰입해 줄리아 패닝을 마주 보았다. 가만히 응시하던 그는 맥없는 미소를 띠고 대답했다.

"고맙다, 피타."

바람이 불면 사라져 버릴 것 같은 불안한 표정이었지만 목소리는 무거웠다. 이도원은 감정을 고스란히 연기에 녹여 반영하며 줄리아 패닝과 같이 호연을 펼쳤다.

이내 줄리아 패닝이 붉게 충혈된 눈으로 노려보며 마지막 대사를 소리쳤다.

"아저씨는 비겁한 겁쟁이에요! 겁쟁이! 바보! 배신자!"

두 사람의 연기를 모두 감상한 관계자는 흐뭇한 표정을 짓고 줄리아 패닝을 보며 말했다.

"곧 피타의 회사로 결과를 보내주겠습니다."

줄리아 패닝은 눈물을 닦고 원래의 얼굴로 돌아와서 인사한 후 오디션 룸을 나갔다.

관계자가 고개를 돌리며 이도원과 앤 로버츠에게 물었다.

"어떻게 보셨습니까?"

앤 로버츠는 심사표를 한쪽으로 밀며 대답했다.

"고민할 필요도 없겠네요. 줄리아 패닝이 피타예요."

이도원은 고개를 끄덕이며 명단의 'No. 127 줄리아 패닝'란에 동그라미를 쳤다.

"저도 같은 생각입니다."

두 사람의 의견을 들은 관계자가 고개를 끄덕였다.

"좋습니다. 그리고… 훌륭한 연기였습니다."

이도원은 마주 미소를 띠며 대답했다.

"감사합니다."

*　　　　*　　　　*

이도원은 캠코더로 오디션 장면을 촬영한 제작사에 '줄리아 패닝' 복사 파일을 택배 발송해 줄 것을 요청했다. 백 엔터테인먼트로 보내 연기 트레이닝 자료로 쓸 생각이었다. 배우 외에도 투자사 대리인 신분인 그에게는 오디션에 응시한 배우들의 연기 장면을 활용할 권한이 있었기 때문이다.

앤 로버츠와 함께 임대주택으로 돌아온 이도원은 사람들과 둘러앉은 후 유태일 감독에게 말했다.

"아역 배우가 결정됐습니다. 줄리아 패닝이란 열두 살짜리 배우입니다. 인물의 심리묘사 부분은 맡기셔도 될 것 같습니다. 훌륭했어요."

유태일 감독은 궁금한 표정으로 물었다.

"그 정도야?"

앤 로버츠가 엄지손가락을 추켜세웠다.

"영국에 있을 때 현장 스태프로 잠깐 일을 했었는데, 그때 영화 촬영 현장에서 봤던 아역들과 비교해도 손색이 없어요. 고작 열두 살짜리 어린애가 어찌나 섹시하든지."

이도원은 어깨를 으쓱이며 말했다.

"들으셨죠? 보통내기가 아니에요."

신용운이 미소를 띠고 끼어들었다.

"듣던 중 반가운 소리로군. 여기 모든 사람들이 지금까지 시도된 적 없던 도전을 하고 있는데, 생각보다 순항하는 것 같아서 기분이 좋아. 아직 정확한 일정은 안 나온 건가?"

"그럴 리 없죠!"

검지를 좌우로 흔든 앤 로버츠가 가방에서 파일 하나를 꺼냈다. 그녀는 파일 안에 들어 있던 일정표를 한 사람씩 배부하며 말로도 설명했다.

"6월 3일 대본 리딩이 있고, 6월 23일 날 크랭크인에 들어갈 거예요. 물론 추가적으로 섭외되는 배우들의 스케줄에 문제가 없다면 말이죠."

이도원은 고개를 끄덕이며 노트북 화면에 올라와 있는 배우 프로필을 보았다.

"영화보다 드라마 위주로 활동했던 배우들이 많군요. 차라리 극단 배우 중 잘하는 친구들로 조단역 섭외를 진행하는 건 어떨까요?"

신용운이 볼을 긁적이며 말했다.

"글쎄다. 잘되면 좋겠지만 다들 브로드웨이를 목표로 하고 있는데다 제작사 쪽도 반기진 않을 것 같은데?"

고개를 끄덕인 이도원이 대답했다.

"브로드웨이로 갈지 할리우드를 갈지, 선택권은 단원들에게 줄 생각입니다. 제작사 반대는 오디션을 통해 붙이면 무마할 수 있습니다."

유태일 감독 역시 이도원을 거들었다.

"저도 찬성입니다. 차라리 조단역 출연료를 줄이고 티켓파워를 기대할 수 있는 헤비급 조연을 한둘을 넣는 편이 낫습니다."

"문제는 누가 우리 영화에 선뜻 참여해 주냐는 건데… 일단 시나리오나 보내보죠."

다들 고개를 끄덕이며 수긍했다.

이도원 일행은 제작사 측에서 보내온 자료를 보고 예산에 맞는 명단을 뽑아서 다시 넘겼다. 그리고 의외로 배우들의 호응을 얻을 수 있었다. 제작사의 특출난 능력 덕분인지, 시나리오의 높은 완성도 덕분인지, 아니면 둘 모두인지 모르겠으나 조연으로 조지 그랜트, 숀 클랩튼, 에릭 벡, 클로이 포트만이 참여하게 됐다. 모두 막강한 티켓 파워를 가진 조연들이었다.

오늘도 역시 이도원의 집에 머물며 제작사에서 보내온 출연료 정산표를 보던 앤 로버츠는 고개를 저었다.

'주연보다 조연 개런티가 두 배 이상 높게 책정됐어.'

영화에 투자한 노력의 본전을 뽑기 위해서라도 호화스러운 조연 캐스팅은 불가피한 것이다.

그때 이도원이 주방에서 커피와 레몬차를 내왔다. 커피는 앤 로버츠, 레몬차는 자신의 몫이었다. 그를 발견한 앤 로버츠가 다급하게 화면을 가렸다. 그러나 이미 이도원이 모니터를 본 후였다.

"괜찮습니다."

이도원이 씩 웃으며 앤 로버츠의 옆에 앉았다.

레몬차를 후루룩 들이켜며 이도원이 말했다.

"어느 정도 예상했어요. 어차피 가끔씩 있는 일 아닙니까? 이런 조연들이면 제가 밀리는 게 당연하죠."

그건 그랬다.

앤 로버츠는 모니터에서 물러나며 커피를 마셨다.

"커피 고마워요."

그녀는 잠시 망설이다 말을 이었다.

"아마 촬영이 시작되면 어려운 점이 많을 거예요. 무엇이든 저와 공유해 주길 바라요. 감독과 배우 사이의 벽이 있으면 안 된다는 것이, 제가 배운 것들 중 가장 중요한 점이에요."

"당연하죠. 우린 촬영 기간 동안만큼은 친한 친구나, 때로는 가족보다도 더 가까워져야 하는 사이니까요."

이도원이 맞장구를 치자 앤 로버츠는 고개를 끄덕이며 말했다.

"대놓고 차별하진 않겠지만 은근한 텃새를 부릴 수도 있어요. 이번 영화를 만드는 모든 사람들 중 한국인은 도원 씨뿐이에요. 외롭고 힘들겠죠."

"각오하고 있습니다."

이도원은 대수롭지 않게 대답했다.

"이미 극단을 하면서 여러 번 겪어봤어요. 이곳 사람들에게 인정받기 위해서는 언어의 장벽보다도 더 먼저 허물어야 될 벽이 하나 더 있다는 것을요. 그게 문화의 차이든 생김새의 차이든, 개의치 않을 생각입니다."

앤 로버츠는 미소 지으며 고개를 끄덕였다.

"하긴, 내가 걱정할 입장은 아니죠. 도원 씨는 웨스트마운틴의 사장님을 설득하고 제작사들까지 사로잡아 이런 놀라운 일을 벌였는데요. 영혼까지 공유해야 하는 감독과 배우로서 이야기지만……."

끝을 흐리며 입을 달싹이던 그녀가 말을 이었다.

"내가 초조해서 그래요. 이번 영화가 최고의 데뷔작이 될지 최악의 데뷔작이 될지, 내 인생이 걸렸으니까요. 거기다 나는 이름 없는 신인 감독에 여성이죠. 그런데 어떤 감독도 선뜻 맡지 않았을 정도로 부담이 큰 작품을 연출하게 됐어요. 잘할 수 있을지 걱정되네요."

이도원은 당연하다는 듯이 대답했다.

"잘할 수 있을 겁니다. 제가 감독님을 LA로 초대한 건 그 용기 때문이니까요."

2024년 6월 3일 월요일.

새벽 다섯 시에 칼같이 일어난 이도원은 각각 두 시간씩, 네 시간 동안 체력 단련과 화술 훈련을 하고 이진빈과 함께 '네러티브 제작사'에 위치한 리딩 룸으로 갔다.

제작사 관계자로 오디션에 참여했던 영화 프로듀서 제임스 페터젠이 그를 발견하고 말했다.

"일찍 왔군요."

거의 한 시간 전에 도착한 이도원은 제임스 페터젠과 인사를 나눈 후 리딩 룸에 먼저 들어가서 대본 연습을 했다. 머지않아 리딩 시간 십 분 전까지 주연 줄리아 패닝과 조연인 조지 그랜트, 숀 클랩튼, 에릭 벡, 클로이 포트만이 참석했다.

조지 그랜트는 백발이 멋들어진 중년에서 노년 사이의 신사였다. 그는 바다처럼 푸른 눈을 빛내며 손을 내밀었다.

"만나서 반갑습니다."

이도원은 손을 맞잡고 흔들 때마다 속이 울렁거렸다. 타임 슬립 전에는 스크린을 통해서나 만나던 어마어마한 배우들이 한자리에 있었다.

맙소사, 그들과 작업하게 되다니!

너무나 영광스러운 순간이었다.

'이보다 좋을 순 없다.'

이도원은 얼굴에 함박웃음을 그리며 일일이 정중하게 화답했다.

숀 클랩튼은 깡마른 체형에 갈색 눈동자, 눈 밑에 그림자가 진 강퍅한 인상의 사내였다. 까칠해 보이는 분위기대로 주로 악역을 맡았는데, 이번 배역 역시 크게 다르지 않았다. 그러나 그의 성격은 오히려 정반대였다.

"나는 당신의 영상을 모조리 다 봤습니다."

숀 클랩튼이 씩 웃으며 말했다.

이도원은 몸 둘 바를 몰라 어색하게 대답했다.

"감사합니다."

에릭 벡이 숀 클랩튼의 어깨에 팔을 둘렀다. 두 사람은 동갑내기 친구로, 그들이 우정은 유명했다. 반면 에릭 벡은 숀 클랩튼과 반대로 선하고 잘생긴 외모를 가지고 있었다. 갈색 눈에 검은 곱슬머리를 가진 그는 장난기 가득한 눈빛으로 말했다.

"난 솔직히 클로이에게 관심이 있습니다. 내 여자죠."

에릭 벡이 클로이 포트만이 다소곳이 앉은 쪽을 눈짓했다. 그를 힐긋 본 숀 클랩튼이 목을 긋는 시늉을 하며 말했다.

"넌 바로 퇴짜 맞을걸? 클로이는 콧대 높기로 유명하다고."

클로이 포트만은 줄리아 페닝과 대본을 사이에 두고 미소 짓고 있었다.

이도원은 그녀를 보며 고개를 갸웃했다.

'미의 기준이 다른 것 같은데.'

그가 보기에 클로이 포트만은 눈에 띄는 미녀가 아니었다. 특이한 생김새와 육감적인 몸매를 가졌지만 그뿐이었다. 뭐, 금발에 시리도록 푸른 눈동자가 매력적이긴 했다.

그때 감독 앤 로버츠가 리딩 룸 안으로 들어섰다. 그녀를 발견한 배우들은 아쉬운 얼굴로 자리로 돌아가 앉았다. 그들이 모두 착석하자, 앤 로버츠가 자리에 있는 모든 사람들을 대상으로 입을 열었다.

"여러분들은 저를 오늘 처음 보겠지만 전 여러분들의 팬이에요. 한때 이 자리의 몇몇 분들을 보며 열광했던 소녀였죠."

배우들이 곳곳에서 웃음을 터뜨리자 앤 로버츠가 말을 이었다.

"저를 다시 열광시켜 주시길 바라요. 먼저 이쪽은 이번 영화의 주연인 이도원 씨, 그리고 줄리아 패닝입니다."

박수 소리가 잦아들자 줄리아 패닝이 똘똘하게 말했다.

"피타 로즈 역할입니다."

이도원이 따라 말했다.

"존 리 역할의 이도원입니다."

이어서 조연배우들의 소개가 이어졌다.

배우들이 서로의 이름을 익히는 시간을 끝으로 모든 리딩 준비가 끝났다. 그에 앤 로버츠가 배우들을 보며 말했다.

"리딩을 시작하죠. 피타부터, 씬(#)3 봐주세요."

영화는 피타 역할의 줄리아 패닝의 독백으로 시작된다. 잔잔한 클래식 음악과 함께 널찍한 연습실에서 홀로 발레 연습을 하는 줄리아 패닝의 실루엣이 나오면, 나직한 내레이션이 시작된다.

"나는 끔찍한 고통에 빠진 한 남자를 본 적이 있다."

열두 살의 소녀가 말하는 밀도 높은 내레이션을 들으며 배우들은 입가에 미소를 매달았다. 놀랍기도, 대견하기도 한 것이다. 그사이 줄리아 패닝의 독백이 끝나고 이도원의 차례가 왔다.

앤 로버츠가 씬 넘버를 알렸다.

"씬 5."

화면 안에서나 보던 배우들 앞에서 연기를 펼치는 순간이다. 충분히 긴장될 만도 했지만, 이도원의 의식은 이미 이곳 리딩 룸을 떠나 있었다. 그의 정신은 온전히 대본 속으로 스며들었다. 눈앞에 에메랄드빛 푸른 바다가 나타났고 선선한 바람이 머리칼을 헝클었다. 그는 천국과 같은 풍경 속에 있었지만 마음만은 지옥이었다.

밤이 찾아오고 어둠이 내리 깔리듯 동공 깊은 곳에 짙은 상실감이 맺혔다. 그러자 고통이 들이닥치며 이도원을 집어삼켰다. 형편없이 구겨진 표정으로 먼 곳을 바라보던 이도원이 어디론가 전화를 걸었다.

"브루스 히들스턴 부탁합니다."

이내 '브루스' 역할의 에릭 벡이 전화를 받았다.

"브루스 히들스턴입니다. 누구시죠?"

"나요, 존 리."

이도원의 음성이 무겁게 떨어졌다.

에릭 벡은 그 무게에 짓눌린 표정으로 신음을 뱉듯이 대답했다.

"당신 부탁은 들어줄 수 없어요. 잘 알지 않습니까? 그건……."

"난 지금 부탁하는 게 아닙니다."

이도원이 매서운 어조로 말을 이었다.

"잊었습니까? 내가 당신의 실수를 알고 있는 사람이라는 것을. 그것만으로도 당신이 내 말을 따를 이유는 충분하다고 생각하는데, 아닙니까?"

난감한 얼굴로 망설이던 에릭 벡은 나직이 한숨을 쉬며 대답했다.

"알겠습니다. 대신 그전에, 그 아이를 브루클린 다이커 헤이츠 마을의 '헤이츠 병원'으로 옮겨야 합니다. 당신도 다이커 헤이츠 마을에서 계획한 일을 저질러야 하고요. 그래야 내가 도울 수 있습니다."

그 말에 이도원은 비장한 얼굴로 고개를 끄덕이며 굳은 목소리로 못을 박았다.

"잊지 마십시오. 우리는 용서받으면 안 될 사람들입니다. 그리고 난 속죄를 위해서라면 무슨 짓이든 할 수 있어요. 약속을 어기는 일은 없어야 할 겁니다."

에릭 벡이 시선을 떨어트리며 대답했다.

"…알겠소. 하지만 꼭 이렇게까지 해야 합니까? 얼마든 다른 방법으로 속죄할 수도 있는 일입니다."

이도원은 전화를 끊어 버렸다.

그것으로 한 씬이 끝났다. 그 한 통화, 한 장면이 굉장히 긴박하게 느껴졌다. 내용에 대한 설명이나 대사가 불친절했음에도 두 배우는 섬세한 연기로 긴장감을 놓치지 않았다. 팽팽한 분위기를 끌고 가면서 끊임없이 관객들의 호기심을 자극하는 것이다.

'왜 이런 시나리오를 썼는지 알겠어.'

앤 로버츠는 두 배우의 연기를 보며 새삼 시나리오 작가인 유태일 감독의 의도를 파악할 수 있었다. 유태일 감독은 배우들의 연기가 돋보일 수 있는 시나리오를 썼다. 반대로 말하면 배우들의 연기에 따라 좌지우지되는 작품을 쓴 것이다.

한편 에릭 벡은 갈색 눈을 반짝였다. 짧게 호흡을 맞춘 것에 불과하지만 이도원과 대사를 주고받으며 전율을 느꼈다. 마음속 깊이 한국 배우를 경시하던 선입견이 흔들리고 있었다.

'제법이야.'

아직 판단을 끝내긴 섣불렀지만 이도원이 좋은 연기를 보이고 있다는 건 확실했다. 에릭 벡은 감탄하기보다, 관찰하듯이 불편한 시선을 던졌다. 그 시선 속에 내포된 의도를 읽은 이도원은 미간을 찌푸렸다.

'겉으로는 친절하게 대할지언정, 속으로는 다른 생각을 하고 있었나 보군.'

비단 에릭 벡 뿐만이 아니었다. 다른 배우들 역시 이도원을 경계하며 평가하고 있었다.

그 같은 시선을 한 몸에 받은 이도원은 분노하기보다 흥분했다. 어차피 미국을 처음 왔을 때부터 익숙한 반응이었다. 그리고 그들의 판단을 뒤집는 일을 즐겨왔다. 입가에 절로 미소가 맺혔다.

배우들 사이에 흐르는 묘한 기류를 느낀 앤 로버츠는 침이 말랐다. 아직은 배우들 간의 신경전이 표면적으로 반영되지 않고 있었지만, 작은 균열이라도 생기는 날에는 파국으로 치달을 수 있었다. 국적과 인종에 따른 차별은 그만큼 민감한 문제였다. 보는 이가 다 초조한 판에, 정작 이도원은 태연했다.

'담도 크지.'

나직이 감탄한 앤 로버츠가 말했다.

"다음, 씬 6."

이번에도 이도원이었다. 그는 전 장면에 이어서 시작했다. 전화를 끊고 고개를 숙인 채 관자놀이를 꾹꾹 눌렀다. 심호흡을 하고 다시 전화를 걸었다. 그러자 이번에는 조지 그랜트가 전화를 받았다.

"…존."

존 리의 변호사, 가족과 같은 인물인 '조 밀러' 역할의 그는 안타까운 표정과 무거운 목소리로 이도원을 불렀다.

이도원은 잠시 침묵하다 물었다.

"그 아이는 찾으셨습니까?"

그는 입술을 매만지며 책상을 손가락으로 두드렸다. 초조한 심리가 태도는 물론 눈빛에까지 고스란히 드러났다.

조지 그랜트는 망설임 끝에 대답했다.

"찾았네, 브롱스에 있다더군."

브롱스는 뉴욕 맨하탄의 북동쪽 할렘강 경계에 위치한 지역이었다. 빈민가로도 유명한 곳이었기에, 이도원은 눈살을 찌푸리며 물었다.

"브롱스 어디죠?"

"사우스 브롱스에 있다더군."

뉴욕이 과거에 비해 전체적으로 안정됐다고 해도 사우스 브롱스는 아직까지 질이 좋지 않은 동네였다. 그 사실에 분노한 듯 이도원은 책상을 주먹으로 후려쳤다. 쿵쾅거리는 소음을 수화기 너머로 들은 조지 그랜트가 걱정스럽게 불렀다.

"존?"

거친 숨을 몰아쉰 이도원이 말했다.

"아이를 브루클린의 다이커 헤이츠로 데려가야 합니다."

"아이의 부모가 승낙하지 않을 거야."

"부모가 아닙니다."

이도원은 단칼에 잘랐다.

"아이는 양부모로 알고 있지만, 아이에게 남겨진 유산을 노리고 달려든 자들일 겁니다. 병원에서 본 적이 있어요."

"진정하게, 존."

조지 그랜트가 우려 섞인 목소리로 말했지만 이도원을 진정시킬 수는 없었다.

"잊지 마세요, 조. 나는 그 아이에게 속죄해야만 합니다. 그 아이의 인생이 망가지는 걸 보고 있을 수는 없어요. 그 아이에게 벌어진 불행은 모두 나 때문입니다."

이도원의 눈이 붉게 충혈됐다. 그는 못 박아 당부했다.

"방법을 찾아주세요. 저랑 약속한 일을 잊지 마십시오. 굳게 마음먹으세요. 그 아이에게 속죄하지 않는다면 제 인생은 아무 가치도 없습니다."

조지 그랜트가 대답을 피하며 말했다.

"그 아이는 자네의 아내도, 뱃속에 있던 아이도 아니야. 그 아이는……."

"조!"

이도원이 언성을 높여 그의 말을 잘랐다. 이어서 그가 거친 호흡을 억누르며 말했다.

"저를 도와주기로 했던 약속을 잊지 마십시오. 흔들리지 마세요."

전화를 끊는 데까지, 또 한 씬이 끝났다.

참던 숨을 내쉰 앤 로버츠가 말했다.

"잠시 쉬고 하죠."

배우들은 다들 고개를 끄덕였다.

이도원의 연기를 본 후 배우들 사이에서는 여러 색깔의 시선들이 교차했다.

줄리아 패닝은 조금 놀란 듯 눈을 치켜떴다. 조지 그랜트는 눈이 마주치자 감탄한 듯 진지한 얼굴로 엄지손가락을 추켜세웠다. 반면 에릭 벡과 숀 클랩튼, 클로이 포트만은 무언가 찜찜한 표정이었다. 과연 그렇게까지 후한 평가를 줄 만한가 불만 섞인 반응이었다.

주변의 시선을 느낀 이도원은 자조적으로 웃었다.

'동양인치고 제법이다, 이건데.'

이도원을 인정하는 배우들도, 인정하기 싫어하는 배우들도 그 생각은 같았다.

잠깐이지만 호흡을 주고받아 본 이도원은 그 원인을 이해할 수 있었다.

'이 자리의 모든 배우들이 우열을 가릴 수 없을 만큼 뛰어나다. 각자의 연기 색깔이 확실해. 나도 어느새 교만해졌던 건가? 이런 반응이 시시하고 서운할 정도로……'

한국에서는 물론 미국에서 순회공연을 할 당시에도 칭찬을 받았고, 어느새 익숙해져 있었던 것이다.

이런저런 생각을 하고 있는 그때 앤 로버츠가 물었다.

"도원, 어때요?"

이도원은 피식 웃으며 대답했다.

"하나같이 놀라운 연기를 보여주네요."

이도원이 보고 있는 배우들은 몇 년 후 대부분 할리우드에서 각광받는 스타가 된다. 따라서 현재의 연기력도 수준급이었다. 이런 자세한 내막까진 모르는 앤 로버츠는 능청스러운 농담을

'더 넓은 세계로 나선 소감' 정도로 치부했다. 그녀는 방긋 웃으며 대답했다.

"저들도 놀랐을 거예요. 자신감을 가져요. 충분히 그럴 자격이 있으니까요."

굳이 말하진 않았지만, 내심 걱정도 됐다. 어찌 됐든 이도원은 홀로 동양인인 것이다.

한편 이도원은 눈을 반짝이며 그녀의 걱정을 걷어냈다.

"물론이죠, 막 재밌어지려 해요."

2장

촬영

이도원이 영어 대사에서 느끼는 어려움은 발음보다 뉘앙스였다. 영어와 한국어 악센트가 다르다는 점이었다. '이런 느낌, 이런 감정이니까 이런 톤으로 해야지' 하다가도, 그대로 했을 때 자칫 전혀 다른 의미로 해석되기도 했다. 지금까지 해왔던 연극과 영화는 대사도, 대사 톤 자체도 달랐기 때문이다. 즉 이도원의 연기력이 자꾸 막히는 부분은 바로 인토네이션(intonation : 억양)이었다.

그 결과 이도원은 리딩 내내 헤매야 했다. 그런 와중에도 다른 배우들의 연기를 관찰하며 조금씩 배워나갔다.

'앤 로버츠의 도움이 필요하겠어.'

이도원은 리딩을 마친 뒤 다짐했다. 앞으로 함께할 배우들 앞에서 처음 실력을 선보이는 순간이었는데 아쉬움이 많이 남았다. 그나마 본격적인 촬영이 아니었기에 이도원은 실망하기보다 과제 하나를 얻은 기분으로 리딩 룸을 나섰다.

∗   ∗   ∗

이도원과 앤 로버츠는 그날부로 대본을 사이에 두고 수도 없이 연습을 했다. 지금까지 동양인이 진출했던 영화들처럼 액션이 주가 되는 역할도 아닐뿐더러 영화 전체의 80퍼센트를 잡아먹는 많은 분량을 소화해야만 했다. 그만큼 대사도 많고 디테일한 부분까지 신경을 써야 했다. 이도원의 연기가 흐트러지는 순간 영화 자체가 흔들릴 수밖에 없기 때문이다. 따라서 이도원은 앤 로버츠에게 거듭 요청했다.

"최대한 가혹한 지적을 해주세요. 크랭크인 전까지 완벽해져야 합니다."

다행히 영화 제작의 전반적인 부분은 수많은 흥행작을 탄생시킨 '네러티브 제작사'의 영화프로듀서 제임스 피터젠이 담당했기 때문에 앤 로버츠는 이도원을 코칭할 여유가 있었다. 그렇게 한참 보이스 트레이닝이 지속됐고 마침내 6월 23일 크랭크인 당일이 되었다.

이도원과 앤 로버츠는 같은 차에 동승해 산타모니카 해변에 위치한 촬영장으로 갔다. 운전은 이진빈이 맡았고, 이동하는 동안 유성연이 현지의 유명 디자이너들과 만나며 배운 스타일링을 해주었다. 코디를 받는 동안에도 이도원은 대본을 손에서 놓지 않았다.

'아······.'

바다가 보이는 현장에 도착한 앤 로버츠는 당황했다. 이도원의 트레일러 크기가 주연배우임에도 가장 작았던 것이다. 이도원의 매니저인 이진빈과 스타일리스트 유성연 역시 표정이 굳었지만 정작 이도원 본인은 담담했다.

"들어가죠."

툭 던진 이도원은 트레일러 안으로 들어가 본격적인 분장을 하고 촬영 준비를 마쳤다. 한편 그와 흩어진 앤 로버츠는 스태프들과 인사를 나누고 콘티를 확인했다. 그리고 머지않아 촬영이 시작됐다.

해당 장면은 변호사 '조 밀러' 역할의 조지 그랜트와 '존 리' 역할의 이도원이 대화를 나누는 씬이었다.

스태프들이 위치하고 앤 로버츠가 지시했다.

"배우들 준비해 주세요."

조지 그랜트가 앵글에 담긴 모래사장의 벤치에 가서 앉았다.

이도원은 레쉬가드를 입은 채 서핑보드를 옆구리에 끼고 나타났다. 그는 바닷물이 무릎 위를 적시는 곳에 위치한 상태로, 망설이지 않고 머리끝까지 몸을 담갔다 일어났다. 다만 로스앤젤레스의 6월은 한국으로 치면 늦봄의 기후를 보였기 때문에 입수할 경우 다소 추울 수 있었다.

두 사람이 준비를 마치자 앤 로버츠가 확성기에 대고 사인을 보냈다.

"레디, 액션."

이도원의 귓가로 등 뒤에서 넘어오는 파도소리가 들렸다. 그는 쌀쌀하게 느껴지는 바람을 체감하며 자연스럽게 얼굴 표정을 굳혔다.

'몸이 좋군.'

조지 그랜트는 내심 감탄했다. 몸을 만드는 것이 얼마나 고된 일인지 모르는 배우는 없다. 그런 의미로 봤을 때 이도원은 인정해줄 만한 비율의 몸을 갖고 있었다.

한편 이도원의 입장에서는 오랜 시간 동안 쉬지 않고 강도 높은 운동을 해온 결과물이었다. 전부터 꾸준히 해왔던 노력이 지금 빛을 발하는 것이다. 그 덕분에 따로 몸 만들 시간을 갖지 않고 보이스 트레이닝에 집중할 수 있었다.

조지 그랜트에게 다가간 이도원은 서핑보드를 벤치에 기대놓고 곁에 앉았다.

이도원은 등을 굽히고 두 팔을 허벅지 댄 채 앞으로 쏠린 자세에서, 바다를 바라보며 입을 열었다.

"조, 제 부탁은 생각해 봤습니까?"

전에 비해 훨씬 자연스러워진 억양이었다. 이 순간을 위해 이도원은 밤낮없이 노력했다. 대본을 수차례 외웠고 마디마디 코칭을 받았다. 그 노력이 빛을 발했다.

조지 그랜트는 무언가 미세하게 달라진 분위기를 느꼈지만 내색하지 않고 마주 대사를 쳤다.

"존, 아내와 뱃속의 아이 일은 유감이네. 하지만 자네의 탓이 아니야."

멋스럽게 주름진 노신사의 인상과 깊은 눈빛에서 진정이 묻어났다. 하지만 그 따스한 목소리도 이도원의 얼어붙은 마음을 녹이진 못했다. 이도원은 바다 끝에 자신의 목표가 있는 것처럼 단호한 시선을 보내며 다시 물었다.

"제 부탁을 들어줄 수 있습니까?"

절대 바꿀 수 없는 확고한 의지가 느껴졌다. 결단을 내리면 해내고야 마는 '존 리'의 모습이 음성과 눈빛만으로도 전달되었다. 그제야 조지 그랜트는 확신할 수 있었다.

'리딩 땐 다른 곳에 신경을 쓰고 있었나 보군……'

리딩 때도 이도원이 몰입을 잘하는 배우라고 생각했었다. 그런데 지금과는 비교 자체가 불가했다. 억양이 안정적으로 자리 잡으면서 몰입도 역시 비약적으로 올라간 것이다. 이런 내면의 생각과는 별도로, 몸에 익은 연기를 펼치며 잠시 망설이던 조지 그랜트가 대답했다.

"내가 어떻게 생명의 은인이 하는 부탁을 거절하겠나? 하지만 너무 극단적인 선택 같아서 하는 말이네."

이도원은 자조적인 웃음과 함께 고개를 돌렸다.

"극단적인 선택이요? 극단적이라고 했습니까?"

다그쳐 물은 이도원의 동공이 지옥으로 물들었다. 그는 끔찍한 자책과 경멸을 간직한 채 대답했다.

"나는 살인자입니다, 조. 살인자라고요!"

이도원이 웃으며 되물었다.

"이래도 나더러 극단적이라고 할 수 있습니까? 한순간에 내 가족을 죽이고, 누군가의 가족을 죽이고, 한 어린아이의 삶을 불행하게 바꾼 내가 살아 있는 이유는 하나뿐입니다!

거칠게 숨을 몰아쉰 이도원은 이내 진정하려 애썼다. 그는 호흡은 억눌러서 언성을 낮추고, 불안정하게 떨리는 음성으로 덧붙였다.

"내 가치는 속죄뿐이란 말입니다."

조지 그랜트가 이도원의 어깨를 잡았다.

"사고였네, 나도 겪을 수 있는 일이야! 누구에게나 일어날 수 있는 일이 자네에게 일어난 것뿐일세."

스쿼시를 치듯 조지 그랜트가 때린 공이 이도원에게로 왔다. 위안이 담긴 공을 받은 이도원은 그대로 돌려보내지 않았다. 전혀 위안을 받지 못하고 꽉 막힌 태도를 고수하며 시선을 다시 바다로 돌렸다.

"약속해 주십시오. 제 부탁을 들어준다고."

비록 이도원의 태도나 말은 조지 그랜트의 위안을 외면했지만 내면은 그렇지 못했다. 파도를 바라보는 동공이 흔들리고 있는 것이다. 미처 그 모습을 바라볼 수 없는 자리의 조지 그랜트는 나직한 한숨을 내쉬며 대답했다.

"알겠네. 하지만… 아직 결심을 돌이킬 기회가 있다는 것만은 잊지 말게."

두 사람의 연기 호흡은 제법 좋았다. 스태프들의 흥미를 잡아 끌었다는 것만 봐도 알 수 있었다.

"컷."

씬을 자른 앤 로버츠가 물었다.

"방금, 어땠어요?"

두 배우에게 던진 질문이었지만 조지 그랜트에게 더 중점을 두었다. 조지 그랜트가 이번 팀에서 가장 인지도도 높고 경험도 많은 배우였기 때문이다. 곰곰이 생각하던 조지 그랜트는 이도 원에게 물었다.

"어떤 문제가 있다고 생각합니까?"

갑작스러운 질문에 이도원은 당혹스러웠다. 하지만 내색하지 않고 이해가 가지 않는 부분이나 개연성이 부족하다고 생각하는 부분을 되짚어보았다. 그러자 이도원의 머릿속으로 대본으로 본 영화 전체의 밑그림이 그려지며, 방금 찍은 장면들만 색채(色彩)를 입힌 듯 선명하게 들어왔다. 찰나 동안 문제점을 설득력 있게 정리한 이도원이 입을 열었다.

"'조 밀러'라는 인물이 좀 더 '존 리'의 과거를 파고드는 건 어떨까 합니다. '존 리'는 과거의 일로 가족들을 잃고 모든 희망을 잃은 남자입니다. 그런데 과연 그가 자살을 결심할 만했는지, 관객들이 이해하기에는 개연성이 조금 부족할 것 같습니다."

다른 이들이 동조해주길 크게 기대하지 않고 내민 의견이었지만, 의외로 조지 그랜트는 고개를 끄덕였다.

"제 생각도 마찬가지입니다."

두 배우의 의견을 들은 앤 로버츠는 적극적으로 반영하며 촬영을 전개했다.

"편하게 애드리브로 연기해 보세요. 방금 전 장면은 오케이하고, 좋은 애드리브는 기존의 장면에 넣는 쪽으로 진행하겠습니다."

이도원은 눈을 반짝이며 카메라를 잡은 스태프의 손가락의 결혼반지를 바라보았다. 그리고 불쑥 물었다.

"반지 좀 빌릴 수 있을까요?"

순간 앤 로버츠도 같은 아이디어가 번뜩인 듯 말했다.

"그렇잖아도 소품팀에서 준비한 결혼반지가 있어요. 서핑을 하고 나온 장면이라 제외했었는데… 디테일을 살릴 수 있겠네요."

곧 소품팀에서 미리 준비해 둔 '존 리'의 결혼반지를 가져왔다. 이도원은 결혼반지를 손가락에 끼우는 대신 레쉬가드의 포켓 안에 넣었다.

앤 로버츠가 픽 웃으며 현장을 통솔했다.

"다시 갈게요."

이내 그녀가 지시를 내렸다.

"액션."

조지 그랜트가 대본 전체를 떠올리며 대사를 쳤다.

"자네는 애나가 없으면 아무것도 못 했었지. 그만큼 그녀를 사랑했어. 두 사람을 오랜 시간 지켜봐왔기에 자네의 마음을 이해하네."

"이해요?"

거칠게 물은 이도원은 눈을 번뜩이며 언성을 높였다.

"조는 날 이해할 수 없어요! 내게는 어떤 희망도 없습니다. 모든 건 가족을 잃을 순간 사라졌으니까요. 이제 내게 남은 건 절망과 끔찍한 실수뿐입니다. 내가 후회와 절망 속에서 살아가는 이유는 바로 속죄뿐이에요."

그는 포켓을 열어 반지를 꺼낸 뒤 손가락에 끼우며 일어났다.

"조가 내게 은혜를 갚을 기회입니다. 나는 내 생애 마지막 부탁을 하고 있는 거예요. 만약 내 부탁을 승낙한다면… 그 아이를 찾아서 알려주십시오."

이도원이 벤치를 떠나는 데까지.

조지 그랜트는 복잡한 표정으로 파도를 바라보았다.

이윽고 마침내 앤 로버츠가 컷 사인을 보냈다.

"오케이, 좋았습니다!"

빙그레 웃은 조지 그랜트가 벤치에서 일어났다. 그는 이도원에게 별다른 선입견을 가지지 않은 유일한 배우였다. 그래서인지 이도원에 대한 평가 역시 직관적이었다.

"전보다 훨씬 늘었군요. 억양이 달라져서 분위기가 많이 바뀌었어요. 집중력도 좋아졌고요. 깜짝 놀랐습니다. 한국에도 이처럼 뛰어난 배우가 있을 줄은 몰랐어요."

조지 그랜트는 극찬을 아끼지 않았다. 그 말처럼 이도원이 짧은 순간 보여준 집중력은 모두의 이목을 끌기 충분했다. 더불어 애드리브로 승화된 연기센스도 적절했다.

앤 로버츠는 이도원에게 윙크를 보냈다.

이도원은 그녀가 전하고자 하는 의미를 알 수 있었다.

'성공했네요.'

앤 로버츠는 보이스 트레이닝을 도우며 이도원의 노력을 가장 가까이서 봐왔던 사람이다. 그녀는 악착같은 모습을 지켜보던 때부터 이도원의 팬이 되어 있었다. 해낼 것이라고 믿었고, 역시나 이도원은 리딩 때보다 훨씬 자연스럽게 연기를 펼쳤다.

이는 이도원 스스로도 흡족한 결과였다.

'이제 다른 배우들과 제대로 보조를 맞출 수 있겠어.'

그전까지 최선의 연기력을 온전히 발휘할 수 없었다면, 이제는 최선을 다해 카메라 앞에서 놀 수 있게 된 셈이었다.

2024년 6월 23일, 대한민국 서울.

기자 김홍수는 흥분에 휩싸여 있었다. 지난 몇 년 동안 이도원과 관련한 특종을 여러 차례 보도했던 그는 승승장구하며 〈씨네마24〉의 수석기자(Senior Editor)자리까지 오른 상태였다. 그리고 지금, 다시 한 번 특종에 눈앞에 있었다.

—이도원, 할리우드의 주연을 거머쥐다

낚시로 치면 대어(大漁)가 낚싯줄을 흔들고 있는 상황이었다. 이 기사 한 꼭지를 마무리하는 데만 꼬박 반나절이 걸렸다. 하지만 곧바로 엔터 버튼을 누를 수 없었다. 김홍수는 기사를 읽고 또 읽었다.

'그동안 떨어진 체면을 되살릴 유일한 탈출구긴 한데.'

만약 이도원의 이번 영화가 도중에 엎어지거나 참패라도 하는 날에는 김홍수 역시 같이 추락할 터였다. 원고를 전송하는 순간 운명의 주사위가 던져지는 셈이다.

"이 녀석은 항상 사람을 간 떨리게 만든단 말이야."

레드 엔터와 이도원의 기 싸움이 일어났을 때도 그랬다. 그 덕분에 〈씨네마24〉는 레드 엔터에게 적개심을 심어줬고 김진우와 관련된 특종을 단 한 건도 잡지 못했다.

그때 후배 기자인 고건수가 들어왔다.

"이야. 개인 사무실도 배정받으시고… 확실히 대우가 다르네요."

김홍수가 눈길도 주지 않자 고건수는 머쓱한 표정으로 의자를 끌어다 앉으며 물었다.

"얼굴이 잔뜩 굳으셨습니다. 이번에는 또 무슨 일입니까?"

그제야 시선을 넘긴 김홍수가 대답했다.

"고 기자. 내가 특급 정보를 하나 물었는데 말이야. 이게 약이 될지 독약이 될지 판단이 서질 않는다."

그렇게 말한 김홍수는 모니터를 360도 돌렸다. 기사를 읽은 즉시 고건수가 흥미를 보이며 상체를 기울였다.

"이도원 데뷔만 해도 최고의 소스인데, 할리우드 진출이라니요? 선배, 경쟁사에서 김진우 취재하는 동안 이도원이 미국에서 연극 판 전전하는 기사 싣다가 왕창 깨진 보람 있겠는데요?"

"분명히 드라마는 되겠는데……."

김홍수는 고개를 끄덕이며 말끝을 흐렸다.

무언가 탐탁지 않은 표정에 고건수가 물었다.

"근데 왜 망설이시는 겁니까?"

"이건 무조건 표지감이야. 다시 말해 괜히 영화 개봉이 불발 나면 회사가 독박 쓴다. 화려하게 기사 냈다가, 요란하게 설레발 친 꼴이 될 수 있다 이 말이다."

"그럼 적당히 아사모사하게 이런 소문이 있더라, 흘리면 되잖아요?"

고건수가 능청스럽게 말했지만 김홍수는 눈살을 찌푸렸다.

"우리가 동네 일간지냐? 물먹더라도 배팅하든가, 아니면 버리든가. 스타일 알면서 왜 이래?"

김홍수의 신념을 들은 고건수는 뚱한 반응을 보였다.

"선배. 그 스타일 덕분에 헛물켠 게 얼만데요. 솔직한 말로, 이도원 출국하고 김진우가 빵 뜨면서 특종도 모조리 경쟁사로 건너가지 않았습니까? 선배랑 십 년 가까이 일하면서 요즘처럼 예민한 모습은 못 봤습니다. 아래 애들도 불만이 이만저만이 아니에요."

"뭐?"

되물은 김홍수의 얼굴이 벌겋게 익었다.

"이 새끼가 요새 머리 컸다고……."

그때 고건수가 말을 잘랐다.

"선배가 변했단 말씀을 드리는 겁니다. 옛날 같으면 당장에라도 달려가서 이도원 인터뷰 따오셨을 것 아닙니까? 미국 순회공연이란 소재가 약했던 게 아니라, 선배가 아래 애들 시켰다가 일정 안 맞아서 물대 놓친 게 원인이란 말입니다. 말이야 바른 말이지, 관리직 맡으시면서 책상머리 벗어나신 적 없죠? 이도원 순회공연 때도 양키들 기사 고대로 가져오셨잖아요?"

고건수의 일침을 받은 김홍수는 책상 위의 서류더미를 집어던졌다.

"나가! 안 나가?"

난폭한 반응을 짐작한 고건수가 능숙하게 몸을 피하며 사무실 문간에서 덧붙였다.

"현장에서 살다시피 하셨던 분이 답답한 사무실 안에만 계시려니 당연히 탈이 나는 겁니다. 제 조언, 잘 생각해 보세요."

고건수는 날쌔게 빠져나간 후 방문을 닫았다.

한바탕 성질을 내고 홀로 남겨진 김홍수는 자리에서 벗어나 서류를 줍다가 신경질적으로 내던졌다. 가만히 생각하던 그는 한숨을 푹 쉬며 중얼거렸다.

"그래. 간다, 가. 이 새끼야……."

＊　　　＊　　　＊

2024년 7월 5일 금요일, 오전 8시.

김홍수는 로스앤젤레스 공항에 도착했다. 이번 출장은 어쩌면 수석기자로서의 사활이 걸린 건이었다. 김홍수의 독단적인 보도로 인해 레드 엔터와 적대적인 관계가 된 후부터 〈씨네마 24〉의 활동 범위가 줄었기 때문이다.

'이번에야말로 덕 좀 보자.'

단단히 결심한 김홍수는 백 엔터테인먼트로부터 제공받은 이도원의 스케줄 표를 확인하며 움직였다. 그 결과 오후 두 시에는 이도원이 있는 촬영지에 도착할 수 있었다. 아직 상황 파악이 안된 김홍수는 섣불리 나서지 않고 현장과 조금 떨어진 곳에서 촬영을 지켜보았다.

"액션!"

앤 로버츠 감독이 신호를 보냈다.

그들이 있는 곳은 로스앤젤레스 할리우드 장로병원이었다. 이곳에서 '존 리' 역할의 이도원은 '브루스' 역할의 에릭 벡과 격한 감정 씬을 연기하고 있었다.

지시를 받은 에릭 벡이 연기를 시작하며 입을 열었다.

"그 사고에 대해서는 이미 다 잊었습니다. 더는 날 찾아오지 않아줬으면 좋겠군요."

이도원은 품에서 종이 한 장을 건넸다.

"의료사고 당시의 정황이 기록된 문서요. 내 변호사는 당신을 몰락시킬 준비를 모두 끝냈소. 만약 내 제안을 거절한다면, 당신이 나락으로 떨어트리고 지워버린 가족에 대한 기억을 되살려 줄 생각이오."

이도원의 음성과 표정은 얼음장처럼 차가웠다. 반면 눈빛 속에선 분노가 이글이글 타오르고 있었다. 그는 이 순간, 에릭 벡에게 사형선고를 내리는 교도관 같았다.

'연기일 뿐인데, 무섭다.'

에릭 벡은 절로 그런 생각이 들었다. 선고를 받은 그는 떨리는 목소리로 물었다.

"그런 수술을 멋대로 하면 난 어차피 옷을 벗어야 합니다. 내가 이런 제안을 받아들일 것 같습니까?"

"속죄할 기회마저 잃고 싶소?"

이도원이 성큼성큼 다가갔다. 두 사람이 가까워질수록, 에릭 벡은 바람 빠진 풍선 마냥 위축됐다.

이도원은 숨결이 닿는 거리에서 멈추었다.

"우리는 어차피 죗값을 치르게 될 거요. 그전에 속죄할 수 있는 기회를 주는 겁니다."

말을 마치고 가만히 에릭 벡을 응시하던 이도원이 손짓검을 했다. 눈 깜짝할 새 에릭 벡의 이마를 밀어버린 것이다. 쾨직! 소리와 함께 에릭 벡의 뒤통수가 소품용 유리를 깼다.

"크……."

에릭 벡이 머리를 감싸고 고개를 숙였다. 그를 빤히 지켜보던 이도원이 몸을 돌려 진료실 문을 열고 말했다.

"다시 보는 일이 없도록 합시다. 연락하겠소."

이도원은 폭력을 사용할 때조차 조용한 태도로 일관했지만, 그 모습이 더욱 무시무시한 분위기를 만들었다. 대본에는 움직임과 대사만 나와 있었기에 모든 동선과 연기적인 발상은 이도원의 해석에 의한 것들이었다.

이 장면을 모니터를 통해 지켜본 앤 로버츠는 고개를 절레절레 저으며 사인을 보냈다.

"컷, 오케이."

그녀는 덧붙여 생각했다.

'촬영이 시작되고 나서부터 훨훨 날아다니네.'

앤 로버츠가 보기에 이도원은 연기라는 도구를 적절하게 갖고 노는 배우였다. 이런 감흥은 오늘 처음 호흡을 맞춘 에릭 벡역시 다르지 않았다.

'멋진 배우다.'

오늘이 되기 전까지 에릭 벡은 은근한 우월감을 느끼고 있었다. 이곳은 에릭 벡의 홈그라운드인 미국이었기 때문이다. 뒤에서는 다른 배우들과 이도원을 이방인 취급하기도 했다. 그랬던 에릭 벡의 편협한 생각이 연기라는 공감대를 통해 완전히 뒤바뀐 것이다.

"좋은 연기였습니다."

에릭 벡은 이도원에게 먼저 다가갔다.

한편 닥터 가운을 입은 의사들 틈에서 이 장면을 지켜보던 김홍수는 눈을 반짝였다.

'놀고 있지만은 않았다고… 확실하게 말해주는군.'

김홍수는 로스앤젤레스까지 날아오며 고민을 했다. 이도원의 인터뷰를 어떤 방식으로 진행해야 될지에 대한 고민이었다. 그런 상황에서 먼저 이도원의 연기를 직접 본 것은 탁월한 판단이었다.

'관객들도 느낄 정도의 발전이야. 아무리 뛰어난 국내 배우들도 할리우드에 진출하면 연기가 어색해지거나 평범해진다. 배우가 언어의 장벽에 막혀서일 수도, 자막이라는 전달 과정을 거치기 때문일 수도 있지. 그런데 이도원은 연기력이 배가 됐어. 그걸 표정이나 눈빛만으로도 알 수 있다.'

물론 당장 이도원과 인터뷰를 진행할 수는 없었다. 자료조사도 필요할뿐더러 미리 약속도 잡지 않고 인터뷰를 요청하거나 촬영 현장에 난입하는 건 배우에 대한 예의가 아니었기 때문이다.

"또 봅시다."

중얼거린 김홍수는 미련 없이 발걸음을 돌렸다. 그는 이어서 호텔을 예약하고, 백 엔터테인먼트를 통해 인터뷰 요청을 진행했다.

＊　　　　＊　　　　＊

스케줄을 소화하고 집으로 돌아온 이도원은 백 엔터테인먼트로부터 날아온 이메일을 확인했다. 대표직을 맡고 있는 그였기에 하루도 빠짐없이 검토하는 것이 필수 일과였다. 그런데 오늘은 새로운 소식이 도착해 있었다.

'김흥수 기자?'

이도원이 데뷔한 후부터 쭉 인연을 이어온 사람이었다. 그는 반가운 표정을 짓고 이메일을 열어보았다.

〈씨네마24' 김흥수 기자 인터뷰 요청 건〉

그동안 대표님 미국 순회공연 때부터 지속적으로 기사를 보도해 주었던 기자입니다. 더불어 〈씨네마 24〉는 백 엔터테인먼트 소속 배우들과 관련해 호의적인 보도를 해온 매체기도 합니다. 김흥수 기자는 현재 '라마다 할리우드 다운타운' 호텔에 투숙 중이며, 대표님의 연락을 기다리고 있습니다.

　　　　　　　　　　　　　—백 엔터테인먼트 기획홍보팀.

해당 이메일을 모두 읽은 이도원은 조금 난감했다.

'인터뷰라.'

가장 먼저 시기상조라는 생각이 들었다. 현재 촬영하고 있는 영화가 어떻게 될지 누구도 예측할 수 없는 것이다. 하지만 인터뷰하겠다고 온 미국까지 날아온 사람을 그냥 돌려보낼 수도 없었다.

'더구나 빚도 있고.'

김홍수 기자는 이도원이 레드 엔터와 대립각을 세웠을 당시 루머를 무마시키는 데 도움을 준 사람이었다.

잠시 고민하던 이도원은 휴대폰을 들고 '라마다 할리우드 다운타운'으로 전화를 걸었다.

"김홍수 기자 부탁합니다."

김홍수 기자에게 미리 언질을 받은 호텔 프런트에서 바로 연결을 해주었다.

"아, 도원 씨! 김홍수입니다."

"반갑습니다, 기자님. 잘 지내고 계시죠?"

이도원은 한참 영어만 쓰느라 다소 어색해진 모국어를 꺼내며 대답했다.

김홍수가 밝은 목소리로 말했다.

"도원 씨 덕분에 미국으로 출장을 다 와보고, 아주 기분 좋습니다. 낮에는 현장도 갔었는데 방해가 될까 봐 그냥 돌아왔습니다. 직접 전화를 다 주시고 이렇게 반가울 때가 없습니다. 하하."

"별말씀을요. 여기까지 저를 취재하러 오셨는데 당연히 응해야죠."

이도원은 거두절미하고 김홍수가 듣고 싶어 할 대답을 먼저 해주었다. 어차피 기사를 내보낼 시점은 상의할 수 있는 문제였기 때문이다.

그 말을 듣고 감격했는지, 잠시 침묵하던 김홍수가 말했다.

"어디 보자… 내일 열두 시에 촬영이 있으시죠? 괜찮으면 오전 아홉 시까지 찾아뵙고 싶은데, 어떠십니까?"

이도원도 수첩을 펼쳐들고 스케줄을 체크했다. 매일 아침 여섯 시부터 열 시까지는 체력 단련과 화술 훈련을 했기 때문에 시간을 내기가 힘들었다. 한 시간 정도 인터뷰 시간을 늦춘다면, 아슬아슬하게 촬영 시간과 맞출 수 있을 것 같았다.

"열 시로 하죠."

이도원은 굳이 부연을 해가며 바쁜 내색을 하지 않았다.

김홍수 역시 이유를 묻지 않고 대답했다.

"그럼 한 시간 전에 미리 도원 씨의 매니저를 통해 연락드리고 열 시까지 찾아뵙겠습니다."

*   *   *

김홍수는 약속 시간인 열 시에 정확히 방문했다. 이도원과 직접 대면하는 것은 오랜만이었기에 절로 긴장이 됐다.

'고등학생 때 처음 만났는데 벌써 이 정도 배우로 성장했다니.'

열일곱 살에서 스물다섯 살이 되기까지 팔 년의 세월이 흘렀지만, 한 배우가 데뷔해서 자신만의 길을 개척하며 할리우드라는 목표에 도달하기까지는 지나치게 짧은 시간이었다. 그런데 이도원은 이정표를 보고 따라가듯 삶을 살았다.

'사람 팔자가 천차만별이라지만 너무 드라마틱하잖아?'

말하자면 이도원은 한국 영화계의 마크 저커버그와 같은 존재였다. 김홍수가 이런 생각을 하고 있는 동안, 트레이닝을 마친 이도원이 거실로 나왔다.

"정말 오랜만입니다. 기자님."

이도원은 밝게 웃으며 먼저 손을 내밀었다. 그의 모습에서 젊은 나이에 할리우드까지 진출한 특별함 따위는 보이지 않았다. 고등학생 때와 크게 달라지지 않은 편안한 태도를 보며 김홍수는 손을 맞잡았다.

"먼저 축하드립니다. 할리우드에서 주연을 잡으셨단 소식을 듣고 제 귀를 의심했습니다."

이도원은 머쓱하게 웃으며 자리를 권했다.

"운이 따라줬죠. 감사합니다."

두 사람이 마주 앉자 김홍수가 카메라를 꺼내며 물었다.

"잠깐 사진촬영을 해도 되겠습니까?"

이도원은 이미 유성연에게 스타일링을 받은 상태였다. 그가 고개를 끄덕이며 흔쾌히 대답했다.

"물론입니다. 화보 촬영도 아닌데 더 떨리네요."

말한 이도원은 자연스러운 미소를 띠며 등은 곧게, 어깨는 넓게 폈고, 턱을 살짝 당겼다. 그 모습이 고스란히 앵글에 담기며 부드러운 분위기가 우러났다.

"아주 좋습니다."

김홍수는 이래저래 주문할 필요도 없이 셔터를 눌렀다. 누르면 누르는 대로 화보가 됐다.

'자질구레한 촬영 장비 없이도 이런 사진이 나오다니……'

여러 번 광고 촬영을 하며 깨우친 노하우인지 몰라도, 이도원은 프로의 면모를 가진 배우가 돼 있었다. 김홍수는 사소한 것들에서 그간 이도원의 발전을 체감했다. 이내 사진촬영을 마친 김홍수가 말했다.

"수고하셨습니다. 이제 본격적인 인터뷰로 들어가시죠."

김홍수는 손목시계를 보았다. 그에게 주어진 시간은 앞으로 한 시간에 불과했다. 초조한 마음을 잘 아는지 이도원은 거침없이 대답했다.

"시작하시죠."

고개를 끄덕인 김홍수가 수첩을 펼치고 입을 열었다.

"지금 팬들이 도원 씨에게 가장 궁금해하는 건 미국에서의 근황입니다."

예상 질문이 뻔했기 때문에 이도원은 이미 대답을 생각해 둔 상태였다.

"극단을 설립하고, 미국 전역을 돌아다니며 순회공연을 했었습니다. 도중에 영화계 관계자들과 인연이 닿은 건 행운이었죠. 한국에서 유태일 감독님을 초청해 시나리오를 받고 영화 작업에 들어갔습니다."

김홍수는 다음 질문을 던졌다.

"그동안 어려움도 많았을 것 같습니다. 한국에서 탄탄대로를 달리던 배우가 왜 굳이 가시밭길을 선택했는지에 대한 의문이 많았습니다."

이도원이 미소를 띠며 대답했다.

"현재보다 더 넓은 세계로 나아가고 싶은 건 우리 모두의 공통된 욕망인 것 같습니다. 저 역시 넓은 세계로 나가고 싶었고, 그런 결심을 하는 데에는 안유성 선생님의 말씀이 동기가 됐습니다. '최고의 배우란 없다, 최고의 순간만 있을 뿐.' 이 말씀이 지금껏 제 마음 깊이 자리 잡고 있습니다."

김홍수가 수첩에 옮겨 적으며 물었다.

"백 엔터테인먼트의 대표직을 겸임하고 계신 것으로 알고 있습니다. 지금 백 엔터의 배우들이 한국에서 왕성한 활동을 보이고 있습니다. 시상식 때도 여러 번 도원 씨의 이름을 언급했는데요. 두 가지 일을 병행하기는 데 어려움은 없으십니까?"

그 질문에 미미하게 웃은 이도원이 말했다.

"백 프로덕션 이상백 대표님이 제 공석을 채워주고 계십니다. 제가 꼭 알아야 할 내용은 이메일로 주고받으며 실시간으로 확인하고 있기 때문에 큰 어려움은 없습니다."

고개를 끄덕인 김홍수는 본론으로 들어갔다.

"이번 영화에 대한 부담감도 크시겠습니다. 모국어 대신 외국어로 연기를 하는 것에 어려움도 있었을 테고요."

이도원은 부정하지 않고 대답했다.

"물론입니다. 영어 특유의 억양 때문에 애를 먹었습니다. 다행히 지금은 현장에 적응했고, 현지 스태프들과 배우들의 배려 속에 부담감을 덜고 촬영하는 중입니다."

어느덧 이십 분의 시간이 훌쩍 지나가버렸다.

김홍수는 슬슬 막바지 질문을 시작했다.

"얼마 전 〈연예가소식지〉에서 아시아 전역에 걸쳐 왕성한 활동을 보이고 있는 레드 엔터테인먼트 소속 배우, 김진우 씨를 취재한 내용을 실었습니다. 그중에는 도원 씨의 미국행이 같은 배우로서 아쉽다는 김진우 씨의 심경이 나타나 있었죠. 팬들은 두 분의 관계를 친구다, 라이벌이다 추측하며 궁금해합니다. 아무래도 도원 씨와 레드 엔터 간의 사건이 있었던 데다, 도원 씨가 미국으로 떠난 후 김진우 씨가 급부상한 영향도 있습니다."

이는 뜻밖의 질문이었다. 그러나 이도원은 당황하지 않고 생각을 정리한 후 침착하게 대답했다.

"기대하시는 것과는 달리, 동료 배우일 뿐 별 관계는 아닙니다."

간단히 일축하는 그를 보며 김홍수는 속으로 고소한 생각을 했다.

'김진우는 이도원이 미국에서 영화 촬영에 들어갔다는 사실을 짐작도 못하고 있을 텐데, 한 방 먹겠어.'

그는 말을 돌렸다.

"마지막으로, 앞으로의 활동 계획이 궁금합니다."

이도원이 빙긋 웃으며 말했다.

"이번 영화가 끝나는 대로 한국에서의 활동을 재개할 예정입니다. 당분간 한국과 미국을 오가며 연극, 뮤지컬, 영화, 드라마를 가리지 않고 활동할 계획이죠."

                    *   *   *

김홍수와 인터뷰를 마친 이도원은 촬영 현장인 로스앤젤레스의 한 주택가로 갔다. 십 분 전에 도착하고 보니 이미 상대역인 '스탠' 역의 숀 클랩튼과 '미샬' 역의 클로이 포트만이 도착해 있었다. 이도원을 발견한 두 사람은 묘한 표정이었다.

"왔군."

숀 클랩튼이 입꼬리를 말아 올리며 말했다.

클로이 포트만은 커피를 마시며 고개를 저었다.

"에릭이 입에 침이 마르게 칭찬하던데."

"보면 알겠지."

숀 클랩튼이 대답했다.

두 배우가 내면에 경계심을 품은 반면 앤 로버츠는 이도원을 반겨주었다.

"어제 잠을 푹 잔 얼굴이네요."

"하하."

이도원은 가볍게 웃으며 숀 클랩튼과 클로이 포트만을 보았다. 그의 시선을 따라간 앤 로버츠가 속삭이듯 말했다.

"두 사람은 자긍심 높은 영국인이에요. 나도 같은 영국인이지만, 성향은 전혀 다르죠. 그들은 특히 동양인에게 배타적이니까요."

"잘 됐네요."

전혀 의외의 대답을 한 이도원이 설명을 덧붙였다.

"숀이야 영화 내내 적대적이고, 클로이도 저를 경계하는 장면이니까요."

"긍정적인 건지, 담이 큰 건지……."

앤 로버츠는 헛웃음을 터뜨리며 말끝을 흐렸다.

이도원은 두 배우에게로 가서 인사를 나눴다. 두 배우 역시 이도원의 앞에선 속마음을 내색하지 않고 반갑게 맞이했다.

앤 로버츠는 고개를 흔들며 콘티를 확인했다. 이번 장면에선 '스탠' 역할의 숀 클랩튼이 '존 리' 역할의 이도원과 격하게 다툰다. 그리고 별도로 무용수인 '미샬' 역할의 클로이 포트만과 만나는 장면을 촬영할 계획이었다.

마침내 스태프와 배우들이 준비를 마친 것을 확인한 앤 로버츠가 지시를 내렸다.

"촬영 들어갈게요."

숀 클랩튼과 이도원이 먼저 들어갔다.

"잘 부탁합니다."

언뜻 조소를 보인 숀 클랩튼이 말했다.

이도원은 개의치 않고 대답했다.

"저야말로."

이윽고 앤 로버츠가 사인을 보냈다.

"레디, 액션."

숀 클랩튼은 바로 눈살을 찌푸리며 말했다.

"당신이 뭔데, 피타를 데려가겠다는 거요?"

눈을 부릅뜬 얼굴이 달아올랐다. 이도원의 기를 죽이려는 듯 숀 클랩튼은 당장에라도 한 대 쥐어박을 것처럼 연기를 펼쳤다.

"경찰을 부르기 전에 꺼지쇼."

숀 클랩튼의 연기는 이도원에게 앞을 가로막은 장벽이 되었다. 이 벽 너머에는 관객들이 있었다. 벽을 부수지 못하면 그의 존재감은 죽는다. 상대역의 기세에 눌리는 연기는 비교적 쉬웠지만, 상대역을 눌러야 하는 연기는 그야말로 연기를 통한 기 싸움이었다.

'숀 클랩튼이란 불을 끄기 위해선 맞불을 놓으면 안 돼. 차디찬 물이 되어야 한다.'

이도원은 감정을 차갑게 가라앉히고 대답했다.

"경찰이라고 했소?"

그는 성큼성큼 숀 클랩튼의 코앞에 다가갔다. 이어 강렬한 눈빛을 보내며 날카롭게 말했다.

"당신은 저 애의 부모가 아니야. 친척은 더더욱 아니지. 당신은 저 애의 행복을 망칠 권한이 없소. 더 쉽게 말해줄까? 지금,

이 쓰레기 더미에서 내가 저 애를 구해갈 거라는 뜻이오."

이도원은 잘근잘근 씹듯이 말을 뱉었다.

숀 클랩튼은 그 기세가 만만치 않다고 느끼며 물었다.

"네놈이 무슨 권리로?"

이도원이 문서 한 장을 펼쳐서 바짝 디밀고 말했다.

"두 눈 똑바로 뜨고 읽으시오. 당신이 저 안에 있는 아이에 관해 어떠한 권한도 없다는 걸 증명하는 서류요. 난 저 아이를 학교에 보내고, 저 아이가 원하는 무용을 가르칠 계획이오."

숀 클랩튼이 슬슬 본색을 드러냈다. 그는 난폭한 표현을 구사하며 대답했다.

"저런 병신에게 뭘 한다고? 이봐, 잘 들어. 쟤는 말도 못하고 운동도 못 해. 의사도 그렇게 말했고! 내가 하고 있는 일이 저 애를 위한 최선이란 소리야."

이도원은 숀 클랩튼을 빤히 응시했다. 눈도 깜빡이지 않고 바라보던 이도원이 혀로 입가를 축이며 물었다.

"병신이라고?"

그는 조용한 분노가 서린 목소리로 말했다.

"병신이 되고 싶지 않으면 그 입 닥치시오. 어쨌든 난 저 애를 데려가겠소. 당신으로부터 합법적으로 입양해 올 수도 있지만 난 시간이 많지 않으니까. 지금부터 날 막는다면 후회할 일이 생길 거요."

숀 클랩튼은 어깨를 살짝 떨었다. 이도원은 체구가 작은데도 불구하고 상대방을 압도하는 힘이 있었다. 단순히 연기를 잘한다고 뽐을 수 없는 중압감이었다.

'내가 기세에 밀렸어?'

이도원이 바짝 다가오자 그는 비켜섰다. 콘티에 나와 있는 동선이라서가 아니었다. 이도원의 연기는 상대방까지 대본 속에 잡아다 넣는 힘을 갖고 있었다. 호흡을 맞추다 보니 강제적으로 몰입이 된 것이다. 이어서 이도원이 문을 열었고, 그때까지 숨죽이고 있던 앤 로버츠가 사인을 보냈다.

"컷, 오케이!"

숀 클랩튼은 매우 자존심이 상한 표정으로 트레일러로 돌아갔다.

'내가 마늘냄새나 풍기는 원숭이 따위에게……'

그 역시 본능적으로 느낀 것이다. 같은 대사를 쳐도 이도원이 하면 완전히 달랐다. 하지만 숀 클랩튼은 인정하고 싶지 않았다. 그 심리는 반발심으로 작용했다.

다리를 꼬고 대기하던 클로이 포트만은 숀 클랩튼에게 말했다.

"그렇게 무시하더니 완전히 물먹었네요."

"닥쳐."

숀 클랩튼은 거칠게 대답했다.

단숨에 일그러진 표정을 하고 있는 그를 보던 앤 로버츠는 고개를 절레절레 저었다.

'숀 클랩튼도 기 세기로 유명한 배우인데… 어떻게 저런 힘이 나올까?'

이도원은 아무렇지 않은 표정으로 대본을 보고 있었다. 그는 방금까지 밀도 높은 연기를 보여준 배우답지 않게 조용했다. 마치 폭풍전야를 보는 듯했다.

'연기가 표면적으로 폭발하지 않는데도 상대방이 압도적인 힘을 느낄 수 있다는 건 쉬운 일이 아니야.'

앤 로버츠가 보기에, 이도원은 이미 자신의 스타일을 완성한 배우였다.

한편 이도원은 대본을 보며 다양한 방향을 모색하고 있었다. 이 장면에서 그가 맡은 '존 리'의 목적은 '스탠'으로부터 '피타 로즈'를 데려오는 것이다. 어떤 모습을 보여야만 그 목적을 이루는 과정이 타당해질까? '스탠'이라는 인물이 '피타 로즈'를 내놓지 않고 못 배길만큼 완전히 압도해야만 한다.

'스탠은 범죄자의 성향을 가진 남자다. 폭력은 통하지 않아. 스탠은 법을 두려워하고, 난 법적으로 피타를 데려올 수 있는 준비를 끝낸 상태다. 하지만 법적으로 일을 진행하기에는 시간이 없지.'

그렇다면 해답은 명확했다.

'법을 이용해 스탠이 스스로 억지를 부린다는 사실을 깨우치게 만들어야 한다. 이깟 문서 한 장으로는 부족해.'

개연성을 따져본 이도원은 앤 로버츠에게 가서 말했다.

"감독님. 존 리는 어차피 뒤를 생각하지 않고 있습니다. 즉, 수단과 방법을 가리지 않고 피타를 데려오겠다는 결심이 선 상태죠. 스탠이 피타를 양육하는 상황이 불합리하다는 내용이 증명된 문서도 있겠다, 경찰로 변장하고 접근하는 건 어떨까 합니다."

앤 로버츠는 곰곰이 생각하더니 의상팀을 불렀다. 그녀는 손목시계를 확인하고 물었다.

"삼십 분 내로 도원에게 맞는 시경 제복을 한 벌 구해올 수 있습니까?"

이도원은 시경 제복을 입고 같은 연기를 펼쳤다. 그 아이디어로 인해 시나리오는 한층 설득력을 얻었다.

'번뜩이는 센스까지.'

앤 로버츠는 기분 좋게 오케이 사인을 내렸다.

다음 장면은 '미샬'역의 클로이 포트만과 들어가는 씬이었다. 그녀는 검은색 후드 집업과 레깅스를 입고 있었다. 레깅스만 입을 경우 힙 라인이 고스란히 드러나 한국에서는 다소 민망한 시선을 받겠지만 미국에선 자연스러운 패션이었다. 올 블랙의 의상과 눈부신 금발 아래 희고 작은 얼굴, 푸르도록 시린 눈동자가잘 어울렸다.

한편 이도원은 시경 제복을 벗고 정장으로 갈아입었다.

앤 로버츠는 두 배우와 콘티를 놓고 상의했다.

"미샬이 조깅하고 있는데 존 리가 의도적으로 접근하는 장면이에요. 대본 외에 좋은 아이디어가 있으면 말씀해 주세요."

클로이 포트만은 별다른 의견을 내세우지 않았다. 반면 이도원은 생각해 두었던 아이디어를 말했다.

"미샬은 현재 주립 어린이 무용단을 이끌고 있지만, 한때 국립 무용단에서 최고의 무용수로 이름을 날렸던 유명인사에요. 비운의 사고로 부상을 입고 은퇴했지만 아직도 간헐적으로 TV에 출연하고 있죠. 도원 역시 TV를 보고 미샬의 존재를 알게 된 거고요. 나름 유명인사인데 너무 쉬운 접근성을 가지고 있다고 봅니다."

클로이 포트만도 고개를 끄덕였다.

"저도 동의해요. 사건을 하나 걸치면 좋을 것 같아요."

앤 로버츠는 펜을 물더니 흔쾌히 대답했다.

"곧 시나리오작가로 참여한 유태일 감독님이 도착하실 거예요. 한번 같이 상의해 보죠."

그 말대로 머지않아 유태일 감독이 자가용을 끌고 촬영 현장으로 들어섰다. 앤 로버츠는 방금 전 배우들과 논의한 부분을 유태일 감독에게 전했다. 일리가 있다고 판단한 유태일 감독은 두 배우에게 즉석에서 주문했다.

"파파라치를 하나 끼워 넣을 겁니다. 미샬이 곤란해하고 있을 때, 자연스럽게 등장한 존 리가 나서서 대응하는 걸로 하죠. 한국이나 미국이나 유명인사들이 골칫거리로 생각하는 부분이니까 공감을 끌어낼 수 있을 겁니다."

앤 로버츠는 고개를 끄덕이며 빙그레 웃었다.

"카메오로 출연해 주시죠."

"예?"

유태일 감독이 묻자 앤 로버츠가 짓궂게 말했다.

"파파라치 역할로 들어갈 배우가 없어요."

그 말에 유태일 감독이 지지 않고 반격했다.

"파파라치까지 한국인으로 등장하면 주인공의 이미지가 떨어집니다. 감독님께서 들어가시죠. 연출자가 자신의 영화에 카메오로 출연하는 경우는 빈번하잖아요?"

상황을 지켜보던 이도원이 장난스럽게 웃으며 거들었다.

"저도 찬성입니다. 그렇게 하시죠."

"가재는 게 편이라더니……."

앤 로버츠가 중얼거리며 클로이 포트만에게 구원을 요청하는 눈길을 보냈지만, 정작 클로이 포트만은 어깨를 으쓱이며 외면했다.

"저도 그게 좋을 것 같은데요?"

결국 '파파라치' 역할로 앤 로버츠가 정해졌다. 따라서 이 한 장면만은 유태일 감독이 조연출과 함께 연출을 하기로 논의가 끝났다.

이도원으로서는 오랜만에 유태일 감독과 영화 촬영을 하는 기분이 나서 반갑기도 했다.

마침내 유태일 감독이 능숙하게 지시를 내렸다.

"배우들 위치해 주세요."

유태일 감독은 자신의 영화를 연출할 때처럼 날카로운 모습을 보이지 않았다. 그가 편안한 말투로 말하자 이도원과 클로이 포트만, 앤 로버츠가 자리로 위치했다. 이어서 각각 세 대의 카메라가 붙고, 나머지 두 대는 전체 구도를 촬영할 준비를 했다. 넉넉한 촬영 환경을 보며 유태일 감독은 고개를 저었다.

'국내와는 제작 환경 자체가 달라. 저예산 영화인데도 사유지도 아닌 도로를 통제하고, 카메라도 다섯 대나 들어간다니… 블록버스터 영화일 땐 시 전체에 몇 백 대의 카메라를 장착하고 촬영한다는 말이 과장이 아니었어.'

제작 예산이 적힌 표를 봤을 때도 신선한 충격을 받았지만 직접 현장에 와서 보니 부럽기도 하고, 국내의 열악한 환경에서 그만한 작품들이 쏟아져 나온다는 사실에 자부심도 들었다. 이런저런 생각을 하던 유태일 감독은 모니터에 집중하고 입을 열었다.

"카메라 롤."

카메라 다섯 대가 일제히 가동했다. 주위의 스태프들은 앤 로버츠가 보라색 후드를 뒤집어쓴 채 스틸컷 촬영용 카메라를 들고 현장에 뛰어든 모습을 보며 웃음을 터뜨렸다. 밝은 분위기 속에서 유태일 감독이 신호를 보냈다.

"레디, 액션."

대로변 상점 모서리에 숨은 앤 로버츠 감독은 카메라로 조깅을 하고 있는 클로이 포트만을 겨냥했다. 파파라치 역할의 앤 로버츠를 발견한 이도원은 클로이 포트만에게 접근해 나란히 달리며 말을 붙였다.

"실례지만 방금 집에서 나온 것 아니죠?"

정확히 말하면 '미샬' 역할의 클로이 포트만은 남자친구의 집에서 나온 길이었다. 그녀가 천천히 속도를 줄이며 멈추더니 미간을 찌푸리고 물었다.

"누구시죠?"

이도원은 웃음을 매달았다. 웃는 와중에도 그의 얼굴은 편해 보이지 않았다. 다소 부자연스러운 미소를 띤 이도원이 상가 모서리 쪽을 고갯짓하며 말했다.

"이 곤란한 상황을 벗어나는 게 먼저인 것 같습니다."

클로이 포트만은 그쪽으로 시선을 돌리다 말고, 도둑질하다 들킨 사람처럼 서둘러 후드를 뒤집어썼다. 그녀가 눈치채자 카메라를 들고 있던 앤 로버츠는 집요한 표정으로 카메라를 내리더니, 얼굴이 보이는 구도로 자리를 옮겼다.

이도원은 주위를 둘러보며 클로이 포트만에게 속삭였다.

"아마 이 주변에 있을 겁니다. 제가 파파라치에 대해 좀 아는데, 밥벌이가 걸린 일이니만큼 끈질기죠."

클로이 포트만이 황당한 표정으로 물었다.

"당신은 누구죠?"

이도원은 검지를 쭉 펴 보이며 뒷주머니에서 비닐봉투를 꺼냈다.

"이걸 뒤집어쓰시죠. 제가 시선을 끌겠습니다. 지금 상황에서 중요한 건 제가 누구인가보다, 사방이 훤히 노출된 이 상황을 어떻게 탈출할지가 관건인 것 같군요."

클로이 포트만이 머리에 비닐봉투를 뒤집어썼다.

이도원은 손가락으로 눈구멍을 내주며 말했다.

"이제 계속 조깅하시면 됩니다. 카메라 성능이 아무리 좋아도 당신이란 걸 증명하진 못할 거예요."

"제게 뭘 원하죠?"

클로이 포트만이 쉬이 떠나지 않고 묻자 이도원은 지갑에서 명함을 꺼내 그녀에게 주었다.

"이제 가시죠."

명함을 주머니에 쑤셔 넣은 클로이 포트만은 자리를 떠났다. 반면 이도원은 앤 로버츠가 자리를 옮긴 방향으로 스텝을 밟으며 춤을 췄다.

앤 로버츠가 카메라를 내리며 웃는 것을 신호로 스태프들이 웃음을 터뜨렸다. 뒤를 돌아본 클로이 포트만도 깔깔 웃었다.

유태일 감독은 고개를 절레절레 내저으며 말했다.

"컷, 오케이."

그때까지도 웃음을 멈추지 못한 클로이 포트만이 아주 배꼽을 잡고 물었다.

"도원! 대체 그런 아이디어는 어디서 나온 거예요?"

이도원이 어깨를 으쓱이며 씩 웃었다.

"극 중 분위기가 너무 무거워서 춤 한번 땡겼죠."

현장 분위기를 단번에 환하게 만드는 건 능력이었다. 이도원이 맡은 '존 리'는 처음부터 끝까지 심적 고통을 안고 가는 인물이다. 따라서 모든 장면들이 무겁고 어두울 수밖에 없었다. 이도원이 연기를 잘 할수록 '존 리'라는 인물은 관객들의 숨통을 옥죌 것이다.

그 와중에 이런 애드리브는 과하지 않고 적절했다. 무엇보다 '미샬'에게 유머러스한 매력을 어필하며 구해준다는 점에서 접근성에 설득력을 얻을 수 있었다. 그리고 사고가 있기 전 '존 리'가 얼마나 밝은 인물이었는지에 대해서도 자연스럽게 알려주며 캐릭터의 매력을 증폭시킬 수 있다. 그 점을 놓치지 않은 유태일 감독은 생각했다.

'도원이의 애드리브를 살리는 연출을 하려면……'

생각한 유태일 감독이 카메라를 든 스태프에게 물었다.

"방금 미샬이 돌아보며 웃는 장면도 촬영했습니까?"

스태프가 카메라를 흔들며 대답했다.

"물론이죠."

그 말을 들은 순간 앤 로버츠와 유태일 감독의 시선이 마주쳤다.

"미샬의 웃음소리를 걸고 디졸브(dissolve : 장면전환)시키면서 존 리에게 전화하는 장면으로 넘어가면 되겠네요."

앤 로버츠의 말에 유태일 감독이 고개를 끄덕였다.

"훌륭합니다."

다소 거리감이 느껴지던 이도원과 클로이 포트만은 이번 장면이 즐겁게 대화를 나누는 계기가 됐다. 반면, 웃음기를 지운 손 클랩튼의 표정은 좋지 못했다.

'마음에 안 들어.'

그는 자국의 매력적인 여성이 동양인 수컷과 웃고 떠드는 모습 자체가 못마땅했다.

*　　　*　　　*

부족한 부분을 몇 컷 더 촬영했을 때 아역 줄리아 패닝이 도착했다. 그녀는 잠이 덜 깬 얼굴로 내려서 배우들과 스태프들에게 인사를 했다.

"안녕하세요."

이도원이 현장에서 가장 친해지고 싶은 건 줄리아 패닝이었다. 열두 살짜리 꼬마가 어찌나 연기를 잘하는지, 기특하고 귀여웠다.

이도원은 모처럼 반갑게 말을 걸었다.

"오디션 때 연기 인상 깊었어."

줄리아 패닝은 얼굴을 붉히며 수줍게 웃었다. 그녀는 기어들어가는 목소리로 대답했다.

"고마워요."

그때 앤 로버츠가 손뼉을 치며 말했다.

"스태프들 준비 끝났습니다! 배우들 준비해 주세요."

이도원과 줄리아 패닝이 화면 안으로 들어갔다.

숀 클랩튼도 불만스러운 표정을 지우며 두 사람에게 다가갔다.

'이번에야말로 기를 죽여주지.'

남모를 결심을 한 채, 그는 이도원을 마주 보았다.

이도원은 동공 속에 일렁이는 적개심을 읽을 수 있었다.

'날 싫어하는군.'

그 사실을 단번에 알 수 있었지만 동요하지 않았다. 한국에서도 여러 번 받아본 시선이었다. 배우들 중에는 욕심 많고 자존심 강한 사람들이 다수였다. 속마음을 감추는 데에도 능한 사람들이었다. 그런 의미에서 특출난 실력은 질투와 시기의 대상이 되기 십상이었고, 열 중 다섯은 이런 시선을 보내왔다. 그래서 이도원은 전혀 개의치 않았다. 상대의 쓸데없는 경쟁심에 피식 웃음이 나왔다.

여유로운 반응에 숀 클랩튼은 속이 뒤집혔다.

'날 무시해?'

그는 조롱을 당한 것 같은 굴욕감에 사로잡혔지만 겉으로 분노하진 않았다. 대신 작게 속삭였다.

"긴장해야 될 겁니다. 배려하지 않고 연기하겠소."

이도원은 그를 빤히 응시하며 대답했다.

"잘 부탁드립니다."

미처 배우들 사이의 기류를 읽지 못한 앤 로버츠가 촬영 지시를 내렸다.

"레디, 액션!"

'존 리' 역할의 이도원은 '피타' 역할인 줄리아 패닝의 손을 잡고 현관의 계단을 내려갔다. 그의 표정은 비장하게 보이기도, 고통스러워 보이기도 했다. 그때 문을 벌컥 열고 뛰쳐나온 '스탠' 역할의 숀 클랩튼이 사냥용 총을 들이밀며 외쳤다.

"멈춰!"

이도원이 우뚝 멈추고는 쪼그려 앉으며 줄리아 패닝과 눈높이를 맞췄다. 그는 총으로 위협하는 숀 클랩튼에게 시선조차 주지 않고 줄리아 패닝에게 말했다.

"눈 감고 귀 막고, 잠시만 기다려라."

줄리아 패닝은 그 말에 고분고분 따랐다.

천천히 일어난 이도원이 숀 클랩튼에게로 터벅터벅 다가가 총신을 잡더니, 총구를 이마에 가져다 대고 말했다.

"쏴보시오."

숀 클랩튼이 눈가를 움찔 떨었다.

"뭐?"

"쏴보라고 했소."

이도원이 싸늘하게 말했다.

"내 머리통을 날려주시오. 그럼 저 애도 자연스럽게 당신으로부터 해방되겠지. 내 변호사가 저 애를 책임져 줄 거요. 당신 같은 쓰레기는 똑같은 쓰레기인 날 쏘고 쓰레기통으로 들어가야 돼. 그럼 이 세상이 깨끗해지겠지."

"이 미친놈이?"

손 클랩튼이 총을 든 손을 부들부들 떨며 발악하듯 외쳤다. 그때 이도원이 손을 가져가며 물었다.

"방아쇠도 내가 당겨줄까?"

화들짝 놀란 손 클랩튼은 한 걸음 물러서며 장총으로 이도원을 후려갈겼다.

퍽!

대본에 없던 장면이었다.

이도원은 이마를 맞고 계단 아래로 나가떨어졌다.

스태프들도, 배우들도 모두 벙 쪘다.

손 클랩튼은 양손을 들며 짐짓 놀란 표정으로 말했다.

"빗나가게 한다는 게 너무 몰입하다 보니… 괜찮습니까?"

쓰러져 있던 이도원은 상체를 일으켰다. 눈썹 위가 찢어져 피가 뚝뚝 흐르고 있었다.

이윽고, 이도원이 얼굴을 들며 물었다.

"찍혔습니까?"

뜻밖의 부상으로 어조는 경직돼 있었지만 내용은 똑똑히 전해졌다.

가장 먼저 상황 파악을 한 것도, 한달음에 달려온 것도 유태일 감독이었다. 그는 고개를 끄덕이며 대답해 주었다.

"찍혔다."

안도의 한숨을 쉰 이도원은 팔을 들어 피를 슥 닦았다. 그러자 셔츠의 손목 부분이 피로 흥건하게 물들었다.

그 모습을 보며 매니저 이진빈은 사고가 정지됐다. 처음 겪는 일인데다 너무 놀란 탓이었다. 그런 심정을 아는지 모르는지, 이도원은 태연하게 말했다.

"지혈 좀 해줘."

그때야 정신을 차린 이진빈과 스태프 하나가 구급상자를 들고 달려 나와 이도원의 상처를 봐주었다.

"형! 괜찮아요?"

이진빈은 미국에서부터 이도원과 호칭을 정정한 상태였다. 그는 걱정이 가득한 물음을 던지면서도 어찌할 바를 몰라 했다.

그러나 정작 이도원은 지혈하는 동안에도 얼굴에 입은 상처에 대해 분노하거나 탓하지 않았다. 그의 관심사는 오직 하나뿐이었다.

'더 리얼하게 살릴 수 있겠어.'

그런 담담한 반응에 오히려 숀 클랩튼이 찜찜한 표정을 지었다. 스태프들은 그를 굳은 얼굴로 바라보고 있었고, 같은 영국인 배우인 클레이 포트만 조차 경멸스러운 표정을 짓더니 고개를 휙 돌려버렸다.

"실수였다고!"

숀 클랩튼이 외쳤지만 크게 달라지는 건 없었다. 모두가 방금 전 폭력사태가 고의란 걸 느끼고 있었기 때문이다.

"도원, 괜찮아요?"

이 상황을 정리해야 하는 앤 로버츠가 먼저 이도원을 챙겼다.

이도원이 미소 지으며 고개를 끄덕이자 그녀는 다음으로 숀 클랩튼에게 갔다.

비록 끔찍한 사고지만, 로버츠는 그를 이해해야만 하는 유일한 사람이었다. 그녀는 감독이었고 모든 배우를 품어야만 했다.

"숀."

앤 로버츠가 최대한 나직하게 그를 불렀다.

아마 숀 클랩튼도 욱해서 나온 실수였을 것이다. 그는 미국에서 드라마 여러 편을 작업하며 천재성을 입증한 배우였다. 이후 악역으로 인정받으며 화려한 삶을 살아왔다. 할리우드 개런티도 이도원보다 두 배 이상 높았다. 시나리오나 섭외조건이 마음에 들어 출연을 결정한 숀 클랩튼은 무명의 동양인 배우가 주연을 맡았다는 사실이 못마땅했을 테고, 과격한 연기로 폭발한 것이다. 하지만 고의로 상대 배우의 얼굴을 상하게 만든 건 너무 큰 실수였다.

생각을 정리한 앤 로버츠가 말했다.

"당신을 이해해요. 하지만 이건 용서받지 못할 행동입니다."

숀 클랩튼은 반성의 기미를 보이지 않고 고개를 돌렸다.

"흔히 있는 사고잖아? 다들 왜 날 경멸하는 시선으로 바라보지? 실수였다고 했잖아요!"

앤 로버츠는 한숨을 내쉬며 고개를 저었다.

'이러면 통제가 힘든데……'

그녀는 교과서적으로 말했다.

"숀, 사고든 고의든 상대 배우에게 상해를 입힌 건 맞잖아요? 당신은 지금, 도원에게 사과를 해야 한다고요."

감독이 전면에 나서자 숀 클랩튼도 더는 고집을 부리지 못했다. 그는 분한 표정으로 성큼성큼 계단을 내려와 이도원의 앞에 섰다. 그러고는 주저앉아 있는 이도원에게 손을 내밀며 사과를 건넸다.

"미안합니다."

이도원은 손을 잡고 일어났다. 그러나 그의 시선은 숀 클랩튼이 아닌, 계단 위 앤 로버츠에게 가 있었다.

"감독님, 피가 마르기 전에 바로 다음 촬영으로 들어가죠."

그 말에 현장의 몇몇이 헛바람을 집어삼켰다. 독하고 뜨거운 의지에 놀랄 수밖에 없었다. 그들이 보는 것처럼 지금 이도원의 머릿속은 오로지 촬영에 대한 생각뿐이었다. 숀 클랩튼이 고의로 그랬든 실수로 그랬든, 그건 더 이상 중요한 문제가 아니었다. 촬영에 임하는 이도원의 각오를 엿본 앤 로버츠는 묘한 흥분을 느꼈다.

"알겠어요, 계속 촬영하죠!"

그녀가 대답했고 스태프들도 얼굴색을 고쳤다. 그렇게, 이도원은 사고로 인해 주춤할 수 있었던 현장 분위기를 달구며 전화위복으로 만들었다.

이런 굴러가는 상황에 가장 당황한 건 숀 클랩튼이었다.

'눈 하나 깜짝 안 해?'

자신의 멱살을 잡아도 모자란 상황에 저런 침착한 반응이라니. 기가 막혔다.

'여우같은 놈.'

숀 클랩튼은 이도원이 이 상황을 이용해 자신에게 망신을 주고 동정표를 얻으려 한다고 판단했다. 그를 더 아니꼽게 만드는 건, 클로이 포트만이 흥미로운 표정으로 이도원을 바라보고 있다는 사실이었다. 그녀는 매료된 눈빛을 보내고 있었다.

'피를 철철 흘리는 상황에서도 촬영 생각밖에 없다니… 섬뜩하네.'

클로이 포트만의 입가에 기분 좋은 미소가 떠올랐다. 훌륭한 배우와 함께 작업하는 것은 같은 배우로서 무엇보다 즐거운 일이었다. 이어 그녀의 시선이 숀 클랩튼에게로 옮겨가며 차갑게 변했다.

'못난 인간.'

클레이 포트만은 눈썹 위쪽이 찢어진 이도원의 상처를 바라보며, 고통을 함께 느끼는 것처럼 표정을 찌푸리고 물었다.

"괜찮아요?"

"예, 괜찮습니다."

이도원은 담담하게 대답했다. 그는 스태프들이 장비를 옮기는 사이 크게 놀란 줄리아 패닝을 달랬다.

"괜찮니?"

안 그래도 흰 얼굴이 더욱 하얗게 질렸던 줄리아 패닝은 억지로 괜찮은 척 미소를 띠며 말했다.

"걱정할 사람이 뒤바뀐 것 같네요."

뜻밖의 대답을 들은 이도원은 눈썹 위로 얼음 주머니를 대고 피식 웃었다.

그때 그를 힐끔거리던 줄리아 패닝이 물었다.

"흥 지면 어떡해요?"

이도원은 어깨를 으쓱였다.

"촬영 중 부상은 영광의 상처야."

농담 섞인 대답을 한 귀로 흘린 줄리아 패닝은 떨어져 있는 손 클랩튼을 쏘아보더니 고개를 저었다.

"나쁜 사람이에요."

이도원은 가타부타 대답하지 않았다.

한편 스태프들의 장비 세팅이 끝난 것을 확인한 앤 로버츠가 물어왔다.

"도원, 촬영할 수 있겠어요?"

"물론이죠."

이도원의 말을 들은 앤 로버츠는 배우들을 모아놓고 사고 이후 장면에 대한 상의를 했다.

"예정에 없던 씬 추가를 해야 돼요. '존 리'가 쓰러지자 깜짝 놀란 '피타'가 다가와 걱정하는 걸로 가죠. 그리고 '스탠'은 홧김에 저지른 일에 당황하며 집 안으로 들어가 버리는 걸로요."

'존 리' 역할의 이도원과 '피타' 역할의 줄리아 패닝이 먼저 수긍

하자 '스탠' 역할의 숀 클랩튼도 마지못해 고개를 끄덕였다. 배우들의 동의를 구한 앤 로버츠는 스태프들과 배우들에게 지시했다.

"모두 준비해 주세요!"

카메라가 작동했다.

이도원과 숀 클랩튼, 줄리아 패닝은 얻어맞은 직후 위치로 가서 촬영을 이어갈 준비를 했다.

이내 모니터로 상황을 확인한 앤 로버츠가 말했다.

"레디, 액션!"

이윽고 연기가 시작됐다.

이도원은 눈꺼풀의 반창고를 떼고 방금 막 피를 흘린 사람처럼 굴었다. 그는 담담한 표정으로 피로 물든 셔츠를 내려 보았다.

손가락 사이로 실눈을 뜨며 이도원의 모습을 확인한 줄리아 패닝이 화들짝 놀라며 외쳤다.

"아저씨!"

서둘러 달려온 줄리아 패닝은 안절부절못하며 울상을 지었다. 그에 당황한 표정으로 상황을 지켜보고 있던 숀 클랩튼이 현관문 안으로 숨었다.

이도원은 그가 사라지고 나서야 줄리아 패닝에게 말했다.

"괜찮다, 피타."

이도원은 몸을 일으켰다. 그리고 거기까지 촬영한 앤 로버츠가 사인을 보냈다.

"컷, 오케이!"

숀 클램튼을 제외한 배우들과 스태프들이 이도원의 어깨나 등을 두드리며 엄지를 추켜세우고 찬사를 보냈다. 부상을 입고도 촬영에 임하는 동양인 배우의 태도가 그들 모두에게 감동을 선사한 것이다.

그렇게 되자 숀 클램튼이 있는 공간만 찬바람이 불 뿐이었다.

'젠장.'

숀 클램튼은 한순간의 잘못된 판단으로 동료들의 신망을 잃었다는 것을 실감했다. 오히려 이번 사건을 계기로 이도원에 대한 주위의 평가만 올라갔다. 심지어 이도원을 별로 마음에 들어 하지 않던 스태프들과 배우들마저도 그의 열정에 반한 것이다.

'놈 좋을 일만 했군.'

이 순간에도 숀 클램튼은 반성하고 있지 않았다.

*   *   *

해당 장면 촬영을 마친 이도원은 앤 로버츠 감독의 배려로 일찍 귀가했다. 오늘 촬영했어야 될 이도원의 씬들은 뒤로 미루며, 대신 다른 배우들 분량으로 대체했다.

집으로 돌아온 이도원은 거울을 보며 반창고를 뗐다. 다행히 맞는 순간 고개를 돌려서 크게 찢어진 상처는 아니었다. 따라서 이도원은 새로 소독한 후 반창고를 갈고, 붓기가 가라앉도록 찜

질을 하며 오늘 일에 대해 생각했다. 당시에는 촬영에 집중하느라 미처 신경 쓸 겨를이 없었던 것이다.

'모자란 놈.'

손 클랩튼을 생각하며 피식 웃은 이도원은 '쯧' 혀를 차고는 밀려 있던 백 엔터테인먼트의 보고서들을 확인했다.

'내가 없어도 회사는 잘 돌아가네.'

이도원은 피식 웃었다. 백 엔터테인먼트 배우들이 특별한 사건사고 없이 차근차근 작품 활동을 하며 주가를 올리고 있었기 때문이다.

한편 한국 웹 사이트에서 가장 화제가 된 일은 이도원의 할리우드 진출 소식이었다. 한국으로 돌아간 김홍수 기자가 신호탄을 터뜨린 것이다.

〈한국을 열광시킨 이도원, 할리우드 진출의 꿈을 꾸다〉

배우 이도원이 영화계에 혜성처럼 등장했던 건 지난 2015년 부산국제영화제였다. 유태일 감독의 〈우리의 심장〉으로 데뷔한 그는 군 제대 후 드라마 〈시간아! 돌아와〉를 시작으로 영화 〈악마의 재능〉, 〈투사〉, 〈바람〉까지 꾸준한 흥행가도를 달려왔다. 방송계와 영화계 모두에서 '흥행보증수표'로 부상한 이도원. 그는 데뷔 때부터 유태일 감독과 특별한 우정을 이어오며 무려 세 작품을 함께하기도 했다. 뿐만 아니라 국내 영화제에서

상을 휩쓸다시피 한 이도원이 고국을 떠나 할리우드로 진출하게 된 계기는 무엇인지, 이 꿈이 언제 어디서부터 시작됐는지 알아보자.

◆ 뮤지컬 <영웅>으로 브로드웨이에 진출하다.

이도원은 드라마, 영화를 넘어 지난 2021년 뮤지컬 '영웅'과 만났다. 국내에서 성황리에 공연을 마쳤고 2022년에는 뮤지컬 어워즈에서 남우신인상을 수상하기까지 했다. 이후 뮤지컬 '영웅'의 브로드웨이 진출이 확정되었고, 이도원은 미국에 첫 발을 내디뎠다.

◆ 동양의 배우, 새로운 도전을 하다.

뮤지컬 '영웅'으로 미국 브로드웨이를 뜨겁게 달군 중영극단 단원들. 하지만 이도원은 돌아오지 않았다. 그는 미국에 남아 현지 무명 연극배우들과 '백 유랑극단'을 결성하고, 50개 주를 돌아다니며 순회공연을 추진했다. 유튜브나 SNS 등으로 이름을 알리기 시작하며 이도원은 또 하나의 새로운 도전을 준비한다.

◆ 이도원, 할리우드를 쏘다.

이도원은 할리우드의 메이저 배급사 '웨스트 마운틴', 제작사 '네러티브'와 접촉하며 영화 제작을 위한 본격적인 물밑작업을 해왔다. 심지어 비밀리에 유태일 감독을 초빙하여 시나리오 작업을 하고 촉망받는 신예 감독을 포섭했다. 과연 한국의 배우가 당차게 내민 도전장이 할리우드에도 통할지, 그의 꿈이 이루어질 수 있을지 주목해보자.

기사를 모두 읽은 이도원은 흡족한 미소를 지었다. 인터뷰 내용은 어디에도 없었다. 이는 그가 원하는 바이기도 했다. 영화가 상영관을 확보하고 본격적으로 할리우드에 입성하게 되면 밝혀도 늦지 않는 것이다.

"역시… 약속은 칼같이 지키는군."

이도원이 중얼거렸다.

김흥수 기자 입장에서야 기왕 기사를 실은 마당에, 당장에라도 특종을 터뜨리고 싶어 손이 근질근질했을 것이다. 그럼에도 잘 참아주었다. 기자와 오랜 신뢰관계를 유지해온 보람이 느껴지는 순간이었다. 그리고 그때, 휴대폰이 울렸다.

"여보세요?"

이도원이 전화를 받자 수화기 너머에서 이상백의 음성이 들려왔다.

─얼굴을 다쳤다고?

이도원은 피식 웃었다. 매니저인 이진빈이 그새 보고를 했던 것이다.

"예, 심한 부상은 아니니까 걱정 마세요."

─배우한테 얼굴이 얼마나 중요한데… 촬영에도 지장을 줬겠지. 누구 짓이냐? 그쪽에 정식으로 항의하겠다.

이상백의 분노한 목소리는 처음 들어보는 것이었다. 그러고 보면 이상백은 좀처럼 화를 내지 않았다.

그 찰나에도 새삼 생각한 이도원이 대답했다.

"아닙니다. 그게 더 현장 분위기를 다운시킬 거예요. 물의를 일으키고 싶지 않습니다."

─앞으로도 이런 일이 없으리라는 보장이 없지 않냐? 진빈이 얘기 들어보니까 상대 배우가 고의로 저지른 실수라고 하던데.

"제 선에서 해결할 수 있습니다."

이도원은 간결하게 대답하고 덧붙여 물었다.

"저 믿으시죠?"

그 질문에 잠시 말문이 막혔던 이상백이 답했다.

─믿는다. 하지만 어떻게 할 생각인지 정도는 말해줄 수 있겠지? 회사 대표로서 묻는 거다.

사실 거기까지 생각해 본 적이 없었다.

이도원의 관심사는 오로지 촬영뿐이었다. 잠시 고민하던 그는 씩 웃으며 대수롭지 않게 대답했다.

"자업자득이란 옛말이 있죠. 그렇게 될 겁니다."

이도원은 반복되는 촬영과 개인 훈련으로 하루하루 바쁜 나날을 보냈다. 그는 주로 줄리아 패닝과 연기호흡을 맞추며 여러 번 놀랐다. 열두 살 소녀의 재능이 번번이 그를 놀라게 한 것이다.

'인물에 완전히 녹아 있어.'

줄리아 패닝이란 백지 위에 '피타'라는 캐릭터를 그린 느낌이었다. 대본 속 인물이 현실로 걸어 나온 듯 보였다. 이도원이 줄리아 패닝을 보며 그런 생각을 한다면, 줄리아 패닝도 이도원을 보며 감탄하고 있었다.

"저도 오빠 같은 분위기를 갖고 싶어요."

이도원은 존재감 하나만으로 화면을 꽉 채우는 배우였다. 그의 눈빛은 블랙홀처럼 보는 이들의 시선을 빨아들였고, 탄탄하게 정제된 음성이 때때로 날카롭게 귀를 찔렀다. 때로는 중후하게 가슴을 울리기도 했다. 또한 창의적인 발상과 세심한 움직임은 전달력에 힘을 실었다. 그를 보며, 줄리아 패닝은 끊임없이 고민하고 배울 수 있었다. 그녀는 솜이 물을 빨아들일 듯 이도원의 장점들을 흡수했다.

오늘의 첫 장면은 클로이 포트만이 줄리아 패닝의 재능을 발견하는 장면이었다. 이미 어려서 무용을 배운 적이 있고, 프리프로덕션(pre production : 영화 제작 준비 단계) 때부터 별도로 준비를 해왔던 줄리아 패닝은 능숙하게 무용 동작들을 해냈다. 영화 내용상 천재적인 모습을 드러내야 하는 장면을 누구보다 멋지게 소화하고 있었다.

줄리아 패닝의 무용 안무를 모두 담은 카메라가 그녀를 지켜보는 이도원과 클로이 포트만을 찍었다. 이내 이도원이 팔짱을 낀 채 놀란 표정으로 서 있는 클로이 포트만에게 말했다.

"직접 보면 당신도 매혹될 거라고 했잖아요."

지금 막 꿈에서 깬 듯, 놀란 기색을 지우며 표정을 고친 클로이 포트만이 물었다.

"아직 정규교육을 받지 못해서 어색한 부분이 있긴 하지만…… 저 정도 재능으로 학교에 입학하면 충분히 저보다 훌륭한 지도자에게 무용을 배울 수 있을 텐데요? 까막눈이 아닌 이상은 두 손 들고 환영할 거예요. 장학생이 될 수도 있겠죠."

그 말을 듣는 순간 줄리아 패닝을 바라보던 이도원의 눈빛이 짙게 물들었다. 그 감정의 정체는 안타까움이었다.

한편 클로이 포트만은 감탄했다.

'눈빛만으로……'

달라진 건 아무것도 없는데, 시선 하나로 분위기가 달라진다. 이도원의 연기력은 촬영일이 하루하루 지날수록 빛을 발하고 있었다.

이도원이 대답했다.

"문제가 있습니다."

클로이 포트만이 이도원의 눈길을 따라 시선을 옮겼다. 그곳에는 줄리아 패닝이 주저앉아 거친 숨을 몰아쉬고 있었다. 그 모습을 발견하고 화들짝 놀란 클로이 포트만이 줄리아 패닝에게 달려갔다.

"피타, 괜찮니?"

가슴을 부여잡고 호흡을 가라앉힌 줄리아 패닝이 힘겨운 표정으로 고개를 끄덕이며 대답했다.

"네, 괜찮아요."

이도원이 줄리아 패닝에게 말했다.

"답답하지? 잠시 복도에서 바람 좀 쐬고 와라."

고개를 끄덕인 줄리아 패닝이 널찍한 연습실 문밖으로 나갔다. 문이 닫히자 클로이 포트만이 이도원에게 물었다.

"어떻게 된 일이죠?"

추궁하는 눈빛을 받으며 이도원이 덤덤하게 대답했다.

"피타는 심부전증을 앓고 있습니다. 문제는 최근 심기능이 30퍼센트 이하로 떨어졌다는 겁니다. 지금은 심장 근육 대부분이 제 기능을 못하고 있죠."

충격적인 사실에 놀란 클로이 포트만이 말했다.

"그럼 무용이 문제가 아니고 치료를 받아야 하는 것 아닌가요?"

이도원은 괴로운 표정을 숨기려 애쓰며 대답했다.

"특별한 치료법 없이 심장이식을 받아야만 하는 상황입니다. 이식받을 심장은 있지만, 문제는 피타의 꿈이 무용수라는 겁니다. 피타는 꿈을 삶의 전부로 생각하고 있는 아이입니다. 당신도 불행한 사고로 은퇴를 했으니 그 심정을 잘 알고 있겠죠. 당신이라면 피타에게 안 된다는 말 대신, 새로운 방향성을 제시해 줄 수 있을 것 같아서 부탁드리는 겁니다."

그의 표정을 유심히 뜯어보던 클로이 포트만이 물었다.

"당신은 피타와 무슨 관계죠?"

그 질문을 받는 순간 이도원의 눈빛과 표정은 더 이상 산 사람의 것이 아니었다.

"나는 그 아이의 부모를 해친 살인자입니다."

그는 덧붙여 설명하지 않고 단도직입적으로 물었다.

"피타를 도와주겠습니까?"

앤 로버츠는 모니터 속으로 빠져들었다. 롱 테이크로 진행된 촬영과 연기는 흠잡을 데 없었다. 배우들은 시나리오를 온전히 현실로 구현해냈고, 이 장소의 모든 스태프들이 연기가 실제상황인 양 몰입해 있었다. 그들의 머리 위로 앤 로버츠의 뒤늦은 사인이 떨어졌다.

"컷, 오케이."

그때서야 모든 이들이 현실로 돌아왔다. 꿈을 꾸다 막 일어나서 현실감이 돌아오기까지의 혼미한 시간과 흡사한 기분이었다.

"훌륭해요."

앤 로버츠의 말을 들은 클로이 포트만이 이도원에게 한쪽 눈을 찡긋했다.

"당신은 멋진 배우예요. 숀이 봤어야 하는데."

숀 클랩튼은 지난번 실수로 모든 배우와 스태프에게 신망을 잃은 상태였다. 한순간의 판단으로 인해 현장에서 소외된 것이다. 다들 숀 클랩튼을 비난했지만 이도원은 굳이 그 대열에 끼고 싶지 않았다.

'고집 세고 질투 많고 욱하긴 해도, 연기력만큼은 괜찮은 배우

인데.'

지금처럼 극단적으로 몰아가는 것은 마녀사냥과 흡사했다. 숀 클랩튼이 등장하는 장면의 촬영이 시작되면 전반적인 현장 분위기에 악영향을 주게 될 터였다. 그런 판단을 내린 이도원은 앤 로버츠에게 다가가 말했다.

"숀과는 제가 해결하겠습니다, 감독님. 다른 배우들이나 스태프들의 마음을 움직여 주세요."

앤 로버츠는 난색을 표했다.

"일부 스태프들은 같이 작업을 못하겠다고, 숀의 퇴출을 바라고 있어요."

그중에는 이도원과 같은 동양인도, 인종평등을 주장하는 현지 스태프도 있었다. 상황이 그렇게까지 번졌을 줄은 꿈에도 몰랐던 이도원이 말했다.

"퇴출은 안 됩니다. 먼저 숀과 풀고, 현 상황을 완만하게 풀 수 있도록 설득해 보겠습니다."

당사자가 그렇게까지 확고한 의지를 보이는데, 감독인 앤 로버츠가 가만히 있을 수는 없었다. 그녀는 고개를 끄덕이며 대답했다.

"알겠어요. 저도 퇴출을 요구한 스태프들을 설득해 볼게요."

＊　　　　＊　　　　＊

숀 클랩튼에 대한 문제를 뒤로하고 촬영이 계속됐다.

이번 장면은 이도원이 자기 손으로 911에 신고를 한 뒤 자살하는 장면이었다. 장기이식을 하려면 사망한 직후 적절한 조치가 필요하다. 즉 장기기증 서약을 했다고 하더라도 시간과의 싸움에서 진다면 쓸모없어지는 것이다.

비좁은 모텔 안, 이도원은 떨리는 손으로 911 번호를 눌렀다.

신호가 가기 무섭게 안내원이 전화를 받았다.

"사람이 죽었습니다."

연기였으므로 당연히 수화기 뒤에선 아무 말도 들리지 않았지만, 집중한 이도원의 귓가에는 똑똑히 전해졌다.

―선생님, 성함을 말씀해 주십시오.

"존 리, 존 리 입니다."

이도원은 입을 틀어막고 눈물을 흘렸다. 그는 자신의 이름을 말하며 덧붙였다.

"제가 죽었습니다."

이도원이 전화를 끊고 자신이 입은 흰 티 위에 유성매직으로 '제 심장을 피타 로즈에게 기증합니다!'라고 쓴 뒤 얼음을 가득 담아둔 욕조 안으로 들어갔다. 그는 추위와 공포로 덜덜 떨며 두려운 눈빛으로 천장을 바라보았다. 손으로 얼굴을 훔치며 여러 감정이 담긴 호흡을 흘렸다.

위로부터 카메라가 이도원의 모습을 똑똑히 담았다. 단 한마디의 대사도 없었지만 강렬한 연기였다.

'과연 자살이란 판단이 옳았을까?'

앤 로버츠는 고개를 갸웃했다. 만약 그녀가 시나리오를 썼다면 이도원의 배역인 '존 리'를 살리고 해피엔딩으로 끝냈을 터였다. 하지만 이번 시나리오 작업을 담당한 유태일 감독은 주인공의 자살이라는 극단적인 방법으로 엔딩을 정했다.

'말 나올 여지가 많겠어.'

이는 흥행의 저해요소였다. 하지만 그녀가 엔딩을 바꿀 수는 없었다.

"컷, 오케이."

결국 앤 로버츠는 사인을 내렸다.

한편 얼음물에 들어가 엔딩 촬영을 마친 이도원은 담요로 몸을 녹였다. 그의 트레이너 안에서 난로에 기름을 채운 매니저 이진빈이 물었다.

"형. 숀 클랩튼이란 그 백인 놈. 꼴좋던데… 정말 용서하실 거예요?"

"용서하는 게 아니야."

이도원은 추위로 목소리를 떨며 대답했다.

"촬영을 위해 해야 될 일을 하는 것뿐이지."

이진빈은 불만이 가득한 표정으로 고개를 저었다.

"그놈만 없으면 현장 분위기가 더 좋아질 거예요."

이도원은 대답 없이 창문을 통해 트레이너 밖을 보았다.

숀 클랩튼의 고급 외제차가 촬영장으로 들어오고 있었다.

이진빈이 눈살을 찌푸리며 중얼거렸다.

"저 새낀 왜 촬영도 없는 날까지 와서……."

"진빈아."

이름을 불러서 말을 자른 이도원이 미소지었다.

"내가 지금 상황을 이용해 강압적으로 사과를 받으려 하면 상대방은 겉으로는 사과를 해도, 속으로는 분명 욕을 하겠지. 사과란 상대방의 진심을 끌어내야 돼. 그러지 못한다면 아무 소용 없다."

"사과받을 것 없이 퇴출시키면 되잖아요?"

"그럼 숀 클랩튼 때문에 모두가 피해를 보게 되는 셈이지. 잘못한 건 숀인데, 왜 다른 사람들이 피해를 봐야 하지?"

되물은 이도원이 말을 이었다.

"나는 숀의 진심을 끌어낼 생각이다. 숀도 우리와 같은 사람이야."

몸을 대충 다 녹인 이도원은 자리에서 일어나서 트레일러 밖으로 나갔다.

숀 클랩튼이 앤 로버츠에게 따지고 있었다.

"신인 감독 주제에 날 퇴출할 겁니까?"

그는 크게 흥분한 상태였다.

앤 로버츠는 불쾌한 표정을 짓고 있었고, 현장의 배우나 스태프들의 표정도 잔뜩 굳어 있었다.

이도원은 망설이지 않고 숀 클랩튼에게 다가가 어깨를 잡았다.

"손."

"놔! 그 가증스러운 얼굴을 뭉개버리기 전에."

이도원의 손을 거칠게 뿌리친 숀 클랩튼이 검지로 이도원의 얼굴을 가리키며 쏘아붙였다.

"네가 잘난 것 같지? 앞에선 아무렇지 않은 척 굴며 교묘하게 내 실수를 이용하더군. 치사한 동양인 새끼."

숀 클랩튼은 대놓고 면박을 주기에 이르렀다. 그는 굉장히 무례한 일을 저지르고 있음에도 이미 갈 데까지 갔다는 듯 거침없었다.

이도원은 같이 흥분하지 않고 빤히 그를 응시하며 대답했다.

"나랑 둘이 얘기하지."

그는 앤 로버츠에게 시선을 돌리며 물었다.

"잠시 시간을 주십시오."

이도원은 바로 클로이 포트만, 줄리아 패닝과 즐거운 시간을 보내는 장면을 촬영할 예정이었다. 따라서 전체적인 촬영 스케줄에 영향을 미치게 되겠지만 앤 로버츠는 그 요청을 승낙했다.

"알겠어요. 삼십 분 간 식사시간을 갖고, 다시 촬영하도록 하죠. 두 분은 따로 말씀 나누세요."

그녀의 말을 들은 스태프들과 배우들은 자리를 옮겼다.

다들 현장을 떠나자 이도원이 숀 클랩튼에게 물었다.

"실수였나?"

"뭐?"

숀 클랩튼이 되묻자 이도원이 말했다.

"정말 실수였는지 물었다."

그에 숀 클랩튼은 눈살을 찌푸렸다.

"이미 내 행동을 고의로 몰고 가는 마당에, 그게 중요한가?"

이도원이 팔짱을 끼며 고개를 끄덕였다.

"네가 날 싫어한다는 건 알아. 마음 같아선 후려치고 싶었겠지. 하지만 네가 배우인 이상, 그 행동을 실행으로 옮길 정도로 멍청하다고 생각하진 않아서 묻는 거야."

숀 클랩튼은 눈을 가늘게 좁히며 대답했다.

"다시 말하지만 실수였다."

"통쾌했겠군."

이도원이 피식 웃었다.

"그러니까 내게 사과하려 들지 않았던 거고?"

숀 클랩튼이 대답하지 않자 이도원은 이어 물었다.

"그래서, 나 같은 동양인과 작업할 바에는 차라리 이번 영화에서 빠지고 싶나?"

이도원의 질문은 노골적이었다.

그에 숀 클랩튼은 낮게 으르렁거렸다.

"날 조롱하는 거냐?"

"아니."

이도원이 고개를 흔들며 대답했다.

"네가 이번 영화에서 빠지지 않으려면 태도를 바꿔야 한다는 뜻이다. 지금 네 행동은 오해를 키우고 있어. 믿든 말든, 난 너의 퇴출을 원치 않는다. 굳이 나랑 감정을 풀 필요는 없어. 나와 함께 오해를 풀고 본연의 모습으로 돌아와라. 내가 돕지."

이도원과 숀 클랩튼은 점심식사를 하기 위해 인근 레스토랑으로 갔다.

두 사람이 마주 앉은 가운데 숀 클랩튼이 먼저 입을 열었다.

"날 어떻게 돕겠다는 거지?"

이도원은 여유로운 태도로 자신의 앞에 냅킨을 올려두고 그 위에 식기를 정리한 후 대답했다.

"너의 실수로 인해 많은 사람이 실망한 상태다. 네가 현장에 나타나면 분위기 자체가 경직돼. 내가 그들의 오해를 일일이 풀어줄 수는 없지만 퇴출되는 일만은 막을 수 있다."

숀 클랩튼이 입꼬리를 올리며 실소했다.

"나랑 말장난을 하자는 건가?"

"말을 못 알아듣는군."

이도원이 말을 이었다.

"내가 너의 편에 서겠다는 뜻이다. 그럼 자연스레 현장 분위기는 해소될 거야. 그 후에 좋은 연기로 모두를 납득시키는 건 네 몫이다."

"넌 날 용서한 대인배로 남겠다?"

이도원은 숀 클랩튼의 질문을 부정하지 않았다.

"네가 자초한 일이다. 넌 둘 중 하나만 선택하면 돼."

그때 두 사람 앞으로 음식이 나왔다.

웨이트리스에게 팁을 건넨 이도원이 식기를 들며 말을 이었다.

"나가든지, 남든지."

*　　　*　　　*

두 배우는 이후 함께 식사를 하면서도 갈등을 해소하지 못했다. 다만 숀 클랩튼은 남는 쪽을 선택했고, 촬영장으로 돌아온 이도원이 그 뜻을 앤 로버츠에게 전했다.

이야기를 모두 들은 그녀가 물었다.

"제가 봤을 땐 언제 터질지 모르는 시한폭탄 같은데, 괜찮겠어요?"

앤 로버츠는 덧붙여 말했다.

"촬영을 하다 보면 때로는 과감한 선택을 해야 할 수도 있어요. 제 판단에는 지금이 그 순간인 것 같고요."

반면 이도원의 생각은 조금 달랐다. 숀 클랩튼이 시한폭탄과도 같은 존재인 건 부정할 수 없었지만, 그렇기에 더욱 시나리오상 적임자라는 생각이 든 것이다. 머릿속으로 문장을 정리한 이도원이 그녀를 설득했다.

"숀 클랩튼이 현장 전체 분위기를 저해했다는 사실은 저도 잘 알고 있습니다. 비단 둘만의 문제가 아니란 것도요. 하지만 이미 섭외된 배우가 참여 의사를 밝히고 있는 지금은, 기회를 주는 것이 옳다고 생각합니다."

앤 로버츠는 어깨를 으쓱였다.

"저도 스태프들과 점심을 먹으며 이 얘기를 했습니다. 우리 모두는 모든 결정을 도원 씨에게 맡기기로 합의를 봤어요. 우리는 도원 씨의 결정에 따를 겁니다."

빙그레 웃은 이도원이 답했다.

"존중해 주셔서 감사합니다."

그 말을 끝으로 앤 로버츠는 잠시 쉬었던 촬영을 이어갔다. 그녀는 스태프들이 장비를 이동하고 세팅하는 동안 배우들과 콘티를 상의했다.

이번 장면은 이도원과 클로이 포트만, 줄리아 패닝이 함께 출연해서 행복한 시간을 보내는 씬이었다.

논의를 끝낸 앤 로버츠가 배우들에게 당부했다.

"클레이와 줄리아는 자연스럽게 촬영을 즐기면 돼요. 연기한다는 생각은 하지 않아도 됩니다. 다만, 도원의 연기가 가장 난해해요. 마음속으로 계획했던 죽음이, 그 결심이 흔들려야 합니다. 절망뿐이고 죽고 싶었던 사람이 희망을 품고 살고 싶다는 생각을 하게 되는 씬이에요. 이번 영화에서 가장 중요한 장면이죠."

이도원은 고개를 끄덕였다. 카메라가 돌고 촬영이 시작되는 순간 할 수 있는 것은 정해져 있었다. 수천, 수만 번의 연습이 만든 결과물을 쏟을 뿐이다. 어차피 준비한 이상 보여줄 수는 없기 때문에 어떤 긴장과 부담도 그를 억누르진 못했다.

'최선을 다한다.'

생각한 이도원이 앤 로버츠에게 말했다.

"준비됐습니다."

자신감이 듬뿍 스며든 목소리를 듣고 활짝 웃은 앤 로버츠는 배우들에게 지시했다.

"그럼 촬영 시작하죠!"

한편 숀 클랩튼은 자신의 자가용 안에서 이도원을 지켜보고 있었다. 내색하진 않았지만 그는 방금 전 이도원과의 식사 자리에서 감정의 동요를 느꼈다. 머릿속에선 끊임없이 이도원을 인정하고, 사과하라고 말하고 있었다. 비록 가슴속 비뚠 고집이 혀를 굳게 만들었다 해도, 심경 변화가 없진 않았던 것이다.

'어디 한번 해봐라. 네가 동양인이라는 색안경을 벗고 봐주마.'

이번 야외촬영 장소는 아름다운 풍경이 자리한 국립공원이었다. 햇빛이 물결에 반사돼 반짝이는 호숫가, 주위를 둘러싼 풍성한 초목(草木)과 곳곳에 위치한 벤치가 눈에 들어왔다.

카메라가 풍경과 보조 출연자들의 모습을 먼저 담았다. 그중에는 단란한 세 식구가 돗자리를 깔고 여유를 즐기고 있었다.

네 살 정도 되어 보이는 남자아이가 아버지에게 물었다.

"아빠, 저 속에 고래도 살까요?"

허무맹랑한 질문에 부모가 웃음을 터뜨렸다.

카메라는 이같이 행복해 보이는 장면을 천천히 촬영했다. 이런 분위기를 몇 컷 더 확보한 후 메인 배우들이 들어갔다. 따라서 이도원과 클레이 포트만은 벤치에 나란히 앉아 호숫가에서 물장난을 치는 줄리아 패닝을 바라보았다.

본격적인 촬영에 돌입할 준비가 끝나자 앤 로버츠가 말했다.

"촬영 들어가겠습니다. 배우들 레디."

그리고 신호가 떨어졌다.

"액션."

그에 줄리아 패닝을 바라보고 있던 클로이 포트만이 고개를 돌리며 대사를 쳤다.

"존. 그때 당신이 살인자라고 했잖아요? 피타의 부모님을 해쳤다고… 그 일에 대해 얘기해 줄 수 있어요?"

이도원의 동공이 어둡게 죽었다. 밝은 해살이 내리쬐는 양지에서, 오직 이도원이 있는 곳만 그림자가 진 듯했다. 그는 가슴속에 납덩이를 품은 사람처럼 답답한 한숨을 뱉고서 입을 열었다.

"어느 날 교통사고가 났습니다. 그 사고로 인해 난 아내와 아이를 잃었고, 피타는 부모를 잃었죠."

두 사람 사이에 침묵이 흘렀다.

클레이 포트만의 눈빛이 안타까운 감정으로 젖었다. 그녀는 어렵사리 입을 열어 이도원에게 말했다.

"…미안해요."

이도원은 피타를 응시한 채 고개를 저었다.

그 순간 클레이 포트만이 이도원의 절망적인 심정을 읽고 다시 입을 열었다.

"저도 어려서 부모님이 돌아가셨죠. 무용수로 활약하고 드디어 나도 행복한 날을 보내게 되는구나 싶었던 순간… 그 사고가 일어났어요. 하루아침에 무용을 할 수 없게 된 거죠. 만약 내 곁에 당신 같은 사람이 있었다면 난 좀 더 쉽게 절망에서 벗어날 수 있었을 거예요. 존, 저애는 당신을 좋아해요. 당신이 저애의 곁을 떠나는 것이 저애에게는 더 큰 상처가 될 거예요."

이도원은 클레이 포트만에게 시선을 돌리며 희미한 미소를 짓고 물었다.

"날 걱정하는 겁니까?"

"맞아요. 당신이 걱정돼요."

클레이 포트만은 시선을 맞추며 대답했다.

"당신은 어느 날 갑자기 목적 없이 살아가던 내 삶에 피타를 데리고 나타났어요. 그리고 목적을 만들어줬죠. 당신은 나와 피타에게 희망을 주었고, 지금의 행복을 만들어줬어요."

이도원은 대답하지 않았다. 그는 줄리아 패닝과 시선을 마주치며 웃어 보였다.

이내 줄리아 패닝이 달려와서 이도원과 클레이 포트만 사이를 비집고 앉았다.

"호수가 얼마나 깊을까요?"

천진난만한 물음에 이도원이 피식 웃으며 대답했다.

"피타의 열 배 정도 될 거야."

"그럼 고래도 살까요?"

대본에 없는 질문이었다.

줄리아 패닝이 연기하는 '피타' 역할은 열두 살이다. 호수에 고래가 살지 않을까 착각할 나이는 아니란 것이다. 그렇다면 왜 이런 애드리브를 치는 걸까?

'설마.'

찰나의 순간 이도원은 머릿속에 천둥이 치는 느낌을 받았다. 줄리아 패닝은 부모에 대한 그리운 마음을 표현하기 위해 보조 출연한 가족이 나누던 대화를 따라한 것이다. '고래가 사느냐'는 질문은 보조 출연자들 중 아이가 아버지에게 물었던 내용이었다.

상황 파악을 끝낸 이도원은 시간이 더 가기 전에 대답했다.

"피타."

이도원이 줄리아 패닝을 불렀다. 그는 당황스러운 표정을 숨기지 않고 그대로 연기로 전환시켰다. 그리고 클레이 포트만과 시선을 교환했다. 그녀는 아직 상황 파악을 못한 채 연기를 했다. 스태프들도 그대로 촬영을 이어가고는 있었지만 좀처럼 애드리브를 이해하지 못한 눈치였다. 엔지 사인을 보내지 않는 걸

봐선 앤 로버츠만 줄리아 패닝의 애드리브를 이해하고 있었다.

이번 애드리브를 통해 놀라운 심리 표현을 보여준 줄리아 패닝이 대본으로 돌아와 대사를 이어나갔다.

"미샬 선생님과 존이 사귀었으면 좋겠어요."

줄리아 패닝은 눈을 반짝반짝 빛내며 두 사람의 손을 잡아끌었다.

두 사람을 데려간 호숫가 진흙 위에 세 사람이 그려져 있었다.

"이건……."

클레이 포트만은 난처한 표정으로 웃음을 터뜨렸다.

그녀와 시선이 마주친 이도원도 실소했다.

진흙 위에 그려진 단란한 가족 세 사람은 바로 클레이 포트만, 이도원, 줄리아 패닝이었던 것이다.

이도원은 줄리아 패닝의 머리를 헝클어트리며 자세를 낮추었다.

"미샬 선생님은 애인이 있어, 피타."

줄리아 패닝이 입술을 뚱하게 내밀었다.

"선생님은 존이랑 잘 어울린다고요. 전 미샬 선생님과 존을 사랑해요."

클레이 포트만이 고개를 끄덕이며 장난스럽게 대답했다.

"존이 하는 걸 봐서 한 번 생각해 볼게, 피타. 그렇잖아도 애인이 요즘 선생님을 실망시키고 있거든."

세 사람이 웃음을 터뜨린 순간, 갑자기 숨이 막힌 듯 줄리아 패닝의 얼굴이 새빨개졌다. 줄리아 패닝은 가슴을 부여잡고 주저앉아 끅끅 댔다. 화들짝 놀란 이도원과 클레이 포트만이 자세를 낮추며 줄리아 패닝에게 말했다.

"피타! 천천히 숨 쉬어, 피타……."

클레이 포트만이 발을 동동 구르자 이도원은 침착하게 말했다.

"911에 신고하세요. 피타, 천천히 호흡해보자."

줄리아 패닝의 상태는 심각했다. 평소 같으면 이도원을 따라 호흡을 가라앉혔을 텐데, 이번에는 정신을 못 차리고 있었다. 그리고 이내 한참을 괴로워하던 줄리아 패닝이 의식을 잃고 쓰러졌다. 소름 끼칠 만큼 사실적인 연기였다.

이도원은 심장이 덜컥 내려앉은 표정으로, 서둘러 줄리아 패닝을 업고 외쳤다.

"병원으로 갑시다!"

이번 씬은 여기까지였다.

앤 로버츠가 사인을 보냈다.

"컷."

그녀는 엔지, 오케이를 구분하지 않고 물었다.

"줄리아 괜찮아요?"

줄리아 패닝은 참던 숨을 터뜨리며 거친 호흡을 몰아쉬었다. 너무 사실적인 연기에 잠깐 걱정했던 이도원과 클레이 포트만이 고개를 저으며 웃음을 흘렸다.

"잘했다."

이도원이 등을 두드리며 숨 쉬는 걸 도왔다.

클레이 포트만도 한마디 거들었다.

"정말 아픈가 걱정했네. 어쩜 그렇게 잘하니?"

칭찬을 들은 줄리아 패닝은 수줍게 웃었다.

이내 이도원이 물었다.

"아까 애드리브. 감정을 좀 더 넣어봐."

스태프들과 클레이 포트만은 귀가 쫑긋해졌다. 아까 고래 애드리브의 의미를 눈치채지 못했기 때문에 호기심을 느낀 것이다.

줄리아 패닝이 고개를 갸웃하며 물었다.

"어떻게요?"

그에 이도원이 되물었다.

"부모님을 생각하면 어떻니?"

"부모님을 잃었다면… 슬프겠죠."

"아니, 부모님을 잃기 전에. 부모님과 함께하는 시간들이 어떻지? 크리스마스 선물을 받았을 때를 떠올려 봐. 기억에 남는 여행을 갔을 때, 매일 밤 네 볼에 키스해주실 땐 어때?"

"행복해요."

"그게 연기를 하기 전 가져야 될 마음가짐이야. 그 행복을 선명하게 떠올리고 음미해 보는 게 먼저야. 그다음 부모님을 잃은 슬픔을 떠올려 봐. 그럼 어떨 것 같아?"

"훨씬… 그리울 거예요."

이도원이 고개를 끄덕였다.

"그래. 그리우면 어떻게 될까? 절망적이라면?"

"다시 행복해지고 싶을 거예요."

줄리아 패닝은 야무지게 대답했다.

이도원이 빙그레 웃으며 말을 이었다.

"맞아. 행복을 되찾고 싶겠지. 넌 존 리와 미샬을 통해 부모님을 떠올렸어. 행복해질 수 있을 것 같은 희망을 본거지. 그래서 투정을 부리고 억지를 부리는 거야."

이도원은 줄리아 패닝의 얼굴을 빤히 응시했다.

턱을 괴고 진지한 고민에 빠진 표정이 귀여웠다.

이윽고 이도원이 말했다.

"넌 순식간에 대본에 몰입하는 재능이 있지만 감정을 이해하려 하진 않고 있어. 그럼 흉내 내기에 불과하지. 네가 가진 감정들을 활용하면 저절로 세심한 연기가 나올 거야."

이도원의 충고는 직설적이었지만, 스스로를 돌아보게 하는 힘이 있었다.

줄리아 패닝은 고개를 끄덕였다. 무언가 결의에 찬 표정이었다.

두 사람의 대화를 들으며 클레이 포트만은 고개를 흔들었다.

'겨우 열두 살짜리에게 그걸 설명하는 성인 배우나, 그 말을

이해하는 괴물 같은 아역 배우나… 둘 다 천재야.'

이렇게 보니 나이 차가 큰 남매 같기도 했다.

정작 이도원도 애틋한 감정이 들었다.

'대견해.'

흡족한 미소를 띤 그는 가깝게 다가온 앤 로버츠 감독에게 요청했다.

"아까 피타의 애드리브 장면… 한 번 더 갈 수 있을까요?"

줄리아 패닝은 이도원의 조언을 밑거름 삼아 연기를 했다. 맡은 배역의 나이가 실제 나이와 비슷하고, 이미 대본을 완전히 숙지한 상태였기에 감정을 살리기가 수월했다. 그러나 이도원의 눈에는 부족해 보였다.

'확실히 한계가 있다.'

앤 로버츠는 차례로 이도원과 클레이 포트만의 바스트 샷을 찍었다. 그중 연기력이 가장 도드라지는 건 단연 이도원이었다. 그는 능숙하게 감정을 끌어내며 현장의 분위기를 달뜨게 만들었다.

앤 로버츠가 촬영 장면을 모니터링하며 말했다.

"만족스럽네요."

여러 구도에서 촬영을 반복했지만 엔지는 다섯 손가락을 넘지 않았다. 이도원은 자신이 카메라에 나오지 않을 때도 최선을 다해 호흡을 맞춰주며 상대를 상황에 몰입할 수 있도록 도왔다. 그런 열정이 있기에 좋은 장면들이 탄생하는 것이다.

한편 차 안에서 그 현장을 지켜보던 숀 클랩튼은 손발이 저릿했다. 그는 가슴속에서 당장에라도 촬영장에 뛰어들고 싶은 의욕이 치밀었다.

숀 클랩튼은 보는 것만으로도 열망이 치솟게 만드는 이도원의 실력을 인정하지 않을 수 없었다. 날선 감정으로 연기를 주고받을 땐 못 느꼈던 것들을, 한 발 떨어져서 바라보자 깨달을 수 있었다.

'내가 질투심에 눈이 멀었던가?'

바라보던 숀 클랩튼이 중얼거렸다.

"완벽히 진 기분이군."

그가 뚫어져라 바라보는 곳.

이도원은 줄리아 패닝과 이야길 나누고 있었다. 줄리아 패닝이 끊임없이 이도원에게 질문을 던졌기 때문이다.

"경험하지 못한 감정들은 어떻게 접근해야 하죠?"

제법 고차원적인 질문을 받은 이도원이 되물었다.

"넌 연기가 뭐라고 생각하니?"

줄리아 패닝은 곰곰이 생각하다 대답했다.

"저한테 연기는 재밌고, 칭찬받을 수 있는 거예요."

"왜 재밌는데?"

"그냥… 다양한 방법으로 감정 표현을 하는 게 즐거워요."

줄리아 패닝에게 가장 매혹적인 장난감은 감정이었다. 그만큼 쉽게 몰입하고, 감정을 갖고 놀 수 있다는 건 천부적인 재능을 가졌다는 의미기도 했다.

이도원은 천재를 보는 게 처음이었다.

'위험해.'

그는 생각했다.

줄리아 패닝 같은 스타일의 배우는 배역에 들어가긴 쉬워도, 빠져나오는 데 어려움을 겪는다. 그리고 작품과 현실의 출입이 자유롭지 못했을 땐 지나친 감정이입이 사고로 이어질 수 있었다.

그렇기 때문에 이도원은 충고하지 않을 수 없었다. 그 역시 〈악마의 재능〉 촬영 때 잠깐 과한 몰입을 하면서 미칠 뻔한 경험이 있었던 것이다.

"넌 이제부터 배역에 들어가고 나오는 너만의 방법을 찾아야 한다. 그게 운동이든, 친구든, 낚시든 상관없어. 촬영 내내 널 잡아두었던 배역으로부터 자유롭게 돌아가야만 다양한 역할과 연기를 구사할 수 있는 배우가 될 수 있을 거야."

이도원의 말이 선뜻 이해가 가지 않는 줄리아 패닝이 물었다.

"배역에 몰입하면 좋은 것 아닌가요? 오빠는 어떤 방법으로 배역에서 빠져나오는데요?"

그에 이도원이 대답했다.

"나는 책을 읽거나, 낚시를 가기도 해. 그게 '나'로 돌아오는 방법이지."

자신을 잃지 않는 것이야말로 배우 평생의 숙제였다. 배역으로부터 자의식을 빼앗기지 않으려면 평소부터 준비를 해야만 한다. 끊임없이 자아성찰을 하고, 심신 모두를 단련해야만 자의식을 지킬 수 있었다.

"왜 그렇게까지 해야 하는 건지 모르겠어요."

중얼거린 줄리아 패닝이 연장선상에 있는 질문을 했다.

"그럼, 오빠가 생각하는 연기는 뭐예요?"

"먼저 작품과 인물을 이해해서 내 것으로 만들어야겠지. 그다음 표현하고 전달할 수 있어야 돼. 심신을 정교하게 다루면서 관객들과 소통하는 행위가 내가 생각하는 연기야."

이도원은 이런 대화를 나누는 것만으로 짜릿했다.

평소에는 말수가 적은 편이었지만, 화제가 연기라면 수다쟁이가 된다.

스스로를 돌아본 이도원이 실소하며 덧붙였다.

"넌 분명 나와는 비교도 할 수 없는 재능을 갖고 있어. 하지만 네가 가진 재능은 양날의 칼이다. 너 스스로 통제할 수 없다면 오히려 독이 될 거야. 네 재능을 자유자재로 활용하기 위해서는 끊임없이 노력해야 하지. 너 자신을 일인칭이 아닌, 삼인칭 시선으로 바라볼 수 있어야 돼. 그러려면 다양한 연기 기술과 노하우들이 필요하다."

줄리아 패닝은 고개를 끄덕이며 생각에 잠겨 물었다.

"그럼 오빠 같은 훌륭한 선생님이 필요할 것 같네요."

이도원은 난처한 표정을 지었다.

"난 동료 배우일 뿐이야."

줄리아 패닝이 씨익 웃었다.

"엄마가 그러시던데… 한국에서 에이전시를 갖고 계시다고요?"

이도원은 불쑥 불길한 기분이 들었다.

'설마.'

아니나 다를까, 줄리아 패닝이 말했다.

"트레이닝도 해준다고 들었어요. 저도 에이전시를 이용하면 언제든 코칭을 받을 수 있는 것 아닌가요?"

줄리아 패닝은 자신감 넘치는 태도로 제안을 했지만, 사실 뭘 모르고 한 질문에 불과했다. 그녀는 미국과 다른 한국 에이전트의 시스템을 전혀 이해하지 못하고 있었다.

작은 에이전트들 중에는 2, 3년 단위 계약이 있고 비슷한 구조의 회사들이 존재했지만, 보편적인 에이전트들은 건당으로 계약한다. 배우들이 떠나겠다고 하면 잡지 않으며, 배우들을 구속하는 어떤 조건도 없었다. 아티스트를 회사의 부속품이 아닌 회사 자체로 보기 때문이다.

'계약 시스템에 대해 잘못 알고 있어.'

이도원은 못 말리는 학구열을 보이는 줄리아 패닝을 타일렀다.

"생각처럼 쉬운 문제가 아니다. 좋은 선생님을 찾고 싶은 마음은 이해하겠다만, 난 지도자가 아니야. 동료 배우로서 서로 조언을 할 뿐이다."

줄리아 패닝은 시무룩해졌다. 이도원의 한마디 한마디가 모두 그녀에게는 주옥같은 조언이 되었던 것이다. 실제로 촬영 기간 동안 폭발적으로 성장했다는 것을 직접 체감하고 있었다. 하지만 더 억지를 부릴 수는 없었다.

"…네."

대답을 들은 이도원은 미미하게 웃었다. 도움이 되었다는 사실에 기쁘면서도, 한편으로 특출난 재능을 가진 줄리아 패닝을 도울 수 없다는 아쉬움이 남았다.

'정말 어쩔 수 없는 걸까?'

줄리아 패닝의 도움을 물리친 이도원이었지만, 그의 머릿속에선 사각사각 새로운 그림이 그려지고 있었다.

＊　　　　＊　　　　＊

집으로 돌아온 이도원은 이상백에게 화상전화를 걸었다. 매번 전화통화만 했던 그로서는 이례적인 일이었다.

머지않아 화면에 당황한 표정의 이상백이 나타났다.

—무슨 일이냐? 한참 찾았다. 어떻게 받는지…….

빙그레 웃은 이도원이 물었다.

"잘 지내시죠?"

—보고서로 보다시피 회사는 잘 돌아가고 있다.

대답한 이상백이 이어 물었다.

—그래, 무슨 일이냐?

이도원은 고민 끝에 되물었다.

"패션계도, 가요계도 미국으로 진출합니다. 더 큰 시장을 노리는 거죠. 뿐만 아니라 많은 기업들도 미국에 지사를 두고 세계적으로 번창하고 있습니다. 그렇죠?"

—그런데?

이상백은 불안한 표정을 나타냈다.

—…이번에는 또 뭘 말하고 싶은 게냐?

씨익 웃은 이도원이 본론을 꺼냈다.

"제가 미국에서 극단을 만들고, 아티스트 발굴에도 관심을 가지면서 재밌는 사실을 알게 되었습니다. 이곳 에이전트들은 늘 인터넷을 통해 새로운 콘텐츠나 아티스트를 발굴하고 있다는 거죠. 시장은 열려 있는데 도전을 못 한다는 겁니다."

—확신 없는 곳에 투자하길 망설이고 있다, 개척자가 되길 꺼려해서 신천지를 외면하고 있다… 뭐, 이런 뜻이냐?

"그겁니다."

이도원이 말을 이었다.

"이곳에도 지사를 설립해서 먼저 영화계에 꿈을 가진 한인들을 움직이는 겁니다. 기회가 되면 현지의 배우들도 섭외할 수 있겠죠."

이상백은 진지한 표정이 되었다.

—네가 처음 길을 열었다는 건 인정하마. 하지만 터를 닦는 일은 차원이 달라. 한국의 많은 기획사들이 바보라서 도전을 하지 않았겠느냐? 너 외에도, 이미 할리우드에 진출한 배우들은 존재한다. 하지만 누구도 그런 무모한 도전을 하지 않았어.

그러나 이도원은 완강하게 대답했다.

"한국인 최초로 할리우드 주연을 맡는 데 성공했습니다. 심지어 유태일 감독님의 시나리오까지 유통했죠. 회사 전체가 미국으로 진출하는 일은 우리밖에 할 수 없습니다. 적어도 지금은 그렇죠. 하지만 시간이 지나면 너도 나도 시작할 겁니다."

이도원이 덧붙여 말했다.

"물론 많은 준비가 필요할 겁니다. 적어도 일 년은 걸리겠죠. 자리를 잡으려면 또 그로부터 오 년, 십 년 후를 바라봐야 할 거고요. 물론 실패할 수도 있습니다. 그러니… 검토만 해주십시오."

이상백이 고개를 저으며 혼잣말처럼 대답했다.

"일단 알겠다. 한국에서 벌어들이는 매출 대비, 이번 프로젝트를 감당할 수 있을지부터 먼저 알아보자."

마침내 반쯤 승낙이 떨어진 것이다.

"감사합니다."

대답한 이도원은 기쁜 얼굴로 말했다.

"한국과 미국은 일하는 스타일 자체가 달라요. 예를 들면 미국 노조는 막을 수 없을 정도로 힘이 막강하죠. 법도 까다롭고요. 한국은 매니저가 연예인을 위해 엄마처럼 하나하나 다 해주지만, 이곳은 파트타임 컨설턴트 느낌으로 일합니다. 의견이 안맞으면 동등한 입장에서 싸우기도 하고 문제가 생기면 같이 해결하죠. 그런 과정이 자연스럽고, 그런 과정들을 통해 목표치에 가까워집니다. 우리보다 역사가 오래돼서 그런지 모든 방식이 합리적이에요. 좋은 건 받아들여야 한다고 봅니다. 모든 건 장단점이 있겠지만, 국내 시장은 다양성이 떨어질 수밖에 없는 구조에요. 대형 기획사들의 독점체제, 트렌드의 획일화로 인해 꽉 막힌 느낌도 강하죠."

─단 한 명이 시장구조를 바꿀 수는 없다.

그렇게 말한 이상백이 덧붙였다.

─하지만 시도하는 건 자유지. 네 뜻은 잘 알았다.

이도원은 고개를 끄덕였다.

줄리아 패닝의 허무맹랑한 제안에서 시작된 고민이었지만 가능, 불가능의 구분선을 긋지 않고 생각해보니 충분히 도전할 만한 일이었다. 만약 회사 측의 승인이 떨어진다면 이제까지와는 비교할 수 없는 대업(大業)이 될 터였다.

'흥분되는군.'

이도원의 표정을 읽은 이상백이 말했다.

─너무 기대하진 말고 있어. 난 네 편이라도, 알다시피 대표 독단적으로 행사할 수 있는 권한에는 한계가 있다.

"물론이죠."

그 말을 들은 이상백이 끙 앓는 소리를 냈다.

—하여튼 배포 하나는 알아줘야겠구나. 의견을 추진해보고 연락해주마. 한국은 언제 들어올 생각이냐?

"이번 영화 촬영도 막바지입니다. 다음 달 초에 한 번 들어가려고 생각 중이에요."

—그래, 무리하진 말고.

"네, 알겠습니다. 건강하세요. 또 연락드릴게요."

화상통화가 끝났다.

이도원은 잠시 앉아서 심호흡을 한 후 인터넷에 들어가 미국 엔터테인먼트 시장에 대한 서적들을 모조리 주문했다. 그다음은 개인 훈련을 할 시간이었다. 어두운 방 안에 혼자 있으면서도 외롭지 않을 수 있었던 이유는 끊임없이 할 일을 만드는 부지런한 천성 덕분이었다.

"스으으으으……."

숨을 끝까지 몰아낸다는 생각으로 일정하게 날숨을 뱉어냈다. 그리고 숨을 아랫배까지 빨아들인다는 생각으로 들숨을 들이켰다. 가슴에 추적된 호흡을 아래로 내리며, 이도원이 입을 열었다. 그의 몸속 깊은 곳으로부터 우러난 소리가 성대를 울렸다.

"나는 젊게 살고 있기 때문에 어디든지 가보고 싶으면 가보고, 구경하고 싶으면 구경하고, 쌈 말리고 싶으면 말리고 돌아다

닐 뿐이지요. 다만 살아가면 그만 아니요."

상황과 교묘하게 어울리는 희곡 〈난파〉의 독백이 흘러나왔다.
이도원은 굳이 희곡 책을 펼치지 않아도 머릿속에 수백 가지 독
백을 가졌으며, 자다가 읊어도 목소리에 감정 선을 입힐 수 있을
정도였다.

'난 도전이 두렵지 않다.'

이도원의 눈이 검은 별처럼 빛났다.

*　　　　*　　　　*

이도원은 이진빈에게 전해 받은 스케줄 표를 확인했다.

내일부터 촬영이 재개될 예정이었다.

"원래 오늘도 촬영이 있지 않았어?"

"예, 형. 근데 조정이 됐어요."

"왜?"

이도원이 이유를 묻자 이진빈은 고개를 저으며 입을 열었다.

"이게 무슨 조화인지는 모르겠는데… 숀 클랩튼이 자신의 촬
영 분을 오늘 몰아서 찍으면 안 되겠냐고 요청했더라고요. 근데
이게, 아무래도 형을 배려한 것 같단 말이죠."

이도원은 그 말뜻을 이해할 수 있었다.

현재 촬영 스케줄은 현지 배우들의 일정을 우선으로 짜여 있
었다. 아무래도 그들이 이도원보다 몸값도 높을뿐더러 바쁜 스

케줄에 시달리는 상황이었던 것이다. 그렇게 보면 합리적인 대우였지만, 문제는 현지 배우들을 챙기는 데 지나치게 치중되어 있다는 사실이었다. 따라서 이도원은 매일 풀타임 촬영과 철야 촬영을 번갈아가며 해야만 했다. 이런 상황에서 숀 클랩튼의 요청은 이도원에게 휴식할 시간을 주는 것과 같았다.

그때 이진빈이 말을 이었다.

"어찌 됐든 잘 됐어요. 형 요즘 잠도 제대로 못 주무셨잖아요. 그나마 엔지 없이 촬영해서 다행이지, 만약 형이 어설픈 배우였다면 죽어나갔을 거예요."

이도원은 고개를 끄덕였지만 쉬지 않았다. 그는 몸에 무해하고 잠이 달아나는 천연 에너지음료를 한 보따리 들고 신용운의 방을 찾아갔다.

그에, 한국에 돌아가는 대로 대학로에 올릴 공연을 기획하고 있던 신용운이 이도원을 바라보았다. 그의 시선이 스윽 이도원이 들고 있는 보따리로 향했다.

"하, 미국에 와서까지……."

그 말과 함께 신용운은 만년필과 원고지를 치우고 씨익 웃었다.

"한번 볼까?"

고개를 끄덕인 이도원은 이번 영화에 있는 장면을 연기했다.

그를 보며 신용운은 고개를 내저었다.

'누군가에게 배울 수준은 한참 뛰어넘었군. 수 년 간 하루도

연습을 거르지 않는 성실함과 쉼 없는 공연, 촬영 경험이 완전무결한 배우를 만들었다.'

내심 감탄한 신용운이 말했다.

"잘 봤다. 언제 봐도 훌륭한 연기지만… 좀 여유를 가지는 건 어떻겠냐? 얼마 전 유태일 감독이 널 일컬어 인간미가 없다고 하더구나. 매일 연습만 하는 연습벌레라고."

이도원은 피식 웃으며 대답했다.

"전 반대로 생각합니다."

"음?"

신용운이 궁금한 표정을 짓자 그가 말을 이었다.

"전 그런 점들이야말로 인간적이라고 봅니다. 한계에 도전하는 건 오직 인간만이 할 수 있는 노력이니까요."

"인간만이 할 수 있는 노력이라."

신용은은 곰곰이 생각에 잠겼다. 어느새 이도원은 이제 유능한 제자를 넘어서 몸소 깨달음을 주는 존재가 돼버렸다.

그동안 몰라보게 성장한 이도원이 말했다.

"지금까지 많은 사람들에게 여유가 없다는 얘길 들었습니다. 저를 보며 앞만 보고 달린다고 했죠. 하지만 제게 연기는 숨을 쉬는 행위와 비슷합니다. 수천, 수만 번 반복해도 질리지 않아요. 다른 점이 있다면, 연기는 할 때마다 새롭고 즐겁다는 것입니다."

신용운 역시 연출자이기 전에 연기자였다. 그는 고개를 주억이며 대답했다.

"나는 늘 나를 찾아온 제자들에게 말한다. 책 읽기를 싫어하는 사람, 기초적인 훈련을 지루하게 느끼는 사람은 연기를 할 자격이 없다고. 그리고 널 보면 그런 내 생각이 옳았다는 확신이 든다."

이도원은 빙그레 웃으며 말했다.

"그런 의미에서 시간을 좀 내주십시오, 선생님."

신용운은 한참 순회공연을 다니던 시절, 공연을 마치고도 새벽까지 연습하며 그를 놓아주지 않던 이도원의 모습이 떠올랐다. 이도원 덕분에 혈변(血便)을 봤을 만큼 고생했던 기억이었다.

'오늘도 잠자긴 틀렸군.'

모처럼의 휴식.

이도원은 그 시간을 활용해 신용운을 괴롭힐 생각이었다.

*   *   *

이도원은 전 날 새벽 네 시까지 연습을 하고도, 다음 날 오전 일곱 시에 눈을 떴다. 그는 잠이 부족한 것치고 놀랍도록 맑은 정신과 말똥말똥한 눈빛으로 매일 하는 체력 단련과 화술 훈련에 돌입했다. 네 시간 동안 이어진 연습을 마무리할 즈음 이진빈에게 전화가 왔다.

—형. 차 대놨습니다.

　"알겠다. 씻고 나갈게."

　이도원은 샤워를 했다. 오랜 시간 다져진 근육이 샤워기로부터 쏟아지는 물살을 튕겨냈다.

　그는 늘씬하고 팽팽한 몸매 위로 청바지를 입고 흰색 티를 걸친 후 현관에서 단화를 신고 선글라스를 꼈다.

　정원 밖 대로변에 차를 세워두고 창문을 연 이진빈이 그를 발견하고 밝게 외쳤다.

　"오늘도 멋지시네요!"

　이도원은 피식 웃으며 차에 올라탔다.

　"대본."

　이진빈은 헤드레스트 너머로 쪽대본을 건넸다.

　오늘 촬영장은 병원이었으며, '미샬'과 '피타' 덕분에 희망적인 삶을 꿈꾸던 '존 리'가 '피타'의 상태를 듣고 원래의 자살계획을 진행하기로 결심하는 장면을 촬영할 예정이었다. 해당 씬에서는 감정이 크게 들어가는 독백 연기가 필요했다.

　'희망이 절망으로 바뀌는 장면이다.'

　생각한 이도원은 눈을 감고 상상했다.

　그는 길 위에 서 있었다. 그 길 끝에 눈부신 햇살이 내리쬐는 푸른 평원이 보였다. 망설이던 걸음을 한 발 한 발 내디디며 풍요로운 땅에 거의 도착했을 무렵, 주위의 풍경이 뒤바뀌었다. 맑은 바다 같은 하늘이 잿빛으로 돌변했고 푸르른 평원은 바싹 마른 회색으로 물들었다. 이도원을 따스하게 어루만지던 햇살 대신 서늘한 바람이 불었다.

'죽음.'

이도원은 황량한 평원에 서서 죄악과 죽음을 떠올렸다. 그의 얼굴이 일그러지자 운전을 하며 백미러로 지켜보던 이진빈이 목소리를 돋우며 불렀다.

"형, 형!"

그제야 이도원이 눈을 번쩍 떴다.

'잠들었나?'

현실로 돌아온 이도원이 물었다.

"어디야?"

"다 왔습니다. 그나저나 악몽 꾸신 것 같던데……."

이도원은 이마에 흥건한 식은땀을 닦으며 고개를 저었다. 정확히 말하면 악몽이 아닌, 그가 연기할 '존 리'의 마음속을 들여다봤다고 해야 될 터였다.

"괜찮다."

간결하게 대답한 이도원이 주차장에서 내렸다. 병원 안으로 들어가자 바삐 움직이는 스태프들이 눈에 들어왔다. 이도원은 그들과 반갑게 인사를 주고받으며 앤 로버츠에게로 갔다.

"도원! 잘 왔어요."

앤 로버츠가 콘티를 넘겼다.

이도원이 콘티를 훑으며 물었다.

"어떻게 찍으실 거예요?"

앤 로버츠는 미리 해두었던 생각을 밝혔다.

"일단 풀 샷으로 '피타'와 '존 리'의 모습을 딸 거예요. 다음으로 각각 클로즈업을 잡고, 병실을 나와서 문을 닫은 '존 리'의 비장한 표정과 눈빛을 촬영할 생각이에요."

고개를 끄덕인 이도원이 다시 물었다.

"독백은 내레이션으로 녹음하실 건가요?"

"어떻게 했으면 좋겠어요?"

다른 생각이 있다는 걸 눈치챈 앤 로버츠가 물었다.

이도원은 대답하는 대신 눈으로 유태일 감독을 찾았다.

그 시선을 받은 유태일 감독이 다가와서 회의에 참여했다.

"내가 필요한 것 같은데."

"네. 독백을 내레이션이 아니고, 전화통화 장면에서 대사화시키면 어떨까 합니다."

이도원이 콘티를 짚으며 의견을 내자 앤 로버츠 역시 동조했다.

"제 생각도 마찬가지예요. 내레이션보다는 대사처리를 하는 게 인물 심리가 더 역동적으로 표현될 것 같습니다."

유태일 감독은 미간을 살짝 찌푸렸다. 이번 영화에서 유독 시나리오 수정 요청이 많이 들어왔고, 이미 여러 장면에 손을 댔기 때문이다. 대부분의 의견을 수용해왔지만 작가, 배우, 연출이 따로 놀다 보니 마찰이 없을 수는 없었다.

"정히 내레이션을 빼고 싶다면, 두 가지 모두 해보도록 하지. 내레이션 녹음도 들어가고, 대사처리도 해보는 거야. 둘 중에서 좋은 방법을 선택하면 되지 않겠나?"

이번에는 앤 로버츠가 불만스러운 표정을 지었다.

"잘 아시다시피 배급사 측에서 요구하는 제작 기간이 촉박해요. 성공적인 마케팅을 하고, 적시에 상영하기 위해서는 제작 기간에 맞추는 것도 중요하잖아요?"

두 사람은 영화 촬영이 시작된 후 처음으로 대립각을 세웠다.

이렇게 되자 난처한 건 이도원이었다.

'잘못 생각했다.'

사공이 많으면 배가 산으로 가는 법인데, 영화 제작 자체가 많은 사람이 참여하고 팀워크가 필요한 작업이었다. 더구나 이번 영화는 제작 인원 구성 또한 특이했다.

'터져도 진작 터질 일이었어.'

그나마 앤 로버츠가 신인 감독이었고, 유태일 감독 역시 현지인의 의견을 귀담아들었기 때문에 지금까지 두 사람 간에 충돌이 없었던 것뿐이었다.

"이렇게 하죠."

이도원이 두 사람을 중재하고 나섰다. 그는 주연배우 외에도 이번 영화의 투자자이자, 영화 제작을 주도적으로 이끌었던 주역이었다. 이곳에서만큼은 입김이 셀 수밖에 없다.

그 사실을 잘 알고 있는 유태일 감독과 앤 로버츠는 잠잠하게 다음 말을 기다렸다.

마침내 이도원이 말을 이었다.

"일단 대사처리를 해보고, 유 감독님 마음에 들지 않으면 내레 이션 녹음까지 하는 걸로요."

제안한 이도원은 앤 로버츠에게 한쪽 눈을 찡긋했다. 자신을 믿으라는 신호였다.

그를 본 유태일 감독은 나직이 한숨을 쉬며 대답했다.

"그렇게 하자. 연기력으로 장면을 살리겠다는 네 의도는 잘 알 겠다만, 나는 배우의 연기력과 별개로 작품의 완성도를 높일 수 있는 적합한 연출 방법을 선택하겠다."

이도원과 앤 로버츠 모두 고개를 끄덕였다.

할 말을 모두 한 유태일 감독이 현장에서 한 걸음 떨어지자, 앤 로버츠가 지시를 내렸다.

"배우들 준비해 주세요!"

이도원은 병실로 들어갔다. 이미 안에는 줄리아 패닝이 침대 위에 누워 있었다. 주위를 두리번거리며 카메라 위치를 확인한 이도원은 영리하게 스스로 촬영 각도를 찾아갔다.

그런 배려 덕분에 스태프들은 굳이 무거운 장비를 들었다 놨 다 하지 않아도, 각자 자리 잡은 위치에서 최선의 장면을 촬영할 수 있었다. 그 모습을 확인한 앤 로버츠가 지시를 내렸다.

"레디, 액션."

이도원은 비장한 표정으로 호흡기를 끼고 있는 줄리아 패닝을 내려다봤다. 어떤 대사도 없었지만 무거운 침묵이야말로 가장 강렬한 표현이 되었다.

'표정 좋고. 분위기를 압도하고 있어.'

모니터 너머로 현장을 지켜보던 앤 로버츠는 손에 땀을 쥐었다. 스태프들 역시 진지한 얼굴로 현장에 매료돼 있었다.

한편 이런 놀라운 중압감을 만들어 낸 이도원은 스스로에게 완전히 몰입하고 있었다. 그랬기에 숨쉬기도 조심스러운 침묵을 조성할 수 있었던 것이다. 그의 머릿속은 집중력으로 인해 어떤 때보다 뜨거운 반면, 가슴속은 절망적인 감정으로 차갑게 가라 앉았다.

"제게 허락되지 않은 축복을 탐하지 않겠습니다."

중저음의 목소리가 낮게 깔렸다.

마침내 입을 뗀 이도원은 손을 뻗었다. 그러나 줄리아 패닝의 손을 잡지 못하고 툭 떨어트렸다.

"죄악으로 얼룩진 때를 묻히지 않겠습니다."

이도원은 등을 돌렸다. 천천히 걸음을 옮겨 병실 밖으로 나간 그는 등 뒤로 문을 닫고, 붉게 충혈된 눈으로 정면을 바라보았 다. 한참 동안 그렇게 서 있던 이도원은 큰 결단을 내린 비장한 표정으로 전화를 걸었다. 그리고 이윽고, 무뚝뚝한 음성이 복도 를 울렸다.

"때가 됐습니다. 나와 한 약속을 잊지 마십시오."

현장에 침묵이 감돌았다.

이도원은 스르륵 눈을 감았다. 붐 오퍼레이터가 마이크 위치를 조절하고, 카메라의 전원이 꺼졌다. 그리고 이내 이도원의 독백이 시작됐다.

"신은 7일 만에 세상을 창조했지만, 나는 7초 만에 나를 죽였습니다."

중저음의 담담한 목소리가 이어졌다.

"섬기던 신을 저주하게 됐고 매 순간 숨을 쉬는 것이 고통스러웠습니다."

이어 이도원의 목소리 톤이 조금 격앙됐다.

"풀 한 포기 나지 않던 내 마음속에 피타의 꿈이 들어온 순간, 미샬이란 여인과 사랑을 속삭이게 된 순간… 착각에 사로잡혔습니다. 내게 희망이 허락되지 않는다는 것을, 내가 용서받을 수 없는 죄를 저질렀다는 것을 잠시 잊었습니다."

마지막에 와서는 음성이 미세하게 떨렸다.

이도원은 손을 빙글빙글 돌렸다. 그에게서 눈을 떼지 않고 의미를 알아챈 스태프가 카메라를 켜며 클로즈업 샷으로 촬영했다.

'이건?'

앤 로버츠는 화들짝 놀랐다. 이도원이 마치 현장을 모니터로 지켜보듯 정확한 판단과 지시를 내리고 있는 것이다.

'저가 감독이야, 배우야?'

불쑥 그런 생각이 들었지만 불쾌하지 않았다. 오히려 강한 희열이 엄습했다. 단순히 연기만 잘하는 배우가 아닌, 현장을 넓게 볼 줄 아는 배우였다는 사실이 앤 로버츠를 소름 돋게 만들었다.

심지어 침대에 있던 줄리아 패닝은 상체를 일으키며 입을 반쯤 벌리고 매료된 표정으로 뒷모습을 바라봤다. 음성만 듣는데도 다른 스태프들과 같은 감정을 느꼈다는 증거였다.

현장에 있는 모두의 표정이 일치하는 순간, 이도원의 눈에서 눈물이 흘렀다. 그 감정을 주체하지 못해 훌쩍이는 소리가 간헐적으로 들려왔고 얼굴에는 얼룩이 졌다. 감정을 한껏 끌어올린 그는 입을 막은 채 울먹이며 대사를 마무리했다.

"이제 나는 죽음을 통해 속죄할 것입니다."

화면은 어두웠다. 따라서 이도원의 눈빛, 눈물로 얼룩진 부분만 희미하게 드러났다. 절제된 움직임 역시 적당히 가리어진 채 전달됐다. 그로 인해 조성된 분위기가 절망에 대한 공감을 끌어올리고, 긴장감을 고조시켰다.

마침내 숨죽였던 앤 로버츠가 손을 내저으며 말했다.

"컷, 오케이!"

카메라를 잡았던 스태프가 엄지를 추켜세웠다.

붐 오퍼레이터도 윙크를 날리며 덧붙였다.

"좋았습니다."

이도원은 고개를 끄덕이고 화면 밖으로 나갔다.

줄리아 패닝이 달라붙으며 호들갑을 떨었다.

"제가 다 울컥했어요!"

이번 씬은 영화 전반적으로 의미가 큰 장면이었다. 때문에 이도원은 집중해서 모니터링을 했다.

그를 보며 앤 로버츠가 흥미진진한 표정으로 물었다.

"어때? 만족스러워?"

대답은 유태일 감독이 대신했다. 그는 고개를 절레절레 저으며 이도원의 곁으로 와서 말했다.

"내가 졌다. 내레이션은 생략하지."

동공에 모니터 불빛이 맺혔다. 그곳에는 이도원의 표정이 함께 찍혀 있었다.

가만히 바라보던 유태일 감독이 혼잣말처럼 중얼거렸다.

"그 순간에 자연스럽게 입을 가리고 연기할 생각을 하다니. 정말 못 말리겠군."

*　　　　*　　　　*

이도원의 할리우드 주연 데뷔작이 된 영화 〈아스라이(Dimly)〉의 제작완료일은 2024년 12월 31일로 잡혔다. 영화 편집과 마케팅이 진행되는 동안 이도원은 실시간으로 소식들을 접할 수 있었다.

―문제가 생겼습니다.

배급사 '웨스트마운틴'의 부사장 데니스 알렌의 전화였다.

"문제라니요?"

이도원이 묻자 데니스 알렌이 대답했다.

─스크린 확보가 잘 안 되고 있습니다. 할리우드는 오로지 자본 싸움이에요. 투자가 더 필요합니다.

그 말을 들은 이도원의 미간에 주름이 잡혔다. 이미 백 프로덕션, 백 엔터테인먼트 양측 자본을 모두 끌어온 마당이었다.

'자금을 확보할 곳이 없다.'

큰 문제였다.

이도원이 먼저 물었다.

"현재 확보된 스크린이 몇 개입니까?"

─천 개가 안 됩니다.

끔찍한 대답이 돌아왔다.

4000개에 이르는 스크린 중 천 개라니. 이대로라면 흥행 성적이 저조할 건 안 봐도 빤했다.

"제작사나 다른 투자자들의 투자를 끌어내는 건 힘든 겁니까?"

이도원은 지푸라기라도 잡는 심정으로 질문했지만 데니스 알렌의 대답은 참담했다.

─지금이 최대입니다. 경쟁작이 많지 않은 시즌에 스크린 확보가 안 되는 것도 비정상적이에요. 한국인 주연, 무명 감독 연출이라는 점에서 조건을 터무니없이 부르는 것 같습니다.

이도원은 나직이 한숨을 쉬며 대답했다.

"알겠습니다. 회사 측에 알아보고 연락드리죠."

─그렇게 해주세요. 나도 힘을 써보겠습니다.

데니스 알렌이 말했지만, 예의상 취한 태도일 뿐이었다.

이도원은 통화를 끊고 바로 이상백에게 전화를 걸었다.

"대표님, 저 도원입니다."

―목소리가 심상치 않은데, 무슨 일이냐?

귀신이 따로 없었다. 그는 이도원을 누구보다 오랜 시간 봐왔기 때문에 목소리만 들어도 기분을 파악할 수 있었다.

이내 이도원이 대답했다.

"투자금을 더 끌어와야 할 것 같습니다."

수화기 뒤편에선 한참 동안 말이 없었다.

답답해진 이도원이 말을 이었다.

"지금까지 확보된 스크린 개수가 천 개밖에 안 됩니다. 대표님도 잘 아시다시피 이대로 개봉하게 되면 그간의 노력이 소리 없이 묻히고 말 겁니다."

―네 말이 무슨 뜻인지는 잘 알고 있다. 하지만 한 번 차분히 생각해 봐라.

이상백은 그를 타일렀다.

―비록 이번 영화 흥행이 저조하더라도 기회는 또 있다. 한국인 배우가 단독 주연으로 할리우드 진출에 성공한 것만으로 의미는 충분해. 하지만 여기서 욕심을 부리고 무리하게 자금을 끌어오면 큰 문제가 생길 수 있다. 뭐든 급하면 체하는 법이야.

이상백은 항상 대비책을 세우고 일을 진행하는 스타일이었다. 반대로, 이도원은 올 인(All in)을 외치고 있는 것이다. 이도원이 이번 영화에 사활을 거는 이유는 간단했다.

"대표님 말씀은 잘 알겠습니다. 하지만 이번 영화가 실패하면 큰 적자를 보게 될 겁니다."

이상백은 부정하지 않았지만 의견을 굽히지도 않았다.

―아직까지는 손실이 아니다. 미래를 위한 투자 비용으로 생각할 수 있는 정도야. 네가 주장한 일이니만큼 분명 주주총회에서 대표직 해임에 대한 압력이 들어오겠지만… 내가 생각해 둔 대비책이 있다. 만약 백 엔터테인먼트 대표직에서 해임되더라도 그때 우리가 이야길 나눴던 미국 지사 창립을 추진하면서 지사장으로 발령 낼 생각이다. 어차피 사내에 그쪽 사정을 너보다 잘 알고 있는 사람은 없다. 발휘할 수 있는 영향력도 가장 크지. 기반이 쌓여 있으니 주주들도 반대하지 않을 게야.

"이곳이 유배지가 될 수도 있겠군요."

이도원은 씁쓸하게 웃으며 말을 이었다.

"그건 어찌 되든 상관없습니다. 하지만 이번 영화 건은 무리해서라도 추진하고 싶은 것이 제 생각입니다."

―넌 지금껏 실패를 모르고 달려왔다.

이상백의 목소리가 다소 엄해졌다.

―하지만 언제까지고 성공만 할 수는 없어. 원래 보통 사람들은 성공보다 실패를 많이 한다. 그리고 실패를 어머니 삼아 재기하고, 성공할 밑거름을 만들지. 완전히 파멸하지 않으려면 항상 대비책이 있어야 한다. 회사가 현상유지는 돼야, 다시 발

동 걸 원동력을 재충전할 수 있을 것 아니냐? 이번만큼은 내 말에 따르는 게 좋겠어. 우리는 할 만큼 했다. 다음은 하늘에 맡기자.

이렇게까지 설득하는 마당에 이도원도 더는 고집을 부릴 수 없었다.

"알겠습니다. 그리고 20일 날 한국에 들어갈 생각입니다."

—그래. 그때 다시 이야기하자.

이도원은 이상백이 전화를 끊길 기다렸다가 수화기를 내렸다.

"후."

나직이 한숨을 쉰 그는 메일함을 확인하다가 의외의 소식을 발견했다.

—차기열 & 윤지민의 결혼식 청첩장 전문입니다

…백 프로덕션 및 엔터테인먼트 가족분들께서는 아름다운 사랑으로 날개를 펴는 이들에게 꼭 축하해 주시기 바랍니다.

이도원의 머리가 빠르게 굴러갔다.

차기열 회장은 백 프로덕션의 대주주 중 하나였다. 그래서 결혼식 청첩장도 보냈을 터였다. 한때 그는 백 프로덕션을 통째로 꿀꺽하려 했지만 실패했던 적이 있었다. 그 일이 무위로 돌아간 이상, 지금은 적보단 아군인 상황이었다.

'백 프로덕션이 흥하면 차 회장도 득을 본다.'

턱을 쓸던 이도원은 재빨리 답신을 작성했다. 자판을 두들기는 그의 입가에 미소가 맺혔다.

"키스톤 월드라."

혼잣말로 중얼거린 이도원이 인터넷에서 〈키스톤 월드〉에 대해 검색을 했다. 전부터 들었던 대로 세계 굴지의 석탄회사였다. 굳이 말하자면 차기열은 외국계 기업의 한국지사 회장인 것이다. 그 외에도 주식 협회 등, 본인 소유의 두어 개 사업체를 보유하고 있었지만 그건 중요치 않았다. 이도원이 필요한 건 〈키스톤 월드〉가 미국에서 얼마나 큰 영향력이 있는가 하는 점이었다.

'호랑이 굴에서도 정신만 차리면 산다더니.'

잠깐 검색해 본 바로는 썩 만족스러운 자료들이 나왔다. 그 결과 차기열 회장을 설득할 수 있다면, 스크린 확보뿐 아니라 더 큰 시너지 효과를 기대할 수 있을 것 같았다. 그리고 무언가를 받아내려면, 상대가 필요한 것들을 알고 준비하는 게 먼저였다.

"기대해라."

누구를 향한 말인지 모를 소리를 하며, 잠시 멈칫했던 이도원이 움직이기 시작했다.

*　　　*　　　*

2024년 12월 20일 금요일.

이도원은 귀국하자마자 백 프로덕션 사무실로 갔다. 사무실에서 이상백과 마주 앉아 인사를 주고받은 그가 입을 열었다.

"차기열 회장이 결혼한다고 들었습니다."

이상백은 고개를 끄덕이며 대답했다.

"회사 소속 배우들과 임원들은 모두 초대를 받았다."

그 말을 들은 이도원이 씨익 웃었다.

"전에 말씀드렸던 투자건, 이번 결혼식에서 결정이 날 수도 있겠더라고요."

"그게 무슨 소리냐?"

그렇게 물은 이상백은 놀란 표정으로 중얼거렸다.

"설마……."

"맞습니다."

대답한 이도원이 말을 이었다.

"생각하시는 대로, 차기열 회장에게 투자를 권유해볼 생각입니다."

이상백은 표정을 굳히며 혼잣말을 했다.

"어제의 적이 오늘의 동지라."

이윽고 그는 선뜻 내키지 않는 반응을 보였다.

"차기열 회장이 순순히 응해주겠느냐?"

"영화가 성공만 한다면 큰 수익을 낼 수 있을 겁니다. 뿐만 아니라 다른 할리우드 영화들에 투자할 발판으로 삼을 수 있는 좋은 기회죠."

"몇 년 전까지 우리 회사를 인수하려 들었다. 네게 뒤통수를 맞고 K.O 당했지."

"사적인 감정으로 일을 처리하진 않을 겁니다."

대수롭지 않게 대답한 이도원이 이어 말했다.

"차기열 회장은 우리 투자자입니다. 적보단 아군에 가깝죠. 우리는 위험한 칼을 품은 채 칼자루를 쥐고 있는 형국입니다. 이대로 있으면 언젠간 화를 입고 말 거예요. 그때가 오기 전에 유용하게 써먹어야 합니다. 이번 일이 성사되면 차기열 회장의 탐욕스러운 시선을 밖으로 돌리는 효과도 같이 누릴 수 있을 겁니다."

이도원은 언제나 대담하고 놀라운 말을 뱉어냈다. 이상백을 찾아올 때마다 항상 '상식 이상의 무엇'을 물고 왔다. 하루에 한 권씩 꾸준히 책을 읽는 습관 때문인지 몰라도, 점점 더 넓은 견문을 갖고 멀리 내다보는 느낌을 주었다. 여기까지 생각이 미친 이상백은 고개를 절레절레 저으며 감탄을 대신했다.

"난 널 알겠다가도, 도저히 모르겠다."

3장

양자택일

2024년 12월 24일.

결혼식은 으리으리한 차기열 회장의 저택에서 진행됐다.

이도원과 박아현은 백 엔터테인먼트 배우들과 함께 동석하지 않고 영화 〈투사〉의 제작팀과 신부 윤지민 측의 하객으로 참석했다.

한편 이도원은 매니저 이진빈을 통해 차기열 회장의 측근에게 미팅 내용을 전달하고 신혼여행 직후로 약속을 잡았다.

그때 오랜만에 만난 정성우가 곁에 앉으며 말을 걸어왔다.

"할리우드 진출 소식은 잘 들었다. 될성부른 나무는 떡잎부터 알아본다더니… 허튼소리가 아니었어."

"과찬이십니다."

이도원이 빙그레 웃으며 대답했다.

군 휴가를 나와 결혼식에 참석한 정성우는 머리카락을 바싹 자른 상태였지만 훤칠한 키에 정장을 갖추어 입은 모습이 여전히 멋들어졌다.

"선배님도 좋아 보이시네요."

이도원의 말에 정성우는 고개를 내저었다.

"현장이 그립다."

그 순간 잔디밭 중앙에 위치한 사회자가 마이크를 대고 입을 열었다.

─이 자리에 참석해주신 하객 여러분께 감사의 말씀을 전합니다. 귀빈 분들을 위해 맛난 음식과 흥미로운 공연들이 준비되어 있으니 마음껏 즐기시며 축하해 주시기 바랍니다.

이내 공연이 시작됐다. 인기곡의 반주가 흘러나오며 앨범을 낼 때마다 차트 1위를 독점하고 있는 가수 윤세라가 등장했다. 원래 박아현과 함께 2인조 걸 그룹 〈레드오션〉으로 활동했던 그녀는 이도원과도 광고 촬영에서 만난 적이 있는 구면이었다. 성공적인 솔로 데뷔 이후 지금은 훌륭한 실력파 가수가 된 것이다.

'다들 자신의 자리에서 충실히 나아가고 있군.'

이도원은 노래를 들으며 그런 생각을 했다.

발라드 노래 한 곡이 그치자 흥겨운 멜로디가 나오며 객석에 있던 박아현이 무대로 나갔다. 윤세라와 박아현, 두 사람은 걸 그룹 〈레드오션〉 때 불렀던 인기곡을 부르며 깜짝 이벤트를 보여줬다.

그들을 지켜보던 정성우가 물었다.

"아현이가 백 엔터 소속이지?"

"예."

이도원이 고개를 끄덕이자 정성우가 눈을 빛냈다.

"도원이, 네가 백 엔터 대표라고 들었다. 나도 좀 어떻게 안 될까? 계약기간이 끝나는 대로 군 입대를 하는 바람에 지금은 붕 뜬 상태인데."

정성우 정도면 인지도가 높은 편이었다. 분명 많은 러브콜을 받고 있을 텐데 굳이 저자세로 부탁을 한다는 건 무언가 이상했다.

'뭔가 있군.'

스치듯 생각한 이도원은 일단 떠보기로 했다.

"저희 쪽은 다른 곳들에 비해 계약 조건 자체가 기성 배우들에게 불리합니다."

정성우는 고개를 끄덕였다.

"그건 알고 있다. 하지만 몇 대 몇 조건인지는 중요치 않아. 나도 그동안 활동했던 이력이 있는데 당장 돈이 궁한 것도 아니고… 중요한 건 비전 아니겠어? 백 엔터의 성장세나, 네가 할리우드에 진출했다는 것만 봐도 그 정도 불리한 조건은 감안하고 선택할 메리트가 충분하다고 생각한다."

그 말을 들으며 이도원은 현 정세를 읽는 감각이 떨어졌다는 것을 깨달았다. 한국을 떠나 서류로만 보고를 받았기 때문에 현재 연예계에서 백 엔터테인먼트의 인지도가 어떤지, 동료 배우들에게 어떤 평가를 받고 있는지 미처 알아볼 수 없었던 것이다. 따라서 이도원은 대답을 미루기로 결심했다.

"선배님 말씀은 잘 알았습니다. 담당 부서와 상의한 후 따로 기별을 드릴게요."

그에 정성우는 흡족한 표정으로 말했다.

"그렇게 해주면 나야 고맙지! 회사 규모를 떠나서, 난 백 엔터가 다른 곳들과 급이 다르다고 생각한다."

"좋게 봐주셔서 감사합니다."

이도원은 가볍게 고개를 숙여 보이며 대답했다. 그리고 한편으로 머리를 굴렸다.

'선배의 말만으로 평판을 정의할 수는 없지만… 국내에서 영향력이 생각보다 커진 것 같군.'

이후에도 이도원은 배우들과 이런저런 대화를 나누며 실질적인 국내 연예계 정세를 파악하는 데 주력했다. 그는 따로 피로연을 즐길 새도 없이, 결혼식이 끝나자마자 유태일 감독을 만나기 위해 충무로의 한 호프집으로 갔다. 할리우드 영화 〈아스라이(Dimly)〉의 시나리오를 부탁하면서 약속했던 차기작 건에 대해 상의하기 위해서였다.

"결혼식 끝나자마자 와서 그런지 차림이… 불편하겠군."

유태일 감독이 이도원의 정장을 훑으며 말했다.

이도원은 머쓱하게 웃으며 의자를 당겨 앉았다.

"괜찮습니다. 차기작 시놉은 나왔나요?"

"아직."

고개를 저은 유태일 감독이 관자놀이를 손가락으로 두드렸다.

"하지만 머릿속에는 들어 있지. 이번 영화는 블록버스터 급으로 크게 가려고 계획하고 있다. 전작들의 성공이 밑거름이 됐는지, 이미 거물들이 투자하려는 의사를 밝혀오고 있어."

"듣던 중 반가운 소식이네요."

빙그레 웃은 이도원이 물었다.

"이번 작품은 어떤 이야기예요?"

"음."

유태일 감독은 생각을 정리한 후 대답했다.

"큰 틀은 현대판 대도(大盜)에 대한 이야기다."

"대도요? 홍길동 같은 걸 말씀하시는 겁니까?"

"그래. 현실의 부조리를 뒤엎는 범죄자들의 이야기지."

이도원은 흥미가 동했다.

"재밌겠군요."

그가 관심을 보이자 유태일 감독은 내용을 설명했다.

"범죄자들은 저마다 세상으로부터 끔찍한 상처를 받은 사람들이야. 자신이 가장 잘하고, 자신 있는 방법으로 세상을 바꾸려 하지. 주인공의 동료들은 사회에 물의를 일으키는 범죄자들임에도 대조적으로 평화로운 가정을 지키고 싶어 한다. 그중 유일하게 고독한 생활을 영위하던 주인공 역시 사랑하는 여자가 생기지. 결국 대도들은 마지막으로 크게 한 탕 할 생각으로 일을 꾸민다."

유태일 감독이 말을 이었다.

"반면에 일에 미친 유능한 형사는 가정을 전혀 돌보지 못하고 있지. 백 점짜리 가장인 범죄자들과 달리, 가장으로서 실격이야. 삶의 목표는 오로지 범죄자들을 잡는 것뿐이다. 그가 주인공의 사건을 맡게 되면서 이야기가 시작된다."

시나리오 내용을 들을 때부터 사로잡힌 이도원이 물었다.

"배우 섭외 명단은 생각해 두셨습니까?"

빙그레 웃은 유태일 감독이 고개를 끄덕였다.

"그 일 때문에 널 보자고 했다. 먼저 널 주연으로 쓸 생각이야. 그리고 조연으로 오준식, 심재빈, 차지은, 박아현을 모조리 집어넣을 생각이다."

백 엔터테인먼트 군단을 모두 기용하겠다는 건 파격적인 제안이었다. 하지만 유태일 감독은 강경한 태도를 보였다.

"그 대신 백 프로덕션이나 엔터테인먼트에 투자를 받지 않을 생각이다. 그럼 말이 나올 건덕지도 없지. 굳이 백 엔터테인먼트 배우들을 모두 섭외하겠다는 건 그 배우들 중 대부분과 함께 작업했던 경험이 있기 때문이야. 애초에 시나리오를 구상할 때부터 섭외할 배우들을 내정하고 썼기 때문에 캐릭터 이미지도 꼭 맞는다."

이도원은 침이 마르는지 물을 한 모금 마시고 입을 열었다.

"아무리 그래도 분명 말이 나올 겁니다. 한 기획사 배우들을 두어 명도 아니고 통째로 넣는다면 말이죠."

유태일 감독은 어깨를 으쓱였다.

"그럴 수도 있겠지. 이건 단지 제안에 불과해. 투자자들이 같은 생각으로 반대한다면 점차 축소할 생각이다. 하지만 백 엔터테인먼트 배우들 모두가 팬덤을 형성하며 훌륭한 성과를 내고 있는 지금, 과연 투자들이 반대할까? 내가 보기에는 저절로 마케팅 파워가 생길 것 같단 말이지."

곰곰이 생각하던 이도원이 물었다.

"상대역은 누구죠?"

바로 '형사' 역할을 할 배우에 대한 질문이었다. 이도원과 쫓고 쫓기는 역할을 하려면 그 못지않은 배우여야만 했다.

유태일 감독이 의미심장하게 웃었다.

"원래 정성우의 전역 후 데뷔작으로 제안할까 생각했었는데, 김진우에게서 먼저 참여하고 싶다는 부탁이 들어왔다. 정성우나 김진우 모두 워낙 연기 잘하기로 소문나 있기 때문에 더 고민이야. 사실 이미지로만 보면 김진우가 제격인데, 〈악마의 재능〉 때 비슷한 구도의 배역을 맡았던 이력이 있어서 또 쓰기 꺼려진단 말이지. 어쨌든 둘 중 오디션을 통과한 사람이 '형사' 역을 맡고,

나머지 한 사람은 주인공의 동료로 들어가게 될 것 같다."

어차피 이도원처럼 젊은 연기자들 중 연기력으로 쟁쟁한 배우를 꼽으라면 정성우나 김진우뿐이었다. 여기까진 어느 정도 예상을 했지만 김진우가 먼저 섭외해 달라고 부탁을 했다니.

'내가 미국으로 떠난 후에도 계속 비교대상으로 오르내리는 게 영 불쾌했나보군.'

이도원이 유태일 감독에게 물었다.

"김진우는 저와 다시 합을 맞추고 싶은가 보군요."

"안 그래도 네가 출연한다는 말을 듣고 바로 태도를 바꾸더라. 중국, 일본 팬미팅 일정으로 바쁜 몸이, 스케줄을 모조리 취소하는 상황도 불사하겠다는 듯 달려들더라고."

그 말을 들은 이도원은 피식 웃었다.

"감독님은 이미 반쯤 정성우 선배님으로 내정하신 것 같은데요?"

"음."

유태일 감독이 고개를 끄덕였다.

"〈악마의 재능〉 아류로 만들었단 얘길 듣고 싶진 않으니까. 사실 오디션을 보는 것도 일종의 성의 표시일 뿐이야. 물론 두 사람의 격차가 크다면 다시 생각해 봐야겠지만… 정성우도 잘하는 배우니까 그럴 일은 없다고 보면 될 것 같다."

"알겠습니다."

이도원의 생각도 크게 다르지 않았다.

그 대답을 들은 유태일 감독이 영화 이야기로 돌아와서 말했다.

"주인공이 언어장애인인데다, 절반은 가면을 쓰고 등장한다. 그러니 움직임이 중요할 수밖에 없지. 오늘부터는 마임 연습을 해야 될 거야."

이도원은 순간 귀에서 천둥소리가 들려왔다. 그는 타임 슬립 전 언어장애인이었다. 그리고 무대에서 마임 연기를 했었다. 거기까지 생각이 이르자 가슴 철렁한 기분이 들었다.

"언어장애인이요?"

이도원의 상태를 모르는 유태일 감독은 대수롭지 않게 대답했다.

"그래. 표현하기 어렵겠지. 하지만 넌 해보기도 전에 두려워할 위인이 아니잖아. 귀신이라도 본 사람처럼 왜 하얗게 질렸나?"

"혹시……."

끝을 흐린 이도원이 혀로 입술을 축이며 물었다.

"그 영화, 제목이 뭡니까?"

유태일 감독은 걱정스러운 표정으로 고개를 갸웃했다. 그가 보기에 이도원의 상태가 심상치 않았던 것이다. 이전까지 본 적 없는 모습이었다. 영문을 모르겠다는 듯 궁금한 표정으로, 유태일 감독이 입을 열었다.

"〈서커스〉다."

이도원은 질끈 눈을 감았다. 머릿속에 떠오른 대답 그대로였다. 〈서커스〉는 그를 죽음으로 몰고 간 작품이었다. 하지만 분명 그때 나이는 서른일곱 살이었다.

'모든 게 변했다.'

무려 십 년 이상이 앞당겨졌다.

'그래서 굳이 〈대도 홍길동〉의 마임 공연을 직접 보고 섭외했 던 거였어. 현대판 대도에 언어장애를 가진 역할이었으니까.'

이도원은 잇새로 헛웃음을 뱉었다.

기가 막힌 듯 웃는 그를 보며 유태일 감독이 물었다.

"왜 그래? 무슨 문제라도 있나?"

이도원은 천천히 눈을 뜨며 고개를 저었다. 그는 핏기 없는 얼 굴 위로 한줄기 미소를 지으며 대답했다.

"아닙니다. 문제는요."

유태일 감독이 미심쩍은 시선을 보냈다.

그러든 말든 이도원은 창밖으로 눈길을 돌리며 대답했다.

"마임 연기는 자신 있습니다."

"뭐, 워낙 노력파이니 알아서 잘 하겠다만… 지금까지와는 좀 다를 거다."

못내 걱정이 된 유태일 감독이 덧붙였다.

"널 포함해서 많은 배우들이 마임공연을 해본 경험이 없기 때 문에 몸짓만으로 감정을 전달하기란 익숙하지 않을 거야."

이도원은 담담한 표정으로 돌아와선 맥주를 한 모금 마시고 대답했다.

"명심하겠습니다."

2024년 12월 24일 크리스마스 이브.

이도원은 오랜만에 가족들과 시간을 보내기 위해서 송파구에 위치한 본가로 갔다.

비록 몸은 멀리 떨어져 있어도 집 생각을 하면 마음속에 온기가 피어올랐다. 이런 기분은 타지 생활이 힘들 때마다 마음을 약하게 만들기도 했지만, 긍정적으로 생각해 보면 마음을 다잡는 계기가 되어주었다. 이도원은 그 순간마다 돌아가야 한다는 생각 대신, 보란 듯이 금의환향하리라 다짐했던 것이다.

"후."

이도원은 깊게 심호흡을 하며 초인종을 눌렀다. 땡동 소리와 함께 잠시 후 현관문이 열렸다.

"이게 누구야!"

누나 이다원이 문을 열며 반가운 표정을 지었다. 한편으로 눈을 게슴츠레 뜨며 핀잔을 주기도 했다.

"집 나간 동생 아니야?"

이도원은 그녀의 어깨를 두드리고 안으로 들어갔다. 출발할 때 연락을 해두었기에 가족들은 이도원이 올 것이라는 사실을 미리부터 알고 있었다. 그래선지 마침 주방에서 밥 짓는 냄새가 코끝을 간질였다. 이는 미국에선 맡아볼 수 없었던 꿀 같은 향기였다.

'얼마만이야.'

식탁에는 한식 위주의 근사한 저녁상이 차려져 있었다. 그릇을 올려두던 어머니가 이도원을 보며 형언할 수 없이 애틋한 표정을 지었다.

"밥은 잘 먹고 다니는 거 맞니? 살이 더 빠진 것 같다."

어머니의 촉촉한 목소리를 들으니 이도원도 울컥 눈시울이 뜨거워졌다. 식구들 중 유일하게 평정심을 유지하고 있는 이다원이 두 사람을 곁눈질하며 상머리에 앉았다.

"그래도 두 사람, 꼬박꼬박 연락하고 지냈잖아요."

그녀는 수저를 들며 입맛을 다셨다.

"이게 무슨 진수성찬이야? 라면 끓여먹던 어제와는 차원이 다르네."

능청을 떠는 모습에 이도원이 피식 웃음을 터뜨렸다. 그는 미국에서도 매일 한 통씩 집에 전화를 걸어 소소한 이야기를 주고받았다. 반면 소식을 들으면서도 멀리 떨어져 있는 아들이 걱정되는 것이 어머니의 마음이었다.

"그래도 걱정이다. 타지에서 아프진 않을까, 외롭진 않을까. 네가 그런 표현에 좀 무뎌야지."

이도원은 빙그레 웃으며 고개를 저었다.

"아네요. 도와주시는 분들도 많고 동료들도 잘 챙겨줘요. 처음에나 적응하기 힘들었지, 지금은 완전히 적응해서 오히려 그쪽이 더 익숙할 정도라니까요?"

그때 이다원이 불쑥 끼어들며 물었다.

"누구 괴롭히는 놈은 없고? TV 보니까, 미국에서 살다 온 연예인들도 인종차별로 고생했다던데."

이도원은 잠깐 숀 클랩튼이 떠올랐다. 비록 작은 문제가 있었지만 무사히 촬영을 마쳤고, 나름 미운 정도 들었다. 영화 촬영이 모두 끝난 지금은 가끔 생각날 만큼 감정이 완화된 상태였다. 스치듯 생각한 그가 대답했다.

"그것도 다 학창시절 얘기야. 지역마다 다르고, 사회생활하면서 특별한 문제는 없어. 은근한 차별은 있을지 몰라도 요즘 같은 때 대놓고 차별했다가는 큰일 나."

이다원은 대충 고개를 끄덕이며 수긍했다.

"하긴… 내 주위에 유학하는 애들만 봐도 잘 지낸다더라. 근데 넌 어쩜 가뭄에 콩 나듯 얼굴을 비추니?"

그녀가 나무라자 이도원은 할 말이 없었다. 빡빡한 일정으로 인해 한국에 들어왔을 때조차 가족들과 충분한 시간을 보내지 못했던 것이다. 더욱이 순회공연을 했던 2년 동안은 한 번도 한국에 들어오지 못했었다.

"미안."

이도원이 미안한 표정을 짓더니 어머니에게 말했다.

"죄송해요, 엄마."

어머니는 눈가를 훔치고 고개를 저었다. 그녀는 오히려 이다원을 보고 나무랐다.

"얘는. 왜 쓸데없는 소리를 하고 있어?"

이다원이 대수롭지 않게 어깨를 으쓱였다.

"역시 모자는 한통속이라니까?"

이도원은 겉으로 표 내진 않았으나 속으로 이다원에게 감사한 마음을 품었다. 만약 이다원이 없었다면 미국행을 결정하기도 쉽지 않을 뿐더러, 갔더라도 내내 마음이 불편했을 터였다. 이다원이 든든하게 어머니 곁을 지키고 있기 때문에 이도원이 마음껏 자신의 꿈을 펼치는 게 가능한 것이다.

'고마워, 누나.'

식구들과 식사를 마친 이도원은 어제도, 그제도 집에 있었던 것처럼 금방 적응했다. 어머니나 누나 역시 더는 오랜만이라는 생각이 들지 않는지 평소처럼 행동했다. 따라서 세 식구는 언제나 함께 사는 것처럼 편하게 거실에 둘러앉아 과일을 깎아먹으며 TV를 보았다. 이런 단순한 일상이 이도원에게는 큰 위안으로 다가왔다. 말하자면 힐링, 재충전의 시간이었다.

그때 TV를 보던 이다원이 물었다.

"미국에서 찍는다는 영화, 개봉하긴 하는 거야?"

"아마도. 할리우드 진출 작이라는 것만으로도, 한국에는 무조건 개봉할 거야."

"이야. 진짜 출세했네. 내 동생이 할리우드 배우라니… 난 믿기지가 않는다고."

어머니가 그 의견에 동의했다.

"할리우드 배우만 실감 안 나는 게 아니고, 난 아직도 우리아들이 여기저기 나올 때마다 심장이 떨려. 영화관에서 볼 땐 물론이고, 길 가다 거리에 사진이 걸려 있거나 TV에서 드라마 재방송을 해줘도……."

이다원이 씨익 웃으며 말했다.

"엄마는 너 없는 동안 매일 네가 나온 드라마나 영화 틀어놓고 계신다니까? 내가 다른 프로를 못 봐요."

이도원은 민망하게 웃었다.

"저도 제 영화나 드라마는 한 번 이상 안 보는데… 이거 상당히 쑥스럽네요."

어머니와 누나가 웃음을 터뜨렸다. 두 사람은 방금 전 이도원의 말을 장난으로 치부하고 자랑스럽게 여겼지만, 정작 이도원은 진심이었다.

'언제 봐도 적응이 안 된다고요.'

이미 여러 번 작업을 해 본 그로서도 고질적인 부분이었다. 화면 속의 자신을 마주할 때 느끼는 기분은 말로 표현할 수 없을 만큼 민망했다. 또 한편으로는 무사히 영화가 나왔다는 게 뿌듯하기도 했다. 그리고 언제나 아쉬움이 남는 장면들이 있었다. 이 모든 것들이 이도원이 배우로서 짊어진 숙명이었다.

*　　　*　　　*

크리스마스 날도 이도원은 별다른 일정이 없었다. 때문에 아침 일찍 화술 훈련과 체력 단련을 한 뒤 모처럼 드러누워 휴식을 취했다.

그때 휴대폰에 메시지가 왔다.

—오빠! 한국 들어왔다면서요? 뭐 해요?

그렇게 물은 차지은이 이모티콘을 연속적으로 날렸다.

쉬지 않고 메시지가 도착했다.

—크리스마스 날인데!

이도원은 귀여운 달걀 모양의 이모티콘들을 보며 고개를 갸웃했다.

'막 움직이네.'

이모티콘은 자유롭게 움직이는 것도 모자라 말까지 하고 있었다. 평소 문자를 잘 쓰지 않는 그로서는 놀랄만한 사건이었다.

바닥에서 빨래를 개며 소파 위에 누워 있는 이도원의 얼굴을 힐끔거린 이다원이 피식 웃으며 물었다.

"무슨 90년도에서 왔니? 이모티콘 처음 보는 사람처럼 왜 그래?"

이도원은 98년생이었다. 당연히 이모티콘 자체에는 익숙했다. 다만 이런 역동적인 이모티콘을 보긴 처음이었다. 이는 그가 SNS나 메신저 어플을 좀처럼 쓰지 않는 것과도 연관이 있었다. 한국에서도 전화, 문자만 사용하던 습관이 미국까지 이어졌던 것이다. 주의를 뺏기지 않으려면 알게 모르게 많은 시간을 잡아먹는 SNS나 메신저 어플 등은 멀리하는 게 좋다는 판단이었다.

하지만 이다원이 보기에는 상당히 이상했다.

"아무리 아날로그를 좋아한다고 해도, 시대에 흐름에 너무 뒤처지는 거 아니야? 하긴… 연예인은 아예 안 하는 게 차라리 편할 수도 있겠다."

이다원은 조소하며 말했다.

아무래도 다양한 매체들을 이용할수록 다양한 악플까지 감안해야 했기 때문이다. 그중에는 설득력 있는 소리 소문도 있었지만 근거 없는 비방들도 많았다. 때로는 이상할 정도로 집요하고 편파적인 루머나 욕설로 도배되기도 한다. 그렇다고 일일이 대응할 수도 없는 노릇이었다. 잠깐 그런 생각을 해본 이도원이 고개를 끄덕였다.

"아예 안 하는 게 마음 편해. 또 자기 이야기라고 하면 궁금해서 보게 된다고."

그는 대답하고는 차지은에게 답장을 보냈다.

―나 집에 누워 있는데.

차지은이 다시 한 번 이모티콘을 날리더니 대답했다.

―나와요. 크리스마스잖아요?

이도원은 차지은과 크리스마스 날 거리를 활보하는 상상을 해보았다. 상상만 해도 끔찍한 일이 벌어질 터였다. 수많은 인파, 파파라치들이 두 사람을 휩쓸 것이다.

―그냥 집에 있을래.

답장한 이도원은 휴대폰을 던져두고 TV를 보았다.

풍당— 물방울 떨어지는 소리가 들려왔다. 이도원이 설정해 둔 메신저 신호음이었다. 차지은이 꽤 한참 만에 읽고 회신한 것이다.

—헤이리 마을 어때요? 오빠 마음에 쏙 들 거예요. 한적하고 조용하고.

낚시터를 갔던 일을 기억하는 게 분명했다.

하긴, 헤이리 마을이라면 문제가 없을 것이다. 탁 트여 있고 한적한데다 드라이브를 즐기기에도 좋았다.

잠시 고민하던 이도원이 답장을 보냈다.

—알겠어. 집 주소 찍어서 보내.

차지은은 기다렸다는 듯 날름 주소를 보냈다.

칼 답장을 받은 이도원이 차지은에게 일러두었다.

—한 시간 후에 나와.

그가 소파에서 일어나자 이다원이 물었다.

"데이트?"

그녀는 이도원이 차지은과 메시지를 주고받는 걸 본 상태였다. 따라서 이도원은 굳이 변명하지 않고 대답했다.

"웅. 엄마 차 키 어디 있어?"

자신의 차를 타고 나갈 수는 없었다. 그건 '나 이도원입니다' 하는 것과 다를 바 없었기 때문이다.

이다원은 친히 차 키를 가져다주었다.

"엄마가 오늘 저녁에 외식할까 하던데… 내가 얘기할게. 아마 차지은이랑 데이트하러 나갔다고 하면 모든 게 용서될 듯."

피식 웃은 이도원이 말했다.

"그때까지 와. 걱정 마십쇼."

이도원은 청바지에 후드 티, 그 위로 패딩을 걸쳤다.

눈살을 찌푸린 이다원이 물었다.

"여자랑 데이트하러 가면서 차림이 그게 뭐니? 차지은은 분명 신경 엄청 쓰고 올 텐데."

"옷은 누가 입느냐에 따라 다른 법이지. 암, 그렇고말고."

이도원은 간만에 외모에 대한 자부심을 갖고 말했다. 전신거울에 비친 모습이 썩 마음에 들었던 것이다. 그는 편해 보이는 스타일로 앞머리를 내린 후 선글라스를 착용하고 말했다.

"다녀옵니다."

이도원은 스니커즈를 신고 밖으로 나갔다. 키 버튼을 눌러 어머니의 차를 확인한 이도원은 운전석에 올라 시동을 걸었다.

차지은과 오랜만에 만날 생각을 하니 속이 울렁거렸다.

'설레는 건가?'

이도원은 낯선 느낌에 피식 웃었다.

안 보고 있을 땐 특별히 보고 싶지 않았는데, 막상 단둘이 볼 생각을 하니까 마음이 흔들렸다.

"내가 많이 외로웠나?"

간단히 치부한 이도원이 차를 출발시켰다. 그는 아파트 단지를 빠져나가 차지은이 살고 있는 청담동 빌라로 향했다. 결혼식 때 갔던 차기열 회장의 저택과는 달리 그녀는 본가에서 나와 따로 살고 있는 상황 같았다.

마침 차기열 회장이 떠오른 이도원이 이진빈에게 전화를 걸었다.

—네, 형!

"메리 크리스마스. 휴일인데 미안하다. 저번에 말했던 차기열 회장과의 미팅, 언제야?"

—메리 크리스마스입니다. 신혼여행 갔다 와서 만나기로 했어요. 정확한 날짜는 그쪽에서 다시 일러주겠지만, 일단 27일로 예상하고 있습니다.

"배급사 일정에 맞추려면 31일까지 얘기를 마무리 지어야 돼. 알고 있지?"

—예. 근데 차기열 회장이 응해줄까요?

이진빈의 걱정스러운 음성이 들려왔다.

이도원 역시 확신 없이 불안하긴 매한가지였다. 이번에 차기열 회장을 설득하지 못한다면, 영화는 4,000개 중 1,000개 스크린에서만 상영된다. 그건 국내로 치면 부산에서만 상영된다거나, 한 극장 브랜드에서만 독점상영되는 것과 같은 의미였다. 거기까지 생각이 미친 이도원은 확고한 어조로 대답했다.

"꼭 되게 만들어야지."

누나 이다원의 예상과는 달리 차지은도 편안한 복장이었다. 마치 커플로 맞춘 듯 넉넉한 흰색 후드에 밝은 색 청바지, 운동화를 신고 진회색의 패딩을 걸치고 있었다. 더불어 모자와 선글라스는 여배우의 필수품이었다.

이도원은 청담동 빌라 앞에서 차지은을 태우고 헤이리 마을로 갔다. 강변북로와 자유로, 필승로를 거쳐 헤이리 마을로 들어서는 동안 이도원은 미국에서의 이야기를 들려주었다. 목적지에는 의외로 차가 많았다. 대부분 가족 단위의 관광객들이었다.

"내려서 좀 걷고 싶어요."

차지은이 대뜸 말했다. 도착한 후 헤이리 마을을 빙빙 돌며 드라이브만 하고 있었기 때문이다. 내려서 산책을 하는 건 어찌 보면 위험하고 대담한 행동이었지만 이도원은 굳이 반대하지 않았다.

'크리스마스 날 같은 기획사의 남녀 배우 단둘이 드라이브를 하고, 산책을 했다. 사진이라도 찍히는 날에는 완전히 꼼짝마라 겠어.'

그럼에도 좀 더 조심스럽게 굴지 않는 데에는 중요한 이유가 있었다. 차지은이 당당한 마당에 있는 그대로의 사실을 숨길 필요는 없다고 생각한 것이다.

이도원은 차를 대고 내렸다.

그러자 먼저 내린 차지은이 물어왔다.

"스캔들이라도 터지면 어쩌려고 제 부탁을 다 들어줘요? 제가 오빠를 어떻게 생각하고 있는지 알잖아요."

이도원은 선선히 고개를 끄덕이며 대답했다.

"너와는 달리 난 아직 내 마음에 대한 확신이 없어. 너에 대해 그런 쪽으로 진지하게 생각해 본 적도 없고. 내가 대표가 되고, 네가 소속 여배우가 된 순간 우리의 공적인 유대는 더 탄탄해진 셈이지. 반대로 사적인 관계를 맺기는 조심스러워졌어. 하지만 나한테 네가 소중한 사람이란 건 변함이 없다. 그런데 왜 남들 눈치를 보느라 소중한 사람이 원하는 걸 막아야 돼?"

듣기 좋은 소리, 옳은 소리였지만 기존의 상식을 완전히 뒤엎는 말이기도 했다. 많은 공인들이 남들 눈치를 보고 싶어서 보는 건 아니다. 대외적인 평판이 공인의 생존과 직결되기 때문에 어쩔 수 없이 눈치를 보게 되는 것이다. 그런 공인의 생리와 대조되는 의견을 들은 차지은은 한마디로 정의했다.

"이상적이시네요."

이도원은 어깨를 으쓱였다.

"지금 무리하는 건 나보단 너 아니야? 난 곤란하면 미국으로 도망가 버리면 되지만 넌 아니잖아."

두 사람은 회사의 입지 자체도 달랐다. 뿐만 아니라 배우 간 교제는 남자보다 여자 쪽이 큰 타격을 받는다. 따라서 이도원의 말은 틀린 구석이 없었지만 차지은은 태연했다.

"전 스릴 있고 좋은데요? 오빠랑 루머가 터져도 뭐, 제 마음이 그런 거니까요."

이도원이 피식 웃었다.

"오케이. 그럼 됐네."

완연한 겨울이었기에 두 사람은 따뜻한 쌀국수로 점심을 때우기로 했다. 베트남 음식점 '반미 싸이코'에 들어가자 깔끔한 인테리어와 아기자기한 분위기가 눈에 들어왔다.

이도원은 문득 입시 뮤지컬 곡으로 선택했던 곡 〈미스 사이공〉이 떠올랐다. 꼭 그뿐 아니라 베트남전에 대한 연극, 뮤지컬, 소설은 한도 끝도 없었다. 역사적 격동기는 항상 예술의 소재가 된다.

"저 향신료 들어간 음식 못 먹는데."

뜬금없는 차지은의 선언에 이도원은 난처하게 대답했다.

"미리 말하지 그랬어?"

"아네요."

고개를 흔든 차지은은 쌀국수 대신 샌드위치와 짜쪼를 시켜 먹었다. 이도원은 그녀가 향신료가 들어간 음식을 먹지 못한다는 걸 알고 마음이 조금 불편했지만 연기의 역사에 대해 이야길 나누면서부터 불편한 마음이 해소되었다.

그때 메뉴를 내오며 두 사람의 이야기를 들은 사장 부부 중 남편이 말했다.

"팬입니다."

그는 씩 웃으며 덧붙였다.

"전 차지은 씨 팬이고, 아내는 이도원 씨 팬이에요."

이도원은 선글라스를 벗으며 고개를 살짝 숙였다.

"감사합니다."

차지은 역시 선글라스를 벗었다. 그리고 두 사람은 자연스럽게 사인을 해주었다.

한편 벽에 걸려 있는 유명감독, 작가들의 사인이 눈에 들어왔다. '예술마을'이란 타이틀답게 다양한 예술인들이 이곳에 거주하며 작업을 하는 듯했다.

야외가 오픈된 인테리어였기 때문에 문 밖 마을 풍경이 한눈에 들어왔다. 가만히 밖을 바라보던 차지은이 불쑥 말했다.

"이런 곳에서 지내면 마음이 편할 것 같아요."

이도원 역시 고개를 끄덕이며 동의했다.

"서울과 가까운 곳에 있는 것도 좋고."

"그러니까요."

차지은이 고개를 돌리며 물었다.

"오빠는 이상형이 어떤 사람이에요?"

이도원은 가볍게 대답했다.

"어리고 예쁘고 착한 여자."

차지은이 품 웃었다.

"모든 남자들의 이상형이네요."

"농담이고……."

이도원은 진지한 표정으로 돌아와서 말을 이었다.

"억지로 맞추려 하지 않아도 잘 맞는 사람을 만나고 싶어. 함께 있으면 기분 좋고 마음이 편안해지는 사람."

차지은은 흥미로운 표정으로 턱을 괬다.

그녀를 보며 이도원은 어깨를 으쓱였다.

"끝인데? 가장 찾기 힘들다고 생각해. 그런 확신을 주는 사람을 만나면 조금도 망설이지 않고 마음을 표현할 생각이고."

"멋지네요."

차지은이 싱글벙글 웃으며 대답했다.

"그래서 상대를 오래 보고 판단하는군요? 나도 탈락은 아닌 것 같은데, 제 생각이 틀린 거예요?"

그 질문에 이도원은 피식 웃었다.

"탈락이고 말고가 어디 있어? 넌 왜 날 좋아하는데?"

이전까지 아무것도 궁금해하지 않던 이도원을 생각해보면, 장족의 발전이었다. 그 궁금증을 이끌어내기까지 걸린 시간을 떠올리자 눈물이 핑 돈 차지은이 말했다.

"좋아하는 데 이유 있나요."

얼버무렸지만 이도원은 녹록지 않았다.

"난 부모가 자식을 사랑하는 데에도 이유가 있다고 생각해. 내 배 아파서 낳은 자식, 내 혈육이라는 이유겠지. 하물며 남녀 관계에 좋은 이유가 없다면 좀 이상하잖아?"

차지은이 피식 웃으며 대답했다.

"오빠 참 똑똑한 것 같은데, 의외로 허당이에요. 얘기해 보면 연애 경험이 전혀 없는 사람 같다니까요? 어려서부터 바빠서 연애 못 한 나도 아는 걸……."

그녀가 말을 이었다.

"사람들이 그냥 좋다고 말하는 건 진짜 이유가 없어서가 아니고, 설명할 수 없을 만큼 많은 이유들이 있기 때문이에요. 그걸 일일이 생각해 본 적도 없을뿐더러 어떻게 하나 하나 다 말해요? 역시 오빠 좀 계산적인 듯."

이도원은 부정하지 않고 대답했다.

"내가 봐도 난 좀 계산적인 것 같다."

"오빠, 상처 입는 걸 두려워하죠?"

차지은이 불쑥 묻고는 덧붙여 설명했다.

"대개 그렇거든요. 계산적인 사람들의 특징이랄까?"

"그런 것 같기도 하고."

이도원은 미미하게 웃으며 말을 이었다.

"나도 사람인 이상 인간관계에는 감정이 반영될 수밖에 없지. 근데 난 그런 요인들로 내 삶이 흔들리는 걸 원치 않아. 그래서 더 방어적인 걸 수도 있고."

고개를 끄덕인 차지은이 말했다.

"그래도 많이 바뀌었네요. 이런 이야길 다 하고. 옛날에는 정말 로봇 보는 것 같았거든요. 막 그런 거 있잖아요. 감정이란 게 없는 냉혈한?"

능청스럽게 말하는 그녀를 보며 이도원이 짐짓 눈살을 찌푸렸다.

"냉혈한? 아직도 내가 사람으로 보여?"

음산한 목소리에 차지은이 질색했다.

"그런 거 하지 마요. 지금이 밤도 아닌데."

"그러네."

이도원은 수저를 들고 음식을 먹기 시작했다.

차지은은 샌드위치를 야금야금 먹으며 얼굴만 한 빵 너머로 이도원을 훔쳐보았다.

이도원도 남자였다.

'귀여워서 기절하겠네.'

그는 의도적으로 먹는 데 집중했다.

차지은의 작은 얼굴, 반짝이는 눈빛을 마주하면 곧바로 마음이 흔들릴 것 같았기 때문이다. 이도원이 시선을 주지 않자 잇새로 치, 삐진 소리를 낸 그녀가 말했다.

"오빠, 너무 기다리게 하진 마요."

이도원이 고개를 들자 차지은이 말을 이었다.

"아니면, 신경이라도 좀 써주든가요."

이도원은 수저를 놓고 경청하는 태도를 취했다.

그러자 섭섭한 표정을 드러낸 차지은이 입을 열었다.

"미국에 가 있는 동안 나한테 따로 연락한 적 없죠? 한국 와서도 먼저 연락한 적도 없죠. 나도 여자라고요. 여자 마음은 갈대라는데, 해바라기도 시들어요."

이도원은 대답하지 않고 생각에 잠겼다.

'하긴.'

차지은 정도면 주변에 남자들이 끊이질 않을 것이다. 너도나도 서로 잘해주겠다고 나설 테고 열과 성을 다하는 남자들이 이 열 종대로 연병장 두 바퀴가 넘을 텐데, 이도원만 바라보며 젊은 날의 종지부를 찍진 않을 터였다. 즉, 차지은을 잡으려면 언제까지 결정을 미룰 수만은 없었다.

"진지하게 생각해 볼게."

마침내 대답한 이도원은 고개를 돌렸다.

하늘에서 눈이 내리고 있었다.

"화이트 크리스마스네."

차지은도 창밖으로 시선을 가져갔다.

"그러게요. 어떻게 또, 딱 눈이 오냐."

"하하."

웃은 이도원이 물었다.

"나갈까? 눈 맞는 것 괜찮아?"

"좋아요."

두 사람은 계산을 하고 밖으로 나가 함께 걸었다. 비록 후드를 눌러쓰고 선글라스로 얼굴을 가린 상태였지만 두 사람은 전에 없이 자유로운 시간을 보내고 있었다. 둘 모두 바쁜 스케줄에 치이는 유명 배우들이었기에 굳이 말하지 않아도 저절로 공감대가 생겨났다. 그들은 누가 먼저랄 것도 없이 모처럼 느끼는 여유로움에 신이 났다. 다른 이들에게는 대수로울 것 없는 데이트더라도, 두 사람에게는 특별한 데이트인 것이다.

'가끔 이런 것도… 좋네.'

이도원은 속으로 생각했다.

두 사람은 해가 지기 전에 다시 차에 탔다.

차지은은 영 아쉬운 듯 입맛을 다셨다.

"난 오빠랑 저녁까지 먹는 줄 알았는데."

그에 이도원이 물었다.

"크리스마스인데, 가족들이랑 안 보내고?"

"그게… 사실 가족들과 보내기가 좀 그래요. 오빠도 알다시피 우리 가족은 저랑 언니, 큰오빠밖에 없잖아요. 큰오빠는 평소 크리스마스 때도 선물 받고 미팅하느라 바빴는데 지금은 신혼여행 가 있고, 언니는 남자친구랑 데이트하러 갔어요."

차수희가 언급되자 이도원은 기분이 묘했다. 타임 슬립 후 남모르게 마음을 품었던 첫 여자였던 것이다.

'첫사랑이라기에는 민망하지만.'

그런데 이제는 동생인 차지은과 미묘한 관계가 돼있었다. 차지은과 차수희가 외형적으로 닮은 구석이 없으니 감정의 연관성은 없겠지만, 무언가 공교로운 것도 사실이었다. 그런 생각을 거둔 이도원이 물었다.

"그럼 우리 집에 갈래?"

어머니와 누나 이다원은 차지은을 굉장히 좋아했다. 그래서 물어본 건데 차지은은 잔뜩 망설이는 표정으로 우물쭈물했다.

"가족끼리 함께 보내는 크리스마스에… 제가 불청객으로 끼는 것 아니에요?"

애초에 불편했다면 묻지도 않았을 터였다. 오고 싶긴 한데 실례가 되지 않을까 걱정된다는 마음이 고스란히 전해졌다. 망설이는 그녀를 보며 빙그레 웃은 이도원이 고개를 저었다.

"한번 물어볼게. 아마 대환영이겠지만."

이도원은 시동을 걸고 출발했다.

차지은은 서울로 가는 내내 잠들어 있었다. 억지로 깨어 있으려고 말을 붙이긴 하는데, 거의 잠꼬대 수준이었다. 그녀는 무슨 소리인지 모를 만큼 부정확한 발음으로 졸면서 말했다. 알아들을 수 있는 유일한 점은 '오빠'라는 말과, 꿈속 내용이란 것뿐이었다. 그러다 간간이 촬영현장에서 나오는 단어들이 들려왔다. 꿈속에서도 일하는 차지은을 보며 이도원은 안쓰러웠다.

그는 노래 음향을 줄이고 담요를 덮어주었다.

"도착하면 깨워줄 테니까 푹 자라."

역시나 식구들은 차지은을 거부하지 않았다. 따라서 이도원은 졸지에 차지은, 식구들과 함께 크리스마스를 보내게 됐다. 차지은은 여전히 싹싹했고 식구들도 그녀를 좋아했다. 그들은 밥을 먹고 케이크와 촛불을 불었다. 샴페인도 땄지만 이도원은 입에 대지 않고 파티를 즐긴 후 차지은을 집까지 바라다 주었다. 빌라 앞에서 내린 차지은이 빙그레 웃으며 말했다.

"오늘 고마웠어요, 오빠."

"즐거웠어."

이도원이 대답하자 잠깐 어물쩍대던 차지은도 밝게 외쳤다.

"저도 즐거웠어요!"

이도원은 고개를 끄덕이고 대답했다.

"들어가."

그가 차를 돌려 출발하자 차지은은 머리를 흔들었다.

"후, 뭘 기대했던 거냐."

이도원이 차에서 내려 대뜸 고백하길 바랐던 차지은은 터덜터덜 빌라 안으로 들어갔다.

한편 이도원은 멀찍이 차를 세운 뒤 그 모습을 사이드미러로 지켜보았다. 그는 전에 없이 혼란스러운 표정을 하고 있었다.

'어떤 결정이 최선일까?'

그때 앞 차량에서 헤드라이트가 켜졌다. 갑자기 불이 들어오자 눈이 부신 이도원이 미간을 찌푸렸다. 가늘게 눈을 뜬 순간, 놀랍게도 맞은편 차 안 운전석에 김진우가 있는 것이 보였다.

'왜 여기 있지?'

김진우는 불쾌한 표정으로 차에서 내렸다. 그가 천천히 다가오자 이도원이 창문을 열었다. 이내 창문 앞에 우뚝 멈춘 김진우가 물었다.

"어떤 관계지?"

이도원은 그 말을 듣고서야 상황 파악이 끝났다.

'그런 거였나? 내가 아니라, 차지은을 보러 왔어?'

생각이 미치자 궁금증이 생겼다. 두 사람이 무슨 사이일 리는 없었고, 그렇다고 김진우가 스토킹을 할 것 같지도 않았다. 하여 이도원이 대답 대신 물었다.

"그게 왜 궁금하지?"

일순간 김진우의 얼굴에 그늘이 졌다. 그러나 어떤 말도 하지 않고 걸음을 돌렸다.

'젠장.'

김진우는 지난 날을 회상했다.

그는 이도원이 한국을 떠난 이 년 간, 차지은과 드라마를 통해 만났다. 비록 가족드라마였지만 많은 분량을 함께 촬영해야 했다. 차지은은 지난번 이도원 사건으로 김진우에 대한 감정이 상한 상태였지만, 김진우는 오히려 그 반대였다. 날 때부터 어머니가 안 계신 출생환경이 비슷한 것부터 관심을 끌었다. 결국 김진우는 촬영 기간 내내 점점 차지은에게 빠져들게 되었다. 그런데…….

'저놈과 그런 사이였던 건가?'

김진우는 이를 으드득 갈아붙였다. 무슨 일이든 사사건건 방해가 되는 이도원을 보며 속에서 열불이 치밀었다. 그럼에도 더 따져 묻지 않은 건 자신만 우스워질 게 뻔했기 때문이다. 참담한 기분으로 차를 빼는 김진우를 보며 이도원은 경각심이 들었다.

'자꾸 교차점이 생기는군.'

그런 생각을 하는 틈에 김진우의 스포츠카가 골목을 빠져나갔다.

이도원 역시 슬슬 움직였다. 오후 11시가 조금 넘은 시간이었지만 그는 매니저 이진빈에게 전화를 걸었다. 차기열 회장 미팅 건으로 전화를 달라는 문자를 이제 본 것이다.

—네, 형!

전화를 받은 이진빈이 미팅 시간을 보고했다.

—내일 오후 여섯 시, 삼성동 그랜드 인터컨티넨탈 호텔 스카이라운지입니다.

"알겠다. 늦었는데 얼른 자고."

—옙, 형님.

이도원은 전화를 끊고 운전을 했다.

식구들과 차지은이 함께한 자리는 이도원에게 영 불편했다. 양측 눈치를 모두 보아야 했던 것이다. 그럼에도 굳이 자리를 만든 건 그가 미국에 가 있는 시간 동안 차지은이 종종 집에 안부 전화를 해준 것에 대한 감사의 표시였다.

                    *   *   *

다음 날 삼성동 인터컨티넨탈 호텔, 스카이라운지.

삼성동 일대와 한강을 포함한 서울 야경이 한눈에 들어오는 고급레스토랑이었다. 호텔 전반적으로 크리스마스 분위기가 흐르고 있어서 분위기가 썩 근사했다. 또한 라이브 연주를 감상하며 식사를 할 수 있다는 점도 큰 메리트였다. 이곳에서, 이도원은 차기열 회장과 마주 앉아 저녁 식사를 했다.

능숙하게 스테이크 코스를 주문한 차기열 회장이 먼저 입을 열었다.

"결혼식에 와줘서 고맙네."

"축하드립니다."

간결하게 대답한 이도원이 덧붙였다.

"오늘 회장님을 뵙고자 한 건……."

그는 말을 멈출 수밖에 없었다.

차기열 회장이 손을 들어 제지했기 때문이다.

"미리 보고를 받아서 알고 있네. 다만, 난 오늘 비즈니스를 하러 나온 게 아니야. 결혼을 축하해 준 데 대한 답례를 하고 싶었을 뿐."

아예 투자 건에 대한 싹을 자르고 들어가려는 속셈이었다. 예상 외로 더 큰 반발이 나오자 도리어 당혹스러운 건 이도원이었다.

'왜 이렇게까지…….'

단순히 백 프로덕션 인수 건 때 물 먹었기 때문이라고 하기에는 무리가 있었다. 그건 지난 일에 불과했고, 차기열 회장은 실리를 쫓는 기업인이었다. 그런데 용건을 들어보지도 않고 '결혼 축하 고맙다'며 말을 자르는 건 명백한 조롱밖에 안 되는 것이다.

'내가 사람을 잘못 봤나?'

자문한 이도원은 고개를 저었다. 그는 분명 다른 이유가 있으리라고 확신했다.

"제가 모르는 문제가 있나보군요."

그 말에 차기열 회장이 모르쇠로 일관했다.

"무슨 뜻인지 설명해 주겠나?"

이도원은 나직이 한숨을 쉬며 냅킨을 만지작거렸다. 초조한 모습을 보임으로서 차기열 회장이 통쾌함을 느끼도록 유도한 것이다. 이도원은 배우였고 감정을 다루는데 능숙했다. 예상대로 미소를 띤 차기열 회장이 말을 이었다.

"너무 서운해 하지 말게. 어차피 자네 말을 듣는다고 해도, 이번 비즈니스는 결렬될 수밖에 없어. 그렇다면 서로 시간 낭비를 하는 셈이 아닌가? 아니, 얼굴을 붉힐 수도 있겠지."

이도원의 입장에선 차기열 회장이 쓸데없이 오라 가라 한 상황이었다. 이로서 그는 확신할 수 있었다.

'모욕을 주려 불렀다면, 확실한 놀림감이 되어주지.'

이도원은 불쾌한 티를 내는 대신 모른 척 물었다.

"얼굴을 붉힐 리가 없지요. 항상 마음에 걸렸었습니다. 지난 번 인수……."

차기열 회장이 고개를 저으며 말을 잘랐다.

"아아. 그거 신경 쓰지 말라고. 설마 내가 그 건 때문에 이런 판단을 했다고 생각하는 건 아니지?"

"물론 아닙니다."

이도원은 진지한 표정으로 대답했다.

"제가 마음이 불편해서요."

"불편할 것 있나."

차기열 회장은 입꼬리를 올리며 말을 이었다.

"이제는 당당히 할리우드로 진출한 배우잖아? 자신감을 가져도 되네. 잔뜩 움츠러들었군."

이도원은 상대의 동공 속에 숨은 멸시의 감정을 읽었다. 하지만 이도원은 자존심을 세우는 대신 이번 투자 건이 무위로 돌아간 원인을 파헤치기로 했다. 이미 차기열 회장에게 투자를 받는 일은 깨끗이 단념한 상태였다.

그때 코스요리가 나왔다.

웨이터가 사라지자 이도원이 입을 열었다.

"제가 왜 회장님께 찾아와서 투자를 부탁하려 하겠습니까? 기사만 예쁘게 나갔을 뿐 말만 할리우드 배우입니다. 정작 스크린 확보도 안돼서 휘청거리고 있는 걸요."

하소연 비슷한 말투를 접한 차기열은 짐짓 혀를 차며 대답했다.

"허. 정말 안타까운 일이군. 국내에서 최초로 시도되는 도전이라기에 기대가 컸는데 말이야. 하지만 너무 의기소침 하진 말게. 뭐가 됐든 한 번에 성공하는 경우는 극히 드문 일이니까."

이도원이 쪼르륵 와인을 따르며 진심이 우러나는 목소리로 수

긍했다.

"지금껏 연기만 하다 보니 사업수완이 부족했던 탓이죠. 회장님께서 많이 가르쳐 주십시오."

이도원은 완벽한 저자세를 연기하고 있었다.

이미 숱하게 이런 대접을 받아왔던 차기열 회장은 거대한 빙산이 녹듯 점차 긴장을 풀고 있었다. 물론 거기에는 와인에 섞인 알코올도 한 몫 했다.

"모르는 게 있으면 언제든 물어보라고. 유능한 인재라는 건 익히 알고 있지만 아직 자네의 나이도 어리고, 경험도 적으니만큼 큰 책임을 맡다 보면 어려운 점이 많을 거야."

차기열 회장이 이도원을 상대로 방심하는 데에는 다 이유가 있었다. 원래 자본가들은 배우들을 광대로 알기 일쑤였다. 그건 차기열 회장도 다를 바 없었다. 따라서 차기열 회장은 이도원이 백 프로덕션 인수를 막은 건이나 루머에 대응한 것에 대하여 배후가 있을 거라고 확신한 것이다.

이도원은 그 점을 역이용 했다.

"여쭤보고 싶은 게 있습니다. 회장님께서 투자를 안 하겠다고 마음먹으신 계기가 궁금합니다."

칭얼대는 어조가 차기열 회장의 기분을 좋게 만들었다. 적당히 취기까지 오른 그는 이전보다 성큼 풀어진 표정으로 대답했다.

"자네, 행동거지를 조심하는 게 좋을 거야. 레드 엔터테인먼트의 이 대표가 상당히 벼르고 있더군."

"이로빈 대표요."

이도원은 그 이름을 중얼거리고 물었다.

"하지만 이 대표의 말 한마디에 회장님이 마음을 돌리실 리는 없지 않습니까?"

차기열 회장은 상체를 기울이며 대답했다.

"물론이지! 자네도 잘 알아두라고. 레드 엔터테인먼트의 소속 배우들이며 가수들이 지금 중국과 일본에서 대거 활동하고 있어. 엄청난 매출이 뜨고 있단 말이야. 내게는 당연히 불확실한 미국 시장보다 아시아 쪽이 탐날 수밖에 없다, 이 말이네. 이 참에 자네도 레드 엔터테인먼트로 영업장을 옮기는 게 어떻겠나?"

이도원은 그제야 상황 파악이 좀 됐다. 차기열 회장의 말에 따르면 이로빈이 레드 엔터테인먼트의 중국, 일본 진출사업에 대한 투자 제안을 한 것이 분명했다. 수익이 확실한 사업이기에 투자자들이 몰렸을 건 자명한 일이었다.

'아시아와 동남아 시장 개척에 함께하는 걸 조건으로 백 엔터테인먼트 사업에 대한 투자자금을 돌리라고 요구했겠지. 그렇게 되면 레드 엔터테인먼트로서는 투자자금 확보 외에도 백 프로덕션의 자금줄을 막는 효과를 얻을 수 있다. 이로빈 대표는 내가 미국으로 뜬 뒤에도 계속 견제구를 넣고 있었던 거야.'

역시 녹록한 인물이 아니었다.

이도원은 고개를 끄덕이며 차기열 회장에게 물었다.

"그럼 백 프로덕션 지분도 천천히 레드 엔터테인먼트로 돌리고 계신 겁니까?"

그 말을 들은 차기열 회장의 표정이 삽시간에 굳었다. 이도원이 단번에 맥을 짚은 것이다. 다시 보니 이도원의 눈은 얼음처럼 차갑게 빛나고 있었다.

"영리하군. 하지만 그 사실을 안다고 해도 달라지는 건 없네."

그리 말한 차기열 회장이 덧붙였다.

"레드 엔터테인먼트는 이미 초강수를 준비한 상태야. 배우와 가수 시장을 모두 틀어쥐고 있지. 연기자들 몇 명 데리고 영화 투자사업이나 찔끔거리는 백 프로덕션과는 규모 자체가 다르다는 뜻이네. 레드 엔터는 머지않아 자본을 이용한 대대적인 압박을 가할 테지."

무시무시한 협박에도 이도원은 태연했다.

"분명 위협이 되긴 할 겁니다. 백 프로덕션의 대주주인 차기열 회장님조차 지분을 매도하게끔 만들었으니까요. 또 지난 이 년간 백 프로덕션의 매출은 레드 엔터에 비해 턱 없이 적은 것도 사실이죠. 하지만 이건 아셔야 할 겁니다."

이도원이 차기열 회장을 똑바로 직시하며 입을 열었다.

"제 영화, 방송, 드라마 개런티를 일 년 간 정산하면 수백억에 이릅니다. 국내 기준으로, 레드 엔터테인먼트에서 가장 몸값이 높은 김진우의 개런티 정확히 두 배죠."

그는 말을 이었다.

"제가 돌아왔습니다. 그러니 선택과 판단을 잘하셔야 할 겁니다."

차기열 회장은 가소롭다는 듯 미소 지었다.

"젊은 사람이 분에 넘치는 것들을 손에 넣으면 교만해지는 경우가 있지. 자신이 불가능하다고 여겨왔던 것을 거머쥐었을 때 굉장한 자신감이 생기는 거야. 하지만 말이야……."

그가 담담하게 말을 이었다.

"원래 그 모든 것들을 가지고 있던 사람이 보았을 땐, 별것도 아닌 일을 해내고 허세를 부리는 걸로밖에 안 보이네. 자신이 뭐라도 된 것 같은 기쁨을 방해하고 싶진 않지만 세상 무서운 건 알아야지."

이도원이 차분하게 듣고만 있자 차기열 회장은 고개를 저으며 다시 입을 열었다.

"난 영화 팬으로서 자네 같은 인재가 사라지는 꼴을 보고 싶지 않아. 내 즐거움이 줄어들 테니까. 그러니 한두 번 맞섰다고 해서 나나 레드 엔터를 적으로 돌리는 판단을 하진 말라고 경고해주고 싶군."

경고성 발언을 들은 이도원이 속으로 웃었다.

'아주 잘나셨군.'

그는 속내의 표정을 고스란히 드러내며 입을 열었다.

"저 따위는 언제든 치울 수 있다는 듯 말씀하시는군요. 그래서 그런 후안무치한 짓을 마음껏 저지를 수 있었던 겁니까?"

물은 이도원이 도발했다.

"레드 엔터에선 간혹 소속 배우나 가수, 연습생들에게 스폰서나 성상납 제안을 하고는 하죠. 문제는 회장님의 막냇동생 분인 차지은이 왜 그 명단에 들었냐는 겁니다. 회장님이 레드 엔터의 뒷배를 든든히 봐주고 있는데 말이죠."

차기열 회장의 표정은 덤덤했다.

그를 본 이도원이 헛웃음을 터뜨렸다.

"전혀 놀라지 않으시는군요. 알고 계셨던 겁니까?"

"그 아이 스스로 거절했지. 지금은 자네 밑에 있는 걸로 알고 있네. 나나 레드 엔터, 누구도 그 아이에게 강요한 적 없어. 다른 아이들도 마찬가지지. 선택의 본인의 몫일 뿐."

차기열 회장의 말을 틀린 구석이 없었다. 다만 추가하자면, 기획사가 소속 연예인에게 그런 은밀한 제안을 할 땐 대부분 이미 거절할 수 없는 상황을 만들고 건넨다는 것이었다. 차지은은 당시에도 어느 정도 영향력이 있는 배우였기에 화를 면했지만 레드 엔터는 지금도 그러한 악덕 비즈니스를 하고 있을 터였다.

생각을 정리한 이도원이 대답했다.

"정말 가지가지들 하는군요. 레드 엔터는 악덕 기업입니다. 연예계에서 사라져야 할 부정을 자행하는 곳이죠. 그래서 저는 제가 깨지고 부서져도 레드 엔터와 마음껏 싸울 마음이 듭니다. 치고받을 때마다 속이 시원하더라고요. 회장님은 대상이 아니었습니다만, 만약 레드 엔터 편에 서신다면 전 더 이상 존중하지 않을 생각입니다."

"마음껏 한번 해보게. 영웅 흉내를 내봐야 자네가 바꿀 수 있는 건 아무것도 없다는 것만 깨닫게 될 테니."

차기열 회장의 답변을 들은 이도원은 자리에서 일어나 고개 숙여 인사를 한 후 물러났다. 돌아가는 길, 그는 이상백에게 전화를 걸었다.

―여보세요? 도원이냐? 어떻게 됐어?

"문제가 생겼습니다."

―문제?

이도원은 어떻게 말해야 하나 잠깐 고민하다 입을 열었다.

"예. 아무래도 차기열 회장과 레드 엔터를 적으로 돌린 것 같습니다."

―아니, 어쨌기에 차 회장에게 투자받는다고 가서는 적이 돼서 와?

"애초에 투자할 생각 같은 건 없었습니다. 저를 약 올릴 심산으로 부른 거였어요. 왜 투자를 거절하나 봤더니, 이미 레드 엔터 쪽으로 지분을 돌리고 있더군요."

―차 회장이 배신을 했다는 거냐?

"언제는 뭐, 한편이었나요."

이도원이 말을 이었다.

"아무튼 얘기하다 열받아서 들이받았습니다."

—문제가 생길 수도 있다. 레드 엔터는 네 생각보다 이 바닥에서 힘이 센 곳이야. 지난번 네가 고소했을 때, 순식간에 기사 내리고 조용히 만든 것만 봐도 알 수 있지 않느냐?

이상백의 설명을 들은 이도원은 난처하게 물었다.

"회사 대 회사로 태클이 들어올 텐데, 괜찮을까요?"

—안 괜찮겠지. 넌 괜찮겠냐?

이도원이 고개를 저었다.

"안 괜찮겠죠."

*   *   *

마침내 12월 31일이 되었다. 따라서 미국에서 촬영한 〈아스라이(Dimly)〉의 상영관 진입이 시작됐다. 확보된 스크린 수는 천여 개에 머물렀다. 이제 결과는 하늘에 맡겨야 할 상황이 된 것이다.

한편 대한민국 서울, 청담동 소재의 레드 엔터테인먼트에선 떠들썩한 웃음소리가 울려 퍼졌다.

"그 맹랑한 놈이 회장님께 찾아갔단 말입니까?"

웃음을 그친 이로빈이 재미있다는 표정으로 물었지만 노트북 화면 안의 차기열 회장이 진지하게 고개를 끄덕였다.

—가볍게 웃어넘길 일이 아닌 것 같습니다. 아주 이판사판으로 독을 품은 것 같더라고.

"이상하군요. 이도원과 우리 사이에 그만한 원한은 없을 텐데?"

—글쎄, 모르겠습니다. 레드 엔터에서 다른 동네에 줄을 대고 있는 풍경이 마음에 들지 않는가 보던데.

"무슨 상관이람."

중얼거리며 피식 웃은 이로빈이 물었다.

"그나저나 투자 건은 확실히 거절하셨지요?"

—물론입니다. 아마 이번 영화는 흥행에 실패할 거예요.

고개를 끄덕인 이로빈은 모니터에서 고개를 돌렸다. 그는 소파에 앉아 잠자코 있는 김진우에게 시선을 주며 혼잣말을 했다.

"이놈을 어떻게 한다……. 역시 다시 한국에 발을 못 붙이게 하는 편이 낫겠지?"

그에 김진우가 고개를 저으며 말했다.

"곧 〈서커스〉 오디션이 있습니다. 그 작품에서 제가 이도원보다 뛰어나다는 걸 증명하고 싶습니다."

미간을 찌푸린 이로빈이 노트북에 대고 물었다.

"회장님은 우리 김 배우의 의견을 어떻게 보십니까?"

—굳이 위험을 감수할 필요는 없다고 생각합니다. 이도원은 눈엣가시에요. 빨리 제거할수록 좋습니다.

차기열 회장의 대답을 들은 이로빈이 말했다.

"알겠습니다. 일단 김 배우와 얘기 좀 하고 다시 전화드리죠."

─그렇게 해주십시오.

전화가 끊기자 김진우가 입을 열었다.

"제게 기회를 주십시오. 이대로 이도원이 사라지면 놈은 전설로 남을 겁니다. 전 항상 승부를 못 낸 상태로 남겠죠."

이로빈이 피식 웃으며 대답했다.

"둘 중 누가 연기를 잘하느냐는 하나도 중요치 않다. 우리가 하려는 건 경연대회가 아니야. 너희 둘 간의 우열에는 아무런 관심도 없다는 뜻이다. 네 쓸데없는 경쟁심 때문에 이도원을 가만히 내버려 둘 수는 없다."

김진우는 고개를 저으며 말했다.

"그런 이유 때문이 아닙니다. 〈서커스〉에 이도원이 함께 참여하면 티켓 파워는 두 배 이상 늘어나게 됩니다. 그럼 동시에 개봉하는 쟁쟁한 경쟁 작들을 손쉽게 누를 수 있습니다. 게다가 〈서커스〉에서 제가 더 좋은 연기를 보인다면 일본이나 중국에서 활동하느라 떨어졌던 인지도도 쇄신할 수 있을 겁니다."

이로빈은 팔짱을 끼며 그를 응시하더니 입을 열어 물었다.

"이도원이 이번 영화에 참여하면 마케팅 효과가 증폭될 거라는 사실을 모르는 사람은 없다. 문제는 네가 과연 이도원의 배역에 잡아먹히지 않고 연기를 할 수 있냐는 거야. 〈악마의 재능〉때를 잊지는 않았겠지?"

김진우의 눈가가 꿈틀댔다. 〈악마의 재능〉은 그에게 치욕을 안겨준 작품이었다. 연쇄살인범 역할이었던 이도원에 비해 형사 역할이었던 김진우의 캐릭터가 너무 약했다는 비평을 받았던 것이다.

"저를 못 믿으십니까? 대표님. 지금 레드 엔터에 매년 가장 큰 기여를 하고 있는 배우가 누구입니까?"

김진우가 자문자답하며 날카롭게 말을 이었다.

"바로 접니다. 제가 배우로서 부탁을 드리는 건데, 이 정도는 제 뜻에 따라주셔야 하는 것 아닙니까?"

그의 언성이 높아지자 이로빈의 표정이 굳었다.

"기껏 돈 들여서 키워줬더니 뭐라고? 하."

이로빈이 김빠지는 웃음을 터뜨리며 말을 이었다.

"넌 내 말만 잘 들으면 돼. 미국으로 쫓겨나기 일보 직전인 놈을 한국에 앉혀놨더니, 뭐? 네 뜻에 따라? 미국으로 내보내라는 김 의원님을 설득한 사람이 나란 사실을 잊었나?"

김진우는 꿀 먹은 벙어리처럼 입을 닫았다.

이로빈이 눈을 부라리며 언성을 높였다.

"바닥을 쳐봐야 내가 누군지 알겠나? 너 하나 밟아놔도 회사는 잘 돌아간다. 또 키우면 그만이야. 네가 명품이 될지, 쓰레기가 될지는 나한테 달렸다고! 알겠어?"

실내에 침묵이 돌았다. 이윽고 김진우의 반항적인 눈빛이 잦아들자 성질을 죽인 이로빈이 물었다.

"왜 자꾸 이렇게 서로를 불편하게 만들려고 하지?"

그는 한숨을 내쉬며 말을 이었다.

"일단 이번 건은 네 말대로 해주마. 단, 확실히 처리하지 못한다면 미국으로 강제 추방될 거다. 네 배우 생명이 달린 일이니 목숨을 걸어야 할 거야."

김진우가 고개를 숙였다.

"…알겠습니다."

이로빈이 냉랭한 표정으로 고갯짓을 했다.

"나가봐."

김진우가 방을 나가자, 이로빈은 어딘가로 전화를 걸고 말했다.

"키우던 개가 자꾸 말을 안 듣습니다. 유태일 감독의 〈서커스〉 오디션에서 떨어트리고 조연으로 넣죠."

─유태일 감독이 하겠다고 하면 나도 별수 없습니다. 워낙 외압에 강하고 고집도 센 감독이라서 말입니다.

"영화의 성패를 떠나 김진우는 슬슬 정리할 생각입니다. 들어간 투자금은 모두 회수해야 하니 플랜을 짜주십시오."

─뭐로 보낼 겁니까? 도박? 마약? 여자? 스폰서? 강도는요?

"뭐든 관계없습니다. 강도는 재기불능으로요."

─버리긴 아깝지 않습니까? 혼을 내주는 정도가 어떨지…….

"선생님."

이로빈이 단호하게 고집했다.

"아깝다고 망설였다간 귀찮게 될 수도 있습니다. 기미가 보이고 있어요. 그전에, 그놈이 무슨 말을 지껄이든 아무도 믿지 않게 만들어놔야 뒤탈이 없습니다."

잠시 조용하던 의문의 목소리가 대답했다.

―알겠습니다. 그렇게 하죠.

전화를 끊은 이로빈은 노트북으로 이도원에 대한 정보를 검색했다. 이름 석 자만 쳐도 기사들이 줄줄이 떴다.

[유태일 감독 영화 <서커스>로 복귀… 화제작 '서커스'는 어떤 영화?]

[왕의 귀환, 진정한 한류스타 '이도원' 복귀!]

[전국이 '도원 앓이'로 들썩… 이도원 몸값은?]

이로빈은 눈살을 찌푸렸다.

김진우를 처리하는 일은 어렵지 않았다. 하지만 이도원을 침몰시키는 건 이로빈에게도 꽤 번거로운 일이었다. 이도원은 빠른 성공에도 불구하고 모난 부분이 없는 무결점의 생활을 해왔다. 뭐라도 있어야 잡고 끌어내릴 텐데, 잡을 건수가 없는 것이다.

"거슬려."

이로빈이 입 밖으로 중얼거렸다.

＊　　　　＊　　　　＊

2025년 1월 1일, 이도원은 미국으로 출국했다. 이후 영화 <아

스라이(Dimly)》의 무대 일정이 잡혀 있었기 때문이다.

이번 영화의 순수 제작비는 3,000만 달러(약 363억 원)였으며 마케팅 홍보비까지 합하면 6,000만 달러(약 726억 원) 가량 들었다.

한편 인지도가 높지 않은 동양인 원탑 주연이라 천 개 스크린에서만 개봉했다는 것을 감안했을 때 '영화 수익 예상치 사이트'들은 대부분 10위권 밖을 점쳤다.

그런데……

"감격적이네요!"

앤 로버츠가 들뜬 목소리로 말했다.

예상과 달리 개봉관 당 수익이 3위를 차지한 것이다. 또한 개봉 첫 주 만에 1,000만 달러(약 121억 원)을 돌파하는 기염을 토했다. 이대로 성적을 유지한다면 손익분기점은 가볍게 넘길 수 있게 될 터였다.

"개봉관이 부족한 게 아쉬워요."

줄리아 패닝은 입술을 삐죽 내밀며 투덜거렸다.

볼을 부풀리는 그녀를 보며 이도언은 피식 웃었다.

"영화를 만드는 데까지가 우리 몫이야. 나머지는 하늘에 맡겨야지."

클레이 포트만 역시 동의했다.

"확실히 흥행은 우리 뜻대로 되는 게 아니죠."

고개를 끄덕인 이도원이 두 사람을 보며 말했다.

"스크린 확보가 원활하지 않았던 건 제가 동양인이기 때문입니다."

"도원의 잘못이 아니에요."

클레이 포트만이 말했고 앤 로버츠도 동의했다.

"맞아요. 잘못된 편견이 있을 뿐이죠."

그에 이도원은 어깨를 으쓱이며 말했다.

"이번 영화가 잘 나온 덕에, 다음 작품부터는 그런 부당한 대우를 받지 않을 수 있을 것 같습니다. 모두들 고맙습니다."

이도원의 그 말은 곧 현실이 되었다. 주차가 넘어갈수록 영화 흥행 성적은 하향곡선을 그렸다. 영화에 관한 입소문은 좋게 퍼졌지만 '이미 볼 사람은 다 본 영화'가 되어버린 것이다. 아무래도 상영관 수가 적다는 점이 크게 작용했다.

반면 이번 영화의 가장 큰 수혜자는 이도원과 줄리아 패닝, 그리고 신인 감독 앤 로버츠였다. 앤 로버츠는 여성 신인 감독으로서의 가능성을 보였으며 유명 제작팀에서 조연출 제안이 들어왔다. 또한 이도원과 줄리아 패닝은 올해 주목받는 신인 배우로서 잡지에 얼굴에 실리기도 했다. 해외 남자 배우 부문, 아역 배우 부문에서 뜨거운 관심을 받은 것이다.

오늘도 무대 인사 일정을 소화하고 호텔로 돌아온 이도원은 유태일 감독에게 전화를 걸었다.

"감독님. 전화하셨죠?"

수화기 너머에서 유태일 감독의 대답이 들려왔다.

─그랬지! 영화 개봉 축하한다.

이도원이 빙그레 웃으며 말했다.

"곧 한국으로 갑니다."

─영화가? 아니면 네가?

"둘 다요."

이도원은 영화 〈아스라이(Dimly)〉와 함께 한국으로 상륙하게 됐다. 영화가 한국으로 넘어가면서 앤 로버츠 감독과 클레이 포트만, 줄리아 패닝의 내한 무대 인사에 주연배우로 동행하게 된 것이다.

유태일 감독은 놀리듯이 말했다.

─네가 가이드 역할을 해야겠군. 모국이니까.

"그래야죠. 안 그래도 쉴 때 관광할 곳 계획하느라 애먹고 있습니다."

풋 웃은 유태일 감독이 사무적인 태도로 돌아와서 물었다.

─일정은 어때? 바로 미국으로 돌아가야 하나?

"아닙니다. 감독님이 보내신 메일 확인했어요."

이도원이 대답했다.

이도원은 일행과 미국으로 돌아가지 않고 한국에 남기로 했다. 유태일 감독의 〈서커스〉 형사 역 오디션 날짜가 1월 10일로 잡혔기 때문이다. 이도원은 이번 오디션에 심사자로 참여하게끔 얘기가 된 상태였다.

안도의 한숨을 쉰 유태일 감독이 말했다.

—바쁜 배우랑 작업하려니 신경 쓸 게 많군. 그럼 그때 자세한 이야기 나누자고.

"알겠습니다."

이도원은 전화를 끊고 눈을 반짝였다. 오랜만에 김진우의 연기를 볼 기회가 온 것이다.

2025년 1월 10일 〈서커스〉 오디션 당일, 국내 최고의 영화 제작사 '시네마천국' 본사.

영화 〈서커스〉는 순 제작비만 300억 원, 이후 투입된 P&A(Print&Advertisement : 마케팅, 배급비용)을 포함하면 400억 원 가량이 투입된 국내 초유의 블록버스터였다. 따라서 영화에 참여하는 모든 사람이 평소보다 큰 부담을 떠안을 수밖에 없었다.

'국내 시장만을 노린 영화가 아니야.'

오디션 룸에 도착했을 때부터 본능적으로 느낀 이도원은 한 가지 생각을 더 떠올렸다.

'중국, 일본에서 큰 인기를 누리고 있는 김진우를 밀어줄 수도 있겠어.'

아니나 다를까 유태일 감독의 표정이 불편했다. 그는 이도원에게 작은 목소리로 언질 했다.

"제작사 측 사람이 들어오면 분명 김진우에게 후한 점수를 배점하라고 주문할 거다. 신경 쓰지 말고 소신껏 해라."

이도원은 고개를 끄덕였다.

이로써 김진우와 정성우의 확률이 반반이 된 셈이었다. 한국 시장을 노린다면 〈악마의 재능〉에서 비슷한 배역을 맡은 적 있는 김진우보다 정성우를 형사 역할에 섭외해야 될 테고, 아시아 전체를 공략하려거든 티켓 파워가 확실한 김진우를 섭외하는 편이 흥행에 유리하게 된 것이다. 하지만 유태일 감독의 생각은 달라지지 않았다.

"전작과 이미지가 겹쳐서 좋을 건 없다. 조연으로라도 김진우가 출연만 하면 충분히 중국, 일본 시장에 티켓 파워를 가질 수 있어. 그다음은 영화의 질로 승부하면 돼. 하지만 제작사 측 사람은 김진우에게 힘을 실을 거다."

유태일 감독은 이도원에게 은근히 정성우를 밀어주는 배점을 권하고 있었다. 이미 〈악마의 재능〉에서 김진우의 연기 기복으로 인해 최고점을 찍지 못했던 유태일 감독으로서는 믿음이 안 갈 수밖에 없었다. 이런 사실을 잘 알고 있는 이도원이지만, 그는 중립을 유지하며 대답했다.

"실력을 보고 결정하시죠."

그 한마디에 스스로 너무 성급했다고 느낀 유태일 감독은 얼굴을 붉히며 머쓱하게 동의했다.

"물론 그래야겠지."

그때 제작사 '시네마천국' 측 간부와 김진우가 친근하게 대화를 나누며 들어섰다. 정성우는 조금 떨어져서 뒤를 졸래졸래 따라온 모습이, 이미 제작사 간부의 의중을 파악할 수 있었다.

'김진우로 낙점했군.'

이도원은 고개를 절레절레 흔들며 점수표에 나타나 있는 오디션 순서를 확인했다. 김진우가 먼저, 정성우는 그 후였다. 그사이 제작사 간부가 곁에 착석했고, 눈인사를 나눈 이도원이 입을 열었다.

"두 분 심사자님께서 동의하시면 바로 시작하도록 하겠습니다."

이도원은 펜을 들어 점수표에 이름을 적고 말했다. 그가 깍지를 끼며 김진우에게 고개를 들었다. 눈이 마주친 김진우가 뜻 모를 미소를 지었다.

그 순간 유태일 감독이 말했다.

"준비됐으면 시작해주세요."

제작사 간부는 묵묵히 김진우를 지켜보았다.

앞으로 나선 김진우가 호흡을 가다듬고 말했다.

"배우 김진우입니다."

이도원이 씨익 웃으며 고개를 끄덕였다. 그는 흥미진진한 눈빛을 하고 있었다. 그동안 얼마나 성장했는지 기대하는 얼굴이었다.

그 표정을 마주한 김진우는 기분이 불쾌했다.

'날 평가한다고 해서 우위에 있는 게 아니란 사실을 똑똑히 느끼게 해주지.'

김진우가 마음을 비우고 껌 하나를 입안에 넣었다. 그는 앞을 빤히 응시하며 입을 열었다.

"그 가면 좀 치워봐, 이수한."

잠시 후 김진우가 입꼬리를 올리며 재차 말했다.

"얼굴 좀 보자. 증거가 없어서 잡아 가지도 못하는데."

단 두 마디를 던졌을 뿐이지만 심사자들은 알 수 있었다. 김진우가 캐릭터의 작은 습관이나 표정 하나까지 만들어 냈다는 것과 그것을 자기 것으로 완전히 체득했다는 것을.

'평생을 범죄현장을 보고, 범죄자를 잡는 일에 미쳐서 살았다. 가정보다도 일적인 완성을 추구한다. 완벽주의자로, 강박증을 가지고 있다.'

'형사' 역할에 대해 작은 습관이나 표정, 눈빛만으로 머릿속에 정형화되었다. 연기를 시작한 지 일 분도 지나지 않아 캐릭터를 명확하게 전달할 수 있다는 건 대단하고 놀라운 연기력이었다.

찰나가 지난 후 김진우가 피식 웃으며 대사를 이었다.

"선천적으로 말을 못했다고? 어려서부터 학대를 받아 반사회적인 성향이 강하고, 이미 여러 번 교도소를 들락거렸더군."

김진우는 비꼬듯이 말을 이었다.

"아마 이번에 들어가면 평생 썩게 될 테니까 그 시절 추억을 되살리고 있으라고. 곧 내가 찾아가지."

과격하지만 절제된 어조로 이어진 김진우의 대사 속에는 막대한 에너지가 응축돼 있었다. 담담하지만 뜨거운 시선 속에 녹아

있는 분위기는 긴장감을 고조시켰다. 관객의 눈길을 빨아들이고
의식을 몰입시켰다.

'정 선배가 제대로 연기를 할 수 있을까?'

이도원은 정성우에게로 시선을 돌렸다.

아니나 다를까 정성우는 절망적인 표정을 짓고 있었다. 실력
차이를 느꼈기 때문이기도 했지만, 심사자들의 반응이 김진우
쪽으로 기울었음을 알았기 때문이다.

'내가 저들의 마음을 돌릴 수 있을까?'

정성우는 자문하며 심사자석을 보았다.

제작사 간부는 흐뭇한 표정으로 고개를 끄덕이고 있었다. 그
는 보나마나 만점을 주었을 테고, 우군이라 믿었던 유태일 감독
조차 고민하는 얼굴로 쉽사리 점수를 쓰지 못하고 있는 상황이
었다.

결국 정성우는 어마어마한 압박감을 느끼며 고개를 떨어뜨렸
다. 도대체 어떤 연기를 펼쳐야만 심사자들의 마음을 돌릴지 감
도 잡을 수 없었다. 순식간에 연기를 할 의욕이 달아나버린 것
이다.

그 표정을 보며 이도원이 고개를 저었다.

'끝났군.'

그는 점수를 쓰며 다시 한 번 확신했다. 10점 만점인 열 개 항
목에 모두 9점 이상을 줄 수밖에 없었다. 김진우는 그만큼 완성
도 높은 연기를 선보인 것이다.

심사자들을 사로잡은 당사자인 김진우는 고개를 살짝 숙이며 입꼬리를 올렸다.

"감사합니다."

그가 들어가자 정성우가 교대로 나왔다. 〈투사〉 촬영 때와 같은 패기만만한 모습은 찾아보기 힘들었다. 군에서 막 제대했기 때문일 수도 있고, 김진우의 연기력이 월등하기 때문일 수도 있고, 이미 승산이 없어 보이는 분위기 때문일 수도 있었다.

'아니면 전부 다일 수도.'

이도원의 생각대로 정성우는 기량을 발휘하지 못했다. 물 흐르듯 자연스러웠던 김진우의 연기와 달리 정성우는 호흡은 뚝뚝 끊기는 연기를 보여줬다. 캐릭터에 전혀 집중하지 못했고 화술과 감정 모두 부담에 눌려서 횡설수설하는 느낌으로 다가왔다.

"그만."

보다 못한 유태일 감독이 끊고 말했다.

"더 안 봐도 될 것 같습니다. 다른 배역의 대사를 메일로 보내둘 테니까, 연습해서 따로 오디션을 보도록 하죠."

그쯤 되자 의기양양한 얼굴로 앉아 있던 제작사 간부가 제안했다.

"어차피 결과는 나온 것 같은데 이 자리에서 발표하시지요, 감독님."

"결과는 따로 통보하겠습니다. 두 분은 나가보세요."

유태일 감독은 제작사 간부의 말을 묵살했다. 따라서 김진우와 정성우는 희비가 엇갈리는 표정을 하고 오디션 룸을 나갔다.

미간을 찌푸린 제작사 간부가 물었다.

"감독님. 너무 독단적으로 행동하시는 것 아닙니까? 전 이번 영화에 수십억을 투자한 회사의 대표로 이 자리에 와 있는 겁니다. 제 의견도 존중해 주시지요."

유태일 감독이 날카로운 눈빛으로 대답했다.

"한 가지만 묻겠습니다. 전 김진우와 정성우에게 똑같이 일주일 전 대본을 배부했습니다. 두 사람이 같은 날 대본을 받은 게 맞습니까?"

의외의 전개였다.

유태일 감독은 이도원도 느끼지 못한 점을 지적한 것이다. 이도원 역시 궁금한 표정이 되자 제작사 간부는 태연하게 고개를 저었다.

"무슨 말씀인지 모르겠습니다."

유태일 감독이 한숨을 내쉬었다.

"김진우가 우리 영화 제작 상황에 대해 어떻게 알고, 제안서를 보내지도 않았는데 먼저 연락이 왔나 싶었습니다. 그때까진 확신이 없었지만 오늘에서야 확실히 알 수 있었죠. 제작사 측에서 레드 엔터에 미리 시나리오와 대본, 캐스팅 명단까지 제공했다는 것을요."

제작사 간부가 안경을 고쳐 쓰며 물었다.

"그래서요? 어쨌거나 두 배우 중 김진우의 역량이 뛰어나다는 사실은 변치 않습니다. 안 그렇습니까?"

유태일 감독은 고개를 끄덕이며 대답했다.

"결과는 바뀌지 않을 겁니다. 하지만 이건 감독과 제작사 간의 신뢰 문제입니다. 제가 쓴 시나리오가 제 동의도 없이 유출된 거니까요. '좋은 게 좋은 거다' 식으로 일을 진행할 생각은 추호도 없습니다. 이 부분은 추후 책임을 묻도록 하죠. 제 의사를 관련 부서에도 전해주십시오."

그는 망설임 없이 자리에서 일어났다.

이도원은 순간 헛웃음이 나올 뻔했다.

'역시… 보통이 아니야.'

대부분의 감독들은 물주 역할을 한 제작사의 눈치를 보게 마련인데, 유태일 감독은 그런 태도를 일절 보이지 않았다. 그건 자신의 작품과 연출력에 대한 자신감이 있기 때문에 가능한 일이었다. 이래저래 감탄한 이도원은 제작사 간부에게 목례를 한 뒤 유태일 감독을 따라나섰다.

복도로 나오자 유태일 감독이 숨겼던 분노를 터뜨렸다. 그는 얼굴을 붉히며 떨리는 목소리로 말했다.

"외압이 개입되면 작품 전체가 망가질 수 있다. 그런데 레드 엔터는 제작사를 통해 간접적인 외압을 행세하고 있어. 김진우가 레드 엔터의 공격수인데, 난 김진우를 뺄 수가 없다."

"레드 엔터 쪽에서 김진우를 이용해 외압을 줄 수 있다는 뜻입니까?"

이도원이 미간을 찌푸리자 유태일 감독이 대답했다.

"주연 급 배우를 투입시켜서 분량을 포함한 전반적인 내용까지 개입한다. 유명 배우가 제작사와 기획사를 믿고 촬영 도중 삐딱선을 타면 감독으로서도 어쩔 도리가 없게 되는 거지. 이대로 촬영이 시작되면 김진우는 현장에서 큰 소리를 낼 거다."

그럼에도 김진우를 안고 가야 하는 건 오디션을 당당히 통과한 배우이자 제작사가 밀고 있는 배우기 때문이었다. 여러 이해관계가 복잡하게 얽힌 영화 제작 배경을 머릿속에 그린 이도원이 입을 열었다.

"감독님은 신경 쓰지 마시고, 작품에 집중해 주십시오. 제가 김진우나 레드 엔터 측에서 엇박자를 내지 못하도록 막겠습니다."

유태일 감독이 의심스러운 표정을 지었다.

"네가 어떻게?"

이도원은 어깨를 으쓱였다.

"어차피 한 번은 부딪혀야 할 관계였습니다. 뭐니 뭐니 해도 싸움은 선빵이고… 아무튼, 제게 생각이 있습니다."

"다른 사람이 그런 소리를 했다면 허황된 자신감이라고 생각했을 거야. 하지만 네가 헛소리를 할 성격도 아니고, 무슨 생각이지?"

유태일 감독의 질문에 이도원이 검지를 입술에 붙이며 어딘가로 전화를 걸었다.

"잠시만 기다려 주십시오."

그때 수화기 뒤편에서 익숙한 목소리가 들려왔다.

—도원 씨! 왜 이제야 연락을 주시는 겁니까? 이제 단독 인터뷰 기사, 내보내도 됩니까?

김홍수 기자였다.

큰 흥행에는 성공하지 못했지만, 개봉 후 손익분기점을 거뜬히 넘겼기 때문에 높은 점수를 줄 만했다. 이미 많은 매체들이 사실 보도를 하고 있었지만, 할리우드 진출의 정확한 내막이나 인터뷰를 따지 못해서 이도원 꽁무니만 뒤쫓고 있는 상황이었다. 그런 점을 고려했을 때 특종을 손에 들고 있는 김홍수로서는 애가 탈법도 했다.

이도원은 씩 웃으며 대답했다.

"이제 내보내셔도 됩니다. 단, 〈서커스〉와 엮어주세요. 초호화 캐스팅이 될 수 있었던 캐스팅 비화를 제공하겠습니다."

지금껏 캐스팅 비화는 촬영장 뒷얘기만큼이나 재미있는 화제로 주목받아왔다.

특히 〈서커스〉가 국내에서 폭발적인 인기를 누렸던 이도원과 김진우의 한국 영화계 복귀 작품이자, 백 엔터테인먼트 배우들이 총출동하는 영화라는 점에서 충분히 주목받을 만했다. 더불어 한국영화 역사상 가장 많은 투자를 받은 영화라는 점을 감안하면 모든 사람이 한 번쯤은 봄직한 영화가 되는 것이다. 그런 영화의 캐스팅 비화는 확실히 좋은 기삿감이었다.

─좀 빠르긴 하지만 소스를 제공해 주시면 저야 좋지요!

"잊을 만하면 한 번씩 최대한의 관심을 몰아주셔야 합니다. 촬영 동안 외부에서 압력을 행사하지 못할 정도로요."

안 그래도 '시네마24'는 영화에 특화된 언론사였다. 그중에도 김홍수는 연예부 수석기자였으니 구구절절 내막을 듣지 않아도 눈칫밥으로 상황을 알아먹을 재량이 되는 사람이었다. 순식간에 말뜻을 이해한 그에게서 대답이 돌아왔다.

─알겠습니다. 아시다시피, 그러려면 화제가 될 법한 소스를 계속 주셔야 합니다.

이도원은 눈앞에 유태일 감독을 응시한 채 대답했다.

"물론입니다."

그가 전화를 끊자 유태일 감독이 물었다.

"사람들의 관심을 이용해 외압을 견제하겠다. 이게 네 생각이냐?"

"그 정도로는 부족합니다."

이도원이 말을 이었다.

"레드 엔터와 김진우의 유대관계를 무너트릴 겁니다."

담담하게 읊조린 이도원은 오디션이 있기 일주일 전을 회상했다.

일주일 전.

아직 이른 아침, 이도원에게 한 통의 전화가 걸려왔다. 수화기 너머의 남자가 물었다.

―이도원 씨 맞으신가요?

"그런데, 누구시죠?"

이도원은 이마에 흥건한 땀을 닦으며 갖가지 채소가 뒤섞이고 있는 믹서를 껐다. 시끄러운 믹서 소리가 사라지자 남자의 목소리가 더 정확히 들려왔다.

―전 김봉민 의원님의 비서실장인 남대경이라고 합니다. 의원님께서 도원 씨를 한 번 뵙고자 하셔서 이렇게 전화를 드렸습니다.

'김봉민 의원?'

이도원은 고개를 갸웃했다. 그는 국회의원과 친분이 없었다.

"무슨 일로 저를 뵙고자 하시는지……."

―그건 만나보시면 알 겁니다.

상대는 목적을 완벽히 감추었다. 궁금해서라도 보게끔 만들기 위해서였다. 역시나 호기심이 동한 이도원은 잠시 고민하다가 물었다.

"혹시 이쪽으로 와주실 수 있습니까?"

상대가 국회의원이라고 해서 오라는 대로 냉큼 가줄 생각은 없었다. 정치권과 연예계 모두 대중에게 노출되는 바닥이기 때문에 더욱 조심스러웠다. 다행히 상대는 이런 부분을 충분히 이해하고 대답했다.

─알겠습니다. 그럼 오늘 오후 한 시, 백 엔터테인먼트 사무실에서 뵙고 자세한 말씀을 드리죠. 괜찮으십니까?

"예."

─그렇게 전달하겠습니다. 그럼 편안한 밤 되십시오.

남자는 이도원이 전화를 끊을 때까지 기다렸다.

한편 통화를 종료한 이도원은 이상백에게 전화를 했다.

─도원이냐?

"예. 대표님."

대답한 이도원이 방금 전 일에 대해 물었다.

이상백은 깜짝 놀라며 진지한 목소리로 되물었다.

─그래서 오늘 한 시에 김봉민 의원을 만나기로 했다고?

"예. 근데 왜 저를 찾는 건지 모르겠습니다."

─유명한 연예인을 통해 정치적 인지도를 높이려는 속셈이 아닐까 싶다. 정치인을 지지하는 것으로 시작해서 본인도 직접 정치 참여를 하는 경우가 종종 있으니까.

"저는 응할 생각이 없는데, 곤란한 제안을 받을 수도 있겠군요."

─크게 부담은 갖지 말거라. 대인관계를 넓혀서 나쁠 건 없으니까.

"알겠습니다."

전화를 끊은 이도원은 외출 준비를 마친 후 자가용을 타고 백 엔터테인먼트 사무실로 갔다. 임직원들의 인사를 받으며 대표실로 들어간 그는 비서에게 김봉민 의원과의 오후 한 시 약속을 알리고, 매니지먼트 사업부 부장과 앞으로 스케줄에 대한 논의하기로 했다.

젊고 톡톡 튀는 느낌의 보라색 정장을 빼입은 사십 대 중년인, 매니지먼트 사업부 부장이 들어와 보고했다.

"이번 영화 〈서커스〉는 백 엔터테인먼트 배우들이 대거 투입됩니다. 때문에 배우들 간 스케줄 조율이 수월하다는 장점이 있습니다. 차지은 씨는 여주인공 역할이니만큼 전속모델을 제외한 광고들은 이번 달 내로 정리할 계획입니다."

그는 차지은이 현재 계약되어 있는 광고 관련 서류를 건네주었다. 이어서 같은 식구인 박아현, 오준식, 심재빈의 서류들도 함께 넘기며 설명했다.

"서류에도 나와 있지만 〈시네마 천국〉 제작사 측에서 배우들의 개런티를 상한가로 제시해주었습니다. 대신, 대표님의 개런티를 하향해달라는 요청을 했고요."

이도원의 개런티는 나머지 배우들의 몸값을 모두 총합한 수준이었다. 따라서 다른 배우들에게 최고 수준의 몸값을 지불하더라도, 이도원의 몸값을 낮추는 쪽이 이득인 것이다. 그런 상황을 파악하고 곰곰이 생각하던 이도원이 흔쾌히 고개를 끄덕였다.

"그들이 원하는 대로 해주십시오. 어차피 〈서커스〉는 유태일 감독님의 시나리오를 받는 조건으로 개런티와 관계없이 참여하겠다고 약속했던 작품입니다."

"유 감독님께서 그 사실을 제작사에 알리지 않으셨나 보군요. 대표님이 최대한 합당한 개런티를 받을 수 있도록 말입니다."

그 말에 이도원은 피식 웃었다.

"워낙 센스가 있는 분이니까요."

그는 손목시계를 보더니 서류를 챙겨 일어났다.

"한 시에 만나기로 약속된 손님이 있어서 여기까지 하겠습니다. 나머지는 서류를 검토해서 결재하도록 하죠."

"알겠습니다, 대표님. 그리고… 돌아오신 걸 진심으로 환영합니다."

이도원은 고개를 끄덕이며 씨익 미소 지었다.

곧 매니지먼트 사업부 부장이 나갔고, 이도원이 서류를 검토했다. 그리고 이십 분 후, 12시 50분경 인터폰이 켜졌다.

─대표님, 김봉민 의원님께서 도착하셨습니다.

기계적인 비서의 목소리를 들은 이도원이 대답했다.

"알겠습니다. 간단하게 다과 준비해 주세요."

이윽고 김봉민 의원과 아침에 전화통화를 했던 비서실장 남대경이 함께 들어섰다. 이도원이 자리를 권하자 소파에 앉은 김봉민 의원이 악수를 청했다.

"영화나 TV에서 보던 분을 이렇게 직접 뵈니까 기분이 묘하군요. 영화나 드라마는 항상 잘 보고 있습니다. 정말 쉼 없이 일하시는 것 같더군요. 승승장구하여 넓은 세계로 나아가시는 모습도 그렇고, 젊은이들의 길잡이가 되어줄 표상과도 같은 분이라고 생각하고 있습니다."

이도원이 손을 맞잡으며 빙그레 웃었다.

"과찬이십니다."

짧게 대답한 이도원은 부언하지 않았다. 그는 이런 칭찬을 들었을 때 경계부터 하는 습관이 있었다. 이도원의 담담한 모습을 관찰하던 김봉민 의원이 눈을 반짝였다.

'대한민국 국회의원이 어깨를 두드려주는데 조금도 흔들림이 없군.'

피식 웃은 김봉민 의원이 입을 열었다.

"뭐, 좋습니다. 단도직입적으로 말해 오늘 내가 이렇게 찾아온 이유는 바로 김진우 때문입니다."

"김진우요?"

이도원은 되물으며 저편에 있던 기억을 떠올렸다. 그는 전날 차광열 회장의 장례식장에서 이로빈과 차기열, 김봉민 의원이 나누던 대화를 엿들은 적이 있었다.

'김진우의 아버지였어.'

이도원의 표정을 빤히 응시하던 김봉민 의원이 운을 뗐다.

"내가 생각하는 것보다 많은 걸 알고 있는 눈치로군요. 이야기가 빠르겠어요. 난 〈서커스〉란 영화에서 김진우가 빠지길 원합니다. 김진우 덕에 돈을 벌고 있는 레드 엔터테인먼트와 긴밀한 관계인 제작사는 말을 안 듣고… 유태일 감독에게 말을 해봤지만 꽉 막혀 있더군요. 그래서 그 일을 해낼 수 있는 다른 사람, 도원 씨를 찾아온 겁니다."

이도원은 이번 영화의 확실한 주역이었다. 즉 권한을 행세하려 마음만 먹으면 김진우를 제외할 수 있었다.

김봉민 의원은 이미 이 점을 알고 찾아온 것이다. 그는 덧붙여 말했다.

"그렇잖아도 유 감독과 친분이 있으니 어려운 부탁은 아닐 겁니다. 이번에 도와준다면 나는 도원 씨가 하는 일을 물심양면으로 돕겠습니다. 그렇잖아도 할리우드 진출같이 우리나라를 세계에 알리는 훌륭한 업적에 관심을 갖고 지켜보고 있던 참이었어요."

이도원은 때마침 비서가 내온 다과를 빤히 응사하며 대답했다.

"죄송하지만 이번 부탁은 사양하겠습니다. 유 감독님이 뜻하지 않는 일을 제가 할 수는 없으니까요."

김봉민 의원은 찻잔을 들어 허브 향을 음미하며 말했다.

"음, 이유를 모르겠군요. 이건 뒷돈이 오가는 비리도 아닐뿐더러 인간관계일 뿐입니다. 한 번의 판단으로 천군만마를 얻을 수도 있는데 왜 거절하는 겁니까? 안 그래도 레드 엔터와 사이가 나쁜 판국에 나와 관계를 맺는다면 든든한 보험이 될 겁니다. 더구나 경쟁자인 김진우가 빠지면 도원 씨로서도 더 주목받을 수 있는 호재 아닙니까?"

김봉민 의원의 말은 요목조목 틀린 구석이 없었다. 그가 이도원의 상황을 정확히 파악하고 움직였다는 뜻이었다. 하지만 이도원은 의외로 단호하게 거절했다.

"이래저래 저에 대해 조사를 많이 하셨군요. 이유를 말씀드리면… 저는 유 감독님과 신뢰를 저버릴 수 없고, 김진우 씨의 가정사에 개입하고 싶은 생각이 없기 때문입니다. 또한 같은 업계의 동료로서 김진우 씨는 연기력이 출중한 배우고, 좋은 경쟁자입니다."

그 말에 김봉민 의원이 눈을 감고 한숨을 쉬더니 입을 열었다.

"더는 부탁을 할 수 없겠군요. 그럼 이렇게 이야기하지요. 이도원 씨가 거절하면 난 이 길로 레드 엔터로 가서 문을 두드릴 생각입니다. 해서, 수단과 방법을 가리지 않고 김진우를 이번 영화에서 뺄 겁니다. 그럼 결과는 같아지지요. 그리고 다음으로, 이도원 씨의 활동을 막을 겁니다."

"협박이군요."

그 말에 김봉민 의원이 고개를 저었다.

"받아들이기 나름일 겁니다."

이도원은 피식 웃었다. 영화 촬영이 시작도 되기도 전에 벌써부터 외압이 들어오고 있는 상황이 우스운 것이다. 수백억이 투자된 영화이기 때문에 더 많은 이해관계가 얽혀 있었다.

'웃어?'

그 모습을 보며 생각한 김봉민 의원이 불쾌한 표정을 지었다. 그리고 마침내 이도원의 입이 열렸다.

"죄송하지만 거절하겠습니다. 이만 돌아가 주십시오."

완강한 거절을 당한 김봉민 의원은 기가 막힌 듯 웃었다.

"너무 대쪽 같으면 부러지게 마련이라고 했습니다. 이만하면 거절할 수 없이 좋은 제안 같았는데, 도무지 이해할 수 없군요."

그렇게 말한 김봉민 의원이 자리에서 일어나 비서실장 남대경과 사무실을 나갔다.

이도원은 한숨을 터뜨리며 고개를 저었다.

'아무래도… 감당하기에 큰 적을 만든 것 같네.'

그렇다고 유태일 감독의 의견에 반하는 짓을 저지를 수는 없었다. 이도원은 입가를 훔치며 이미 일어난 일에 대한 대비책을 생각하기 시작했다.

*   *   *

"레드 엔터와 김진우의 관계를 무너뜨리겠다고?"

유태일 감독의 질문에 잠시 지난 일을 회상하던 이도원은 고개를 끄덕였다.

"예. 감독님께도 김봉민 의원이 찾아간 걸로 알고 있습니다."

"그래서?"

"김봉민 의원은 레드 엔터에도 찾아갔을 겁니다. 같은 요구를 했겠지만 레드 엔터 쪽에선 들어줄 수 없었겠죠. 그래서 새로운 제안을 했을 겁니다. 이번 영화를 통해 인지도를 올린 후 김진우에게 최대한 뽑아먹고 처리하겠다고 말입니다. 만약 이런 사실을 김진우가 알게 된다면 어떻게 될까요?"

곰곰이 생각하던 유태일 감독이 중얼거렸다.

"단단히 뿔이 나겠지. 레드 엔터의 의도대로 움직이지 않을 테고."

"맞습니다. 김진우는 아직 팽 당할 거라는 사실을 모르고 있어요. 알려줘야 합니다."

유태일 감독은 선뜻 수긍하지 못하고 대답했다.

"그 부분은 조금 더 생각해 보자. 김진우가 사실을 알게 되면 마음이 콩밭으로 갈 텐데… 촬영에 집중할 수 있겠어?"

복잡한 문제였다.

이도원은 고개를 끄덕이며 말했다.

"알겠습니다. 근데 감독님은 김 의원한테 협박 안 받으셨어요?"

유태일 감독이 고개를 저었다.

"무슨 협박?"

금시초문이라는 반응에 이도원이 한숨을 내쉬었다.

"저한테 협박을 했거든요. 자기 말 안 들으면 앞으로 활동 못 하게 될 줄 알라고."

그 말을 들은 유태일 감독은 얼굴을 붉혔다.

"이것들이… 작작 좀 해야지, 남의 영화에 감 놔라 배 놔라……."

중얼거리던 그가 말을 이었다.

"조금 기다려 봐라. 아마 나한테 협박을 하지 못한 건 아버지 때문일 거야. 내 입으로 말하긴 뭐하지만 대학병원 병원장은 대한의사협회나 학회에서도 영향력이 크거든. 아무래도 동문 중 정치하는 사람들도 다수다 보니 정치권까지도 선이 닿아 있고. 그러니 네 문제는 내가 말을 해보마."

유태일 감독은 줄도, 백도 없는 이도원과는 달리 믿는 구석이 있었다.

이도원은 고마운 한편 어딘가 속이 쓰렸다.

'서러워서 원.'

이도원을 만난 날, 이상백이 물었다.

"왜 김봉민 의원의 제안을 거절한 게냐?"

이도원은 대답하는 대신 주위를 둘러보았다. 소파 아래 깔린 클래식한 카펫, 모던한 벽걸이 선반과 조각품 등 사무실을 꾸미고 있는 고급스러운 인테리어 하나하나가 눈에 들어왔다.

"그러고 보면 회사 규모도 많이 커졌군요."

툭 뱉은 이도원이 말을 이었다.

"유태일 감독님이 거절한 부탁을 제가 들어줄 수는 없습니다.

김봉민 의원을 언제 봤다고, 그가 내미는 손을 덥석 잡을 수도 없었고요. 자신의 말이 통하지 않자 바로 협박을 해오더군요. 그런 사람과 한 배를 타면 당장은 풍파를 피해갈 수 있을지 몰라도, 반드시 침몰하고 말겁니다."

이상백은 못내 걱정스러운 얼굴이었다.

"네가 잘나니 주변에서 자꾸만 위험한 접촉을 해오는구나. 흔들림 없이 꿋꿋이 파도를 헤쳐 나가는 모습이 내게는 너무나 위태로워 보인다."

그 말에 이도원이 슬그머니 미소를 띠었다.

"다 잃어봐야 처음으로 돌아가는 것뿐이지 않습니까? 미국에서 유랑극단을 만들고 순회공연을 할 당시 그런 느낌을 받았습니다. 그리고 그때의 도전이, 제게 연기를 할 의지만 있다면 언제든 재기할 수 있다는 자신감을 줬습니다. 저는 도리를 지키며 연기를 할 뿐입니다. 후폭풍은 조금도 두렵지 않습니다."

이상백이 고개를 저으며 말했다.

"아주 용감하고 단단해졌구나. 더는 걱정하지 않아도 되겠어. 김봉민 의원이나 레드 엔터테인먼트 쪽은 우선 두고 보자. 전에 말했다시피 자력으로 해결하기 힘든 일이 생기면 회사가 나서서 해결할 게다. 그러니 넌 영화 촬영에만 집중하도록 해라."

이도원은 고개를 끄덕였다. 배우가 할 수 있는 최선은 연기를 하는 것뿐이었다.

                    *   *   *

　영화 〈서커스〉는 불안정한 구도를 띤 채 준비에 착수했다. 그리고 마침내 2025년 1월 23일, '시네마천국' 본사로 배우들이 속속들이 들어서고 있었다.

　이도원 역시 매니저 이진빈과 동행하여 충무로에 소재한 '시네마천국'에 도착했다.

　도착 시간이 겹쳐 엘리베이터를 함께 탄 여배우가 반갑게 인사했다.

　"오랜만이네요, 대표님."

　그녀의 선글라스가 콧등 아래로 미끄러졌다. 그 여배우는 다름 아닌 박아현이었다.

　이도원이 눈을 맞추며 대답했다.

　"그러게. 준식이랑 부부 역할이던데?"

　"맞아. 그동안 드라마에서 한 번 진하게 호흡을 맞춰봐서 거뜬하지."

　박아현이 들뜬 목소리로 말했다. 그녀는 모처럼 비중 있는 조연을 맡게 돼서 마음껏 연기를 펼칠 생각에 기분이 붕 떠있었다. 표정으로 그런 심리를 읽은 이도원은 흥을 깨지 않고 맞장구를 쳤다.

　"기대하고 있어. 얼마나 늘었을지."

그때 띵 소리와 함께 엘리베이터가 3층에 도착했다. 이도원과 박아현이 내려 복도 끝 리딩 룸을 보았다.

박아현이 먼저 샐쭉하게 웃으며 말했다.

"전 화장실 들렀다 갈게요."

"그래."

대답한 이도원은 먼저 리딩 룸 안으로 들어갔다. 이미 차지은과 오준식, 심재빈이 모두 도착해 있었다.

"대표님!"

심재빈이 화들짝 놀라 외쳤다. 그는 이도원을 알기를 하늘 같이 여기는 후배였다. 아니나 다를까 반짝이는 눈빛에서부터 존경심이 묻어났다.

오준식 역시 입을 벙긋거리며 다가와서 포옹으로 환영사를 대신했다. 그는 이도원을 대표라고 부르는 것이 영 어색한지 최대한 호칭을 아끼며 말했다.

"정말 보고 싶었다고요."

한편 차지은은 자리에 그대로 앉아 웃으며 고개만 살짝 숙였다.

배우들의 인사를 받은 이도원이 자리에 앉으며 입을 열었다.

"우리 회사 식구들이 한자리에 모이니까 감회가 새롭다."

그 말에 다들 동감하는 눈치였다.

박아현 역시 리딩 룸 안으로 들어오더니 눈을 반짝이며 실내 풍경을 바라봤다.

"정말 흔치 않은 캐스팅이네."

백 엔터테인먼트 소속 배우들이 한 작품에서 뛴다는 건 생각만 해도 설레고 신기한 일이었다. 그들이 반갑게 두런두런 이야기를 나누는 사이, 이내 정성우와 김진우가 도착했다. 두 사람은 외부 배우였지만 익숙하게 자리에 가서 앉았다.

"대부분 아는 얼굴이군."

나직이 중얼거린 김진우가 한 사람씩 훑으며 불편한 질문을 던졌다.

"잘 부탁합니다. 그나저나 신기하게도 모두 백 엔터 소속 배우들이군요. 이렇게 귀한 분들께서 한자리에 모인 데는 제가 모르는 모종의 이유라도 있는 건가요?"

그 순간 문이 열리며 대답이 들려왔다.

"모종의 이유는 없습니다. 김진우 씨."

유태일 감독이었다. 그를 발견한 배우들이 분연히 인사했다. 손을 들어 답례한 유태일 감독이 가운데 앉으며 좌중을 훑었다.

"이렇게 뵙게 돼서 반갑습니다. 또한 천군만마 같은 배우 분들과 함께 작업하게 되어 영광입니다."

곳곳에서 웃음이 터져 나왔다.

유태일 감독이 이어 말했다.

"저에 대해서는 다들 잘 아시리라 믿고 간단하게 소개하겠습니다. 〈우리의 심장〉, 〈악마의 재능〉, 〈바람〉을 연출했습니다.

그중 바람은 한국영화 역사상 최고의 흥행 성적을 내기도 했죠. 그리고 이번 영화 〈서커스〉로 그 기록을 갈아치울 생각입니다."

이번에는 환호가 터졌다.

다음으로, 미소 띤 유태일 감독이 이도원에게 시선을 돌렸다.

"소개하지."

이도원은 고개를 살짝 숙여 보이고 입을 열었다.

"배우 이도원입니다. 감독님이 나열하신 네 작품에 모두 함께 참여했습니다."

사실 정성우나 김진우를 제외하면 모두 백 엔터테인먼트 사람이었기에 그들 간에는 특별한 소개가 필요치 않았다. 따라서 배우들은 간략하게 이름과 작품 정도만 열거했다.

이내 정성우까지 소개를 마치고, 마지막 김진우의 차례가 되었다. 그는 조금 느릿한 말투로 입을 열었다.

"이번에 형사 '강철' 역할을 맡은 김진웁니다. 다른 집 사람이라도 잘 대해주십시오. 그리고 비록 제가 배역을 따냈지만… 많은 지도편달 부탁드립니다. 정성우 선배님."

그 말을 들은 정성우의 눈가가 파르르 떨렸다.

김진우의 언사는 굉장히 무례했으며 시종일관 고자세를 유지하고 있었다. 그런 태도에 배우들 모두가 불편한 느낌을 받았고, 유태일 감독도 크게 다르지 않았다.

"진우 씨는 자중해 주세요."

주의를 받은 김진우는 고개를 슬쩍 숙이며 미꾸라지처럼 물러났다.

그 모습에 이도원은 묘한 위화감을 느꼈다.

'다른 배우들과 융화되려 하지 않는다. 시작 전부터 기 싸움을 하려 드는군.'

촬영 전 배우들 간의 기 싸움은 때로는 암묵적으로, 때로는 노골적으로 벌어지지만 항상 존재했다.

이도원은 김진우의 눈빛에서 목적을 읽을 수 있었다.

'이빨을 보여서 자신감을 드러내는 거다.'

김진우는 연기로서 모두를 압도할 수 있다는 자신감을 뿜고 있었다. 그는 스스로 최고의 실력자임을 자부하고 있는 것이다.

그때 이도원을 빤히 마주보던 김진우가 입을 열었다.

"저번에는 미처 말하지 못했는데 할리우드 진출 축하한다. 이번에 미국에서 갈고 닦은 실력 좀 보여 달라고. 〈아스라이(Dimly)〉에선 영어 연기를 해서 그런지, 감이 잘 안 잡혀서 말이야."

말투에 도발하려는 의도가 물씬 묻어났다.

이도원은 피식 웃으며 대답했다.

"그것 참, 부담되는군. 실망시키면 안 될 텐데."

유태일 감독이 고개를 숙인 채 미묘한 표정을 지었다. 그는 이 자리에서 유일하게 두 배우의 연기를 모두 본 적 있는 사람이었다.

'서로 어떤 자극이 될지.'

이도원과 김진우 모두 개성이 뚜렷한 배우였다. 더구나 김진우에게 이도원은 천적과도 같은 존재였다. 정작 이도원은 별로 신경을 쓰지 않고 있지만. 잠시 관계를 분석하던 유태일 감독이 슬그머니 입을 열었다.

"그럼 시작하지."

유태일 감독의 지시가 떨어지자 리딩이 시작됐다.

다른 배우들과 달리 이도원은 언어장애가 있는 캐릭터였기 때문에 딱히 할 게 없었다.

'많이들 늘었어.'

이도원은 배우들이 대사를 치는 모습을 보며 이전과 확실히 달라졌음을 느낄 수 있었다. 예전에는 다소 미숙하고 톡톡 튀는 재능이 보였다면, 이제는 완숙하고 정제된 연기력을 보여주고 있는 것이다.

그중에도 김진우의 연기력이 압권이었다.

'자신이 있을 만하군.'

이도원이 가만히 있자, 유태일 감독이 손을 들어 진행을 중지시키며 말했다.

"도원이도 준비해 온 걸 꺼내봐."

움직임이라도 보이라는 의미였다.

고개를 끄덕인 이도원이 대답했다.

"수화를 하죠."

다들 놀란 표정을 지었다. 아예 다른 방식의 언어인 수화를 준비하기에는 지나치게 짧은 시간이었기 때문이다. 유태일 감독 역시 의외라는 듯 물었다.

"대사가 많은데 수화로 할 수 있겠나?"

이도원이 고개를 끄덕였다. 그는 망설이지 않고 수화를 시작했다. 입술을 달싹거리면서 손을 놀렸는데, 대사에 따라 얼굴 표정도 변화했다. 손가락 끝까지 세심한 표현을 하는 모습이 조금도 어색해 보이지 않았다.

그를 보며 가장 놀란 사람은 김진우였다.

'그새 어떻게?'

눈가가 꿈틀거렸다. 이도원은 항상 김진우의 예상을 뛰어넘었다. 그리고 그런 점이 늘 기분을 망쳤다.

유태일 감독이 고개를 내젓고는 미소 지으며 물었다.

"수화는 맞는 거냐?"

이도원이 고개를 끄덕이며 답했다.

"정확합니다."

이번 영화를 위해 이도원은 수화 책을 다시 보았다. 옛 기억이 새록새록 떠오르며 머릿속으로 들어왔다. 그리고 간단한 연습만으로도 소리를 잃었던 과거의 감각을 되찾을 수 있었다.

이도원을 한차례 쓸어본 유태일 감독이 대본을 넘기며 말했다.

"그럼 다시 시작하겠습니다."

이도원은 '수화'라는 카드를 한 장 꺼냈다. 하지만 이건 시작에 불과했다. 현장에 가면 보여줄 게 훨씬 많았다.

'그 시절의 경험들이 이런 식으로 도움이 되다니.'

이도원은 온몸으로 땀 흘리며 연기하던 때를 떠올렸다. 몇 안 되는 관객만을 앞에 두고 허름한 무대에서 공연을 올렸지만 결코 외롭거나 힘들지 않았다. 연기를 하고 있다는 사실만으로도 즐거웠다. 그때의 희열을 기억하려 애쓰며 현재에 집중했다. 그는 대본 속에 깃든 분위기와 치열한 감정들을 가슴속에 받아들이며 다른 배우들의 연기를 눈으로 각인했다.

*　　　　*　　　　*

영화 〈서커스〉는 2월 1일 크랭크인에 돌입했다.

크랭크인 당일, 이도원은 밴을 타고 강변북로를 건너며 이어폰으로 휴대폰 녹음파일을 듣고 있었다. 바로 대본 리딩 날 리딩룸 안에서 녹음해 둔 파일이었다.

상대역의 대사를 들으며 하는 이미지 트레이닝은 아무래도 정확도가 높았다. 함께 연기하게 될 상대 배우의 호흡에 적응하는 효과까지 불러오는 것이다.

그때, 운전을 하던 이진빈이 백미러로 이도원을 보며 물었다.

"그나저나 형님, 소식 들으셨어요?"

이도원이 오른쪽 이어폰을 빼며 되물었다.

"무슨 소식?"

"⟨아스라이(Dimly)⟩요. 상영기간 막바지인데, 개봉을 거절했던 상영관들 쪽에서 요청이 들어왔다고 합니다."

이도원으로서는 금시초문이었다. 아무래도 ⟨서커스⟩에 집중하다 보니 그쪽은 신경 쓰지 못한 탓이었다.

"그래?"

"네. 더 기쁜 소식은 형님의 인지도가 꽤 올라갔단 거죠. ⟨아스라이(Dimly)⟩ 자체가 주인공 '존 리'에 포커스가 맞춰진 정극이었잖아요? 형 연기를 본 관객들이 박수를 아끼지 않았다고 합니다."

이진빈의 너스레에 이도원은 기쁨을 숨기지 않았다.

"과장된 표현이겠지만… 기분은 좋다."

고개를 끄덕인 이진빈이 권했다.

"인터넷 한번 보세요. 미국 반응을 살피던 언론사마다 기사 냈더라고요."

이도원은 그 말에 순순히 따랐다. 휴대폰으로 인터넷 포털사이트에 접속해 검색어로 이름을 입력했다.

막 '검색'을 누르려는데 검색어 순위에 이름이 보였다.

'이도원'과 '아스라이'가 함께 올라와 있었다.

그중 '아스라이'를 선택하자 영화평점과 리뷰, 관련기사들이 쏟아져 나왔다.

─할리우드 배우 이도원… 이 정도면 '성공적'

—이도원 주연의 할리우드 영화 아스라이 '200만 돌파' 목전

—'아스라이' 국내시장에서 성공할 수 있었던 비결은?

이도원은 개중에 자신과 가장 밀접한 제목의 기사를 하나 골라 읽었다.

[이도원의 연기가 돋보였던 정극 '아스라이']

지난 2022년, 한국에서 최고의 주가를 올리던 한 배우가 홀로 할리우드로 갔다. 드라마틱한 도전으로 인해 화제가 되었던 것도 잠깐, 팬들 사이에선 우려의 목소리가 높았다. 관계자들 사이에서도 '불가능한 도전'을 한다는 평가가 지배적이었다. 하지만 그의 과감한 도전덕분에 우리는 2025년, <아스라이>를 극장에서 만날 수 있었다.

할리우드에서도 통하는 '배우 이도원'

<아스라이>가 미국에서 처음 개봉했을 때, 관계자들은 호기심으로 티켓을 끊고 극장 안에 들어섰다. 그러나 나올 땐 이도원이란 배우를 발견하고 찬사를 내뱉기 바빴다. 어딘가로 바삐 전화를 걸고 수첩에 메모를 하는 관계자들도 적지 않았다. 바로 이도원이란 배우가 할리우드에서 장래성을 발휘하고 있다는 신호다. 할리우드를 한류로 물들일 수 있을지, 이도원의 행보가 주목된다. 이외에도 이도원은 현재 유태일 감독 연출의 <서커스>의 주연으로 제작에 참여하고 있다.

잠시 후 액정을 치운 이도원은 대본으로 시선을 되돌렸다. 그가 연기할 캐릭터는 대사가 없었다. 일견 대사를 외우거나 신경 써야 하는 부분이 줄었다고 생각할 수도 있었다. 하지만 반대로 말하면 생각이나 감정을 전달하는 가장 편리한 방법 하나가 사라진 셈이었다. 따라서 이도원이 생각하기에, 어려웠다.

운전대를 잡은 매니저 이진빈은 대본을 뒤적거리는 이도원에 게서 시선을 떼지 못했다.

'하루도 연습을 거르지 않을 때부터 느꼈지만… 어떻게 저토록 몰입할 수 있지?'

연기에 미친 배우를 발견한다면 그게 바로 이도원의 모습이었다. 대본을 바라보는 눈빛은 그야말로 이글이글 타올랐고, 표정은 진지함을 넘어 다른 세상에 가 있는 듯했다.

오준식의 매니저를 할 땐 한 번도 본 적이 없는 모습이었다. 이제 갓 유능한 배우로 인정받고 있는 오준식마저도 일정이 밀리면 간간이 휴식을 취하거나 연습을 쉬는 날이 발생하는데, 훨씬 바쁜 이도원은 얄짤 없었다.

'준식이 형이 왜 그랬는지 알겠어.'

오준식은 항상 이도원이란 이름을 입에 달고 살았다. 은인이고 롤모델이라는 말 외에도, 나태해질 때마다 괜스레 이야기를 꺼내며 자신을 다잡았다.

잠시 오준식을 추억하던 이진빈이 운전에 집중했다. 불빛 한

점 없는 비좁은 산길을 헤드라이트에 의존해 올라야 하는 상황에 놓였기 때문이다.

"주소를 받았을 때 예상은 했지만… 이건 깡촌도 너무 깡촌인데요? 제대로 온 것 맞겠죠?"

이도원이 대본을 내리며 차 시트의 버튼을 눌렀다. 그러자 창문을 물들였던 먹색 차단막이 뒤바뀌며 바깥의 전경이 드러났다. 물론 그럼에도 밤하늘의 무수한 별 말고는 딱히 보이는 것이 없었지만, 이도원은 확신했다.

"이곳 맞다. 오랜만에 별을 보니까……."

이도원은 더 이상 말을 잇지 않았다. 아련한 추억들이 생각난 것이다. 군 시절 무수한 별을 올려다보며 제대를 꿈꾸던 날들, 수많은 현장을 전전하며 오준식과 함께했던 시간들이 나란히 떠올랐다. 기억은 미국의 하늘을 지나 다시 현재로 돌아왔다. 밤하늘은 그대로인데 시간은 많은 걸 변하게끔 만들었다. 어쩌면 이도원은 과거보다 발전된 현재를 살고 있었지만 추억 속 한때가 그립기도 했다.

'이미 지나버린 시간들에 대한 애틋함.'

이도원은 대본으로 눈길을 돌렸다.

'대본 속 캐릭터가 떠올리는 건 애틋함이 아닌, 어린 시절의 끔찍한 기억들이다.'

대본 속에는 캐릭터의 과거가 나와 있지 않았다. 따라서 영화에는 나오지 않는 기억들을 창조하고, 점차 연기할 캐릭터가 되어가는 과정이 필요했다. 그래서 연기란 굉장히 위험하고 매력적인 예술이었다. 대부분의 예술이 간접적 표현을 표방하지만, 연기만큼은 직접 표현할 인물이 되어야 하는 것이다.

멍하니 앞을 보고 있던 이도원은 눈을 스윽 감고 뒤통수를 기대며 말했다.

"진빈아, 도착하면 깨워줘."

"넵."

이진빈의 대답을 귓가로 흘리며 이도원은 의식 속으로 빠져들었다. 쏟아지는 졸음을 끝까지 참다가 잠 속으로 확 빨려 들어가는 느낌과 흡사했다.

자신의 내면으로 들어간 이도원은 방 하나를 만들었다. 그리고 그 방을 상상들로 가득 채우기 시작했다. 대본 속 캐릭터의 과거를 그 당시 사용했던 사물의 생김새 하나하나까지 모두 떠올리는 작업이었다.

'억울함, 차별.'

모든 환경과 분위기를 형상화 한 이도원은 캐릭터의 과거에서 느껴지는 촉감, 색깔, 냄새 등을 고스란히 받아들였다.

'집에서 학대를 당하고 학교에서 차별을 받았다. 늘 마음속에는 불길이 치솟았지만 겉으로 표현하지 못했다. 스스로 약자가 아니란 사실을 깨달은 건 학대하던 아버지를 죽였을 때… 그렇게 청소년 시절부터 첫 감옥살이를 하고 나온다. 소년은 감옥 안에서도 특이한 생각들을 한다. 학대받고 차별당하는 약자가

아닌 강자로 살아남기 위해, 내재된 불만을 터뜨리기 위한 준비를 한다. 조용하고, 치밀하게.'

거기까지 생각한 이도원은 숨을 길게 뱉어냈다.

"후우우우우……."

"일어나보세요! 다 왔어요!"

어느새 현장에 도착했는지 이진빈이 부르고 있었다.

이도원은 고개를 끄덕이며 눈을 떴다.

"알겠다."

창문 밖, 스태프들이 촬영 준비를 하고 있었다.

오늘은 산속에 묻혀 있는 허름한 창고에서 진행되는 철야 촬영이었다. 영화의 첫 씬으로, 이도원 일당이 무기 밀거래를 한후 상대측 조직을 몰살한 현장에 김진우가 조사를 하러 나온 장면이다. 굳이 이도원까지 이번 촬영에 합류한 이유는 김진우가 현장을 살피며 짐작하는 상황에서 회상하듯 이도원의 범죄 행각이 등장하기 때문이었다.

현장 세팅이 끝나자 먼저 와 있던 김진우가 차에서 내렸다. 그는 나란히 서 있는 이도원과 유태일 감독에게 다가와서 물었다.

"다른 배우들은 아직 안 왔습니까?"

이 장면에선 정성우, 오준식, 심재빈이 함께 나온다. 그런데 두 사람이 가장 먼저 도착한 것이다. 그 사실이 못 마땅한지 김진우가 까칠하게 굴었다.

"촬영 순서가 현장에서 조절되는 경우가 얼마나 많은데… 백엔터 배우들은 준비성이 부족하군."

반면 이도원은 황당해서 웃음이 다 나왔다. 볼 때마다 시비를 트는 행동에 어찌 대처해야 할지 난감했다.

'일단은.'

그는 유태일 감독의 얼굴을 봐서 참기로 했다.

김진우는 시비를 걸려고 의도한 건 아니었는지, 대답을 기다리지 않고 말을 돌렸다.

"너무 걱정하지 않으셔도 됩니다. 예전의 제가 아니니까요."

유태일 감독의 표정을 읽은 김진우가 말했다. 그는 대본 리딩 때부터 지나친 자신감을 보이고 있었다.

그에 유태일 감독이 고개를 저으며 먼저 물었다.

"전처럼, 말 편히 해도 되겠나?"

"그러시죠."

양해를 구한 유태일 감독이 말을 이었다.

"내가 걱정하는 건 다른 배우들에게 악영향을 끼치진 않을까 하는 점이다. 네가 상승세를 기록하고 있다는 건 충분히 알고 있지만 자신감이 과하면 교만이 되는 법이야."

"충고는 명심하겠습니다. 저희 회사의 전폭적인 지원을 생각했더니 잠시 들떴나 봅니다. 협력관계의 제작사인 〈시네마천국〉 주관 하에 작업을 하게 되니, 뭐랄까… 집으로 돌아온 기분이랄까요?"

김진우는 소속 기획사 레드 엔터테인먼트와 이번 영화의 최대 투자사 시네마천국의 친분관계를 강조하며 자신이 미치는 권한을 과시했다. 그는 레드 엔터테인먼트가 자신을 버리는 카드로 낙점했다는 사실을 짐작도 못하고 있는 것이 분명했다.

'말을 해줘야 할 텐데.'

이도원과 유태일 감독은 두 사람만이 알고 있는 눈빛을 교환했다. 그들을 보며 김진우가 미간을 찌푸렸지만, 두 사람을 그저 친한 복식조로 여기며 따지지 않았다. 대신 불만스러운 생각을 했다.

'그나저나 이것들은 언제 오는 거야?'

그때 마침 공터 입구로부터 환한 불빛이 들어오며 밴 세 대와 팀 버스 한 대가 줄줄이 정차했다.

밴에서는 '이도원 일당' 역할의 백 엔터테인먼트 배우들이 내렸고, 팀 버스에선 이번 촬영에 참여할 보조 출연자들이 내렸다.

정성우, 오준식, 심재빈과 반가운 인사를 주고받는 이도원까지 두루두루 훑은 김진우는 자리를 뜨며 명백한 조소를 지었다.

그 모습을 본 오준식이 목소리를 낮추며 헛바람을 뿜었다.

"하, 저거는 언제 봐도 밥맛없네."

정성우가 피식 웃고는 그의 어깨를 두드렸다.

"신경 쓰지 말고 우리나 잘하자. 김진우가 성격은 저래도, 연기 하나는 잘하잖아. 후배라도 인정할 건 해야지."

"선배님은 군대 갔다 오신 후로 오히려 유해지셨네요. 입대하시기 전에는 군기 잡는 선배로 유명하셨는데."

오준식의 말을 들은 정성우는 얼굴이 화끈했다.

"창피하다, 창피해."

두 사람을 보며 빙그레 웃은 이도원은 조금 떨어져 조연출과 이야기 나누고 있는 유태일 감독에게로 시선을 돌렸다. 그곳에는 팀 버스부터 보조 출연자들을 인솔한 엑스트라 반장과 캐스팅 디렉터가 함께 있었다.

그중 캐스팅 디렉터가 이도원의 눈에 익었다.

'누구지?'

그 순간 캐스팅 디렉터와 눈이 딱 마주쳤다. 콧수염을 기르고 껌을 질겅질겅 씹던 그가 손을 흔들었다. 그 역시 이도원을 알고 있다는 증거였다.

"오랜만이네요? 이도원 배우."

목소리를 높이며 캐스팅 디렉터가 다가왔다.

"설마 날 잊은 건 아니죠? 나 정윤복이라고 합니다."

캐스팅 디렉터 정윤복이 명함을 내밀었다.

이도원은 명함을 받아서 살펴보았다. 차장이라는 직함으로 볼 때 현장 적응을 도와줘야 하는 주조연급 아역이라면 모를까, 다 큰 성인 보조 출연자들을 관리하기 위해 현장에 직접 나올 짬밥은 아니었다. 이도원이 그런 의구심을 느끼고 있을 때, 정윤복이 주변을 두리번거리며 말했다.

"하긴 너무 오래됐죠. 그때 봤을 땐 고등학생이었는데 이제는 훌륭한 배우가 됐습니다. 아무튼 축하합니다."

정윤복은 악수를 청했다.

이도원은 손을 맞잡은 순간 생각이 났다.

"아아. KAS 드라마 오디션 때 뵀었죠?"

〈악마의 심장〉으로 데뷔하기도 전이었다. 무려 고등학교 일학년 시절의 인연이었다. 그 당시에는 정윤복이 합격자를 내정한 후 오디션을 진행한데다 대본으로 장난질까지 쳐서 악연으로 느껴졌지만 이미 한참 지난 일일뿐이었다. 따라서 이도원은 반가운 얼굴로 말을 이었다.

"얼마 만인지 모르겠습니다."

정윤복은 고개를 끄덕이며 껌을 씹었다.

"그러게 말입니다. 어휴, 엄청나게 유명해지셨더라고요. 아직 국내에선 캐스팅 디렉터라는 직업이 생소하고, 주연급 배우는 모조리 감독님 손으로 섭외하시니 그동안 만날 일이 없었죠. 도원 씨는 지금껏 계속 주연만 해왔잖습니까?"

이도원은 손사래를 치며 대답했다.

"운이 좋았습니다. 그나저나 지금 계신 곳은 학원 겸 에이전시네요?"

그가 명함을 보며 묻자 정윤복이 설명해 주었다.

"중요한 역할은 외부에서 섭외를 하고, 단역이나 보출(보조 출연)은 학원생들 위주로 섭외를 하고 있습니다."

이도원은 다시 한 번 의구심이 들었다. 엑스트라 전문 기획사도 아닌 학원 겸 에이전시 소속 디렉터 차장이 보조 출연자들을 우르르 끌고 현장에 직접 납시다니.

'냄새가 나는데.'

이도원은 꺼림칙했지만 말을 아꼈다.

두 사람이 인사를 나누는 동안 유태일 감독은 김진우에게 콘티를 설명했다. 계획대로 첫 장면은 김진우 먼저 촬영하기로 잡힌 것이다.

"한번 잘해봅시다. 자! 배우 위치하고, 스태프들 카메라 롤, 카메라 따라갑니다."

카메라를 든 스태프가 고개를 끄덕이며 김진우에게 붙었다. 김진우가 심호흡을 마치자 유태일 감독이 확성기를 대고 외쳤다.

"첫 촬영 레디, 액션!"

영화 첫 씬의 원 테이크였다.

촬영이 시작되자 김진우는 생각해 둔 동선대로 움직였다. 아니, 완벽한 형사 '강철'로 분해 본능에 이끌려 움직이고 있다는 쪽이 맞았다. 그는 예리한 눈빛으로 주위를 훑으며 건물 안쪽을 살폈다.

시체처럼 분장을 한 보조 출연자들이 쓰러져 있고, 경찰 유니폼을 입은 보조 출연자들이 살해 현장을 통제하고 있었기 때문에 현장은 시끌벅적했다. 김진우는 제한 선을 걷고 안으로 들어가서 말했다.

"하, 이 새끼들… 총기 거래도 모자라서 살인? 감식반, 뭐 나온 거 있냐?"

현장감식반 소속 과학수사요원 역할의 단역이 고개를 흔들었다.

"말짱 꽝입니다. 이놈들, 프로예요."

김진우는 이쑤시개를 물고 침 새는 소리를 내며 안쪽을 둘러보았다. 곳곳을 살피던 그는 장갑을 벗으며 피식 웃었다.

"혈흔은 물론 지문, 머리카락 한 올도 남기지 않았다? 거기다 경찰이 도착하기 전에 싹 처리하고 떴어. 이쪽 프로세스를 정확히 알고 있는 놈들이란 뜻이야."

"무기 밀거래 장소라 감시 카메라도 없고 심지어 차를 타고 온 것 같지도 않아요. 뭐 하나 단서가 없습니다. 수법이 너무 깔끔해요."

"하늘로 솟았든 땅으로 꺼졌든 잡을 수 있다."

김진우가 움직이는 대로 감식반 단역과 스태프들이 따라붙었다. 또한 김진우는 멈추지 않고 현장을 살피며 적절한 대사를 쳤다. 대부분이 애드리브였으며, 캐릭터를 자연스럽게 살려주었다.

'자신할 만하네.'

이도원은 깔끔하게 실력을 인정했다. 반면 한 가지 의문을 품고 있었다. 그는 유태일 감독에게로 가서 속삭였다.

"뭔가가 이상하지 않아요?"

"컷!"

마찬가지로 이상한 기색을 느끼고 컷을 외친 유태일 감독이 모른 척 되물었다.

"무슨 소리냐?"

이도원은 현장을 빤히 응시하며 청산유수처럼 줄줄이 말했다.

"시체는 얼굴을 씰룩였습니다. 감식반은 제자리에서 손장난만 치고 있죠. 심지어 감식반 사진기 플래시도 우리 카메라 구도를 생각 안 하고 터뜨렸어요. 이것뿐이면 적응이 안 됐구나 하겠는데 카메라를 봅니다. 카메라가 움직일 때 조명 뒤로 몸을 피하면 되는데 다들 화면에 걸리지 않도록 도망 다니기 바쁘죠."

배우가 카메라를 보는 순간 관객도 의식하게 된다. 또한 조명 뒤에 서면 절대 화면에 잡히는 일이 없다. 이는 촬영 초짜들도 알고 있는 사실이었다. 짧은 순간, 현장의 연기자 한 명 한 명을 모두 아우른 이도원이 유태일 감독을 보며 확신했다.

"저 사람들. 연기자 아닙니다."

"뭐?"

유태일 감독은 인상을 찌푸렸다. 그 역시 방금 촬영이 어색하다고 느꼈지만, 연기자 하나하나의 문제점을 파고들진 않았다. 그저 모니터를 통해 현장을 관망하며 김진우의 연기에만 집중하고 있었다.

생각지도 못한 말에 유태일 감독이 다시 물었다.

"그게 무슨 소리냐?"

"현장 경험이 아예 없는 사람들입니다. 그런데 방송 연기학원 성인반 전원이 현장 경험이 없다는 건 앞뒤가 안 맞아요."

이도원의 대답을 들은 유태일 감독은 짐작 가는 바가 있는지 조연출에게 말했다.

"캐스팅 디렉터 데려와."

어조 속에 매서운 분노가 내재돼 있었다. 그는 어떤 때보다 화를 내고 있었다.

조연출은 그 모습을 보며 고개를 절레절레 저었다. 대학 후배였던 조연출은 유태일 감독이 화난 것을 한두 번 본 경험이 있는 것이다.

'한바탕 뒤집히겠구먼.'

스태프들에게 전달해 촬영을 중단시킨 조연출이 캐스팅 디렉터 정윤복을 데려왔다.

정윤복은 뻔뻔한 표정으로 물었다.

"무슨 일입니까?"

유태일 감독이 그를 빤히 보며 되물었다.

"그쪽 에이전시에 정식으로 항의하기 전에 묻겠습니다. 차장님이 직접 말해보십시오. 섭외한 단역과 보조 출연자들 모두 연기자가 맞습니까? 전 현장 경험이 있고, 연기되는 친구들로 부탁드렸는데요."

"아닙니다."

정윤복은 입꼬리를 올리며 대답했다.

"그렇다고 실수도 아닙니다. 어떤 분의 부탁을 좀 받았거든요. 일단 두 분이 통화를 좀 해보시죠."

그는 어딘가로 전화를 걸어 유태일 감독을 바꾸어주었다. 그에 유태일 감독은 노기를 드러내면서도 전화를 받았다.

"누구십니까?"

묻자, 수화기 뒤편에서 익숙한 목소리가 들려왔다.

─오랜만입니다, 유 감독님. 나 레드 엔터의 이로빈입니다.

"지금 이게 무슨 짓입니까?"

유태일 감독은 현장에서 처음 흥분한 모습을 보였다.

항상 평정심을 유지하는 모습만 봐왔던 이도원은 깜짝 놀랐다.

'살벌하네.'

휴대폰을 귀에서 뗀 유태일 감독이 모두 들으라는 듯 스피커폰으로 전환한 뒤 올려두었다. 이내 이로빈의 목소리가 이어졌다.

─…그래서 유 감독이 협조해 줬으면 합니다.

"잘 못 들어서 그런데, 촬영을 훼방 놓으면서까지 원하는 게 뭡니까?"

─훼방으로 생각했다니 유감입니다.

이로빈이 능글맞게 대답했다.

―그저 돕고 싶은 마음에 인력 지원을 해드린 것이지요. 그래도 성의가 있는데 기쁘게 받아주십시오. 제가 원하는 건 잘 알고 계시지 않습니까?

김진우는 현장에서 돌아와 상황 파악을 하는 중이었다.

마침내 이로빈의 입에서 나오면 안 될 말들이 나왔다.

―투자 계약서 상에는 이런 조항이 있습니다. 손익분기점을 넘지 못할 시 소정의 책임을 진다. 에… 고로, 막대한 금액을 투자한 투자사들이 큰 손해를 봤을 때 유 감독님이 일부분 책임을 져야 한다는 뜻이지요. 그러니 영화의 흥행을 위해서 김진우와 이도원을 모두 현장에서 빼주시기 바랍니다. 그럼 '시네마천국' 측에서 두 배우만큼 티켓 파워를 가진 배우들을 섭외해드릴 겁니다. 섭외비용 역시, 저희 레드 엔터테인먼트 쪽에서 책임질 거고요.

말이 끝났을 때 김진우의 표정은 참혹하게 일그러져 있었다. 그를 보며 이도원은 고개를 저었다. 한순간에 철석같이 믿었던 기획사로부터 팽 당했으니 충격이 클 터였다.

한편 유태일 감독은 크게 웃음을 터뜨렸다. 한참을 껄껄 웃은 그는 웃음을 뚝 그치더니 서늘한 목소리로 대답했다.

"대표님. 내가 어려서부터 가장 싫어하는 게 뭔 줄 압니까? 바로 참견입니다. 특히 내가 작업할 때 참견을 하면 가족도 못 알아봐요. 근데 지금 당신은 나한테 배우를 빼라 넣어라, 아주 엿

같은 참견을 하고 있어. 당신이 연출이야?"

이번에는 이도원이 충격을 받았다. 수 년 동안 몇 작품을 함께하면서도 본 적 없는 모습이었기 때문이다. 그뿐 아니라 이로빈 역시 당황했는지 대답하지 못하고 있었다.

반면 이미 대학시절부터 함께 작업을 해왔던 유태일 감독 팀 스태프들은 별다른 반응을 보이지 않고 제각기 자리로 돌아가 촬영 장비를 옮기고 현장을 세팅했다.

그때 나직이 한숨을 내쉰 유태일 감독이 말을 이었다.

"내 영화에 장난질하지 마십시오, 대표님. 책임을 지든 말든 그건 내 일이니까 이래라저래라 하지 말란 말입니다. 그럼 끊습니다."

유태일 감독은 전화를 끊고 이도원을 보며 손을 내저었다.

"진우 데려가서 십 분 휴식하고 와."

"네."

이도원은 착실하게 지시를 따랐다.

김진우 또한 거부하지 않고 순순히 이도원과 자리를 피했다. 그는 표정관리를 하려 했지만 곳곳이 어색하고 떨리는 것이, 충격을 받고 혼란스러운 머릿속이 고스란히 보였다.

"시발 새끼."

불쑥, 김진우가 입을 열었다.

"내가 당하고만 있을까 봐?"

혼잣말을 들은 이도원이 벽에 기대며 물었다.

"생각 있나?"

"친한 척하지 마라."

김진우가 까칠하게 말했다.

이도원은 고개를 저으며 옆에 나란히 앉았다.

"네가 쓰레기처럼 버려진 건 관심 없다. 내가 묻는 건 지금 상황에서 촬영할 방법이 있냐는 거야."

그는 현장을 뚫어져라 보며 물었다.

확실히 이대로라면 촬영이 힘들 수밖에 없었다. 보조 출연자 하나하나가 눈에 띄지 않을지 몰라도, 그들은 그림의 배경처럼 전체적인 흐름에 영향을 끼치는 중요한 존재들이었다. 하지만 이도원의 생각과는 달리, 김진우는 그 부분에 대해 심각하게 여기지 않았다.

"어차피 다 병풍들이다. 너랑 나만 연기를 잘하면 돼."

이도원이 고개를 돌려 김진우를 빤히 보았다. 그리고 서늘한 음성으로 말했다.

"네 무식함에 감탄이 절로 나온다. 처음 현장에 나온 애송이도 아닌데 어떻게 그런 생각을 할 수 있는지 모르겠군."

그 언사에 모욕감을 느낀 김진우가 이도원의 멱살을 잡아당겼다.

"비꼬지 마라. 네가 나한테 그런 말을 할 자격이 있다고 생각해?"

이도원은 눈 하나 깜짝이지 않고 대답했다.

"똑똑히 들어. 그들에게도, 너에게도 똑같이 단 하나의 배역만 주어진다. 너 혼자 영화에 등장하는 모든 역할을 다 할 수는 없지. 영화는 일인 극이 아니야. 같은 공간 안의 사람들조차 이해하지 못한다면 넌 삼류일 뿐이다."

김진우의 손을 가볍게 풀어내며 이도원이 덧붙였다.

"나랑 싸울 힘으로 연기를 해라. 네가 충성한 레드 엔터가 널 버리지 못하도록."

그는 일어나서 멀어졌다.

뒷모습을 보며 김진우는 입술을 깨물었다.

'그래, 넌 연기만 해서 그 자리에 올랐지. 운이 따라줘서 탄탄대로를 걷는 넌 이해 못해. 배우로 가는 길이 얼마나 가시밭길인지… 노력만 해서 닿을 수 있는 목표가 아니라는 걸 몰라. 배우로서 성공하려는 그 몸부림을!'

이도원은 유태일 감독에게 다가가는 도중 하늘을 올려다보았다. 그는 김진우 같은 이들을 잘 알고 있었다.

그들은 끝까지 노력해 볼 용기나 끈기가 부족해 자꾸만 편법을 찾고, 결국 세상이 날 벼랑 끝으로 몰았다고 말한다. 피해 의식에 빠져 비관하고 후회한다.

하지만 이도원은 알고 있었다. 그런 이들이야말로 자신을 사랑하고, 자신을 믿고, 굳건한 마음을 가진다면 목표를 이룰 수 있는 위대한 능력을 가졌다는 것을. 그런 짐작을 확신할 수 있는 이유는 단 하나였다.

'한때 나도 김진우와 같았으니까.'

이도원은 걸음을 멈추고 눈을 감았다.

사고를 당하기 전 방송국을 제집처럼 들락거리던 때가 떠올랐다. 그는 연기력을 기르기보다 연줄을 만들거나 관계자들의 눈에 들려고 애를 썼다. 조급한 마음에 성공을 위해서라면 모든일을 할 수 있다고 믿었다. 그런 집착을 버릴 수 있었던 것은 사고가 난 후였다.

'모든 걸 잃고 나서야 연기하는 행위 자체의 행복을 되찾을 수가 있었다.'

소리를 잃고 나서 인기나 출세에 대한 과욕을 내려놓은 후 이도원은 진정한 연기를 했다. 끊임없이 탐구하고 훈련하며 스스로를 갈고닦았다. 그리고 20년 전으로 타임 슬립 한 뒤에도 그런 마음가짐은 달라지지 않았다. 그게 옳고, 잘하고 있다고 스스로 판단하는 척도는 재력이나 인기 따위가 아니었다.

바로 지금 현재 행복하기 때문이었다.

"감독님."

이도원은 심각한 표정으로 고민에 빠진 유태일 감독을 향해 말했다.

"이대로 촬영 진행하시죠. 어차피 지금 시간에 새로 보조 출연자들을 부를 수는 없잖아요."

어느새 밤 열두 시가 넘어가고 있었다.

손목시계를 확인한 유태일 감독이 시선을 들어 이도원을 빤히 보았다.

"작정한 훼방꾼들을 데리고 촬영을 하자고?"

"예."

고개를 끄덕인 이도원이 대답했다.

"지금 상황을 믿게 만들면 됩니다."

"상황 자체를 믿게 만든다?"

"놀이기구를 탈 때 우리는 안전장치를 합니다. 떨어지거나 다치지 않을 걸 알고 있죠. 또 공포영화를 보거나 공포 체험을 할 때에도 처음부터 진짜가 아니란 걸 알고 있죠."

"그런데?"

"근데 분위기에 지배되잖아요. 머릿속은 탈색되고 마음이 이끄는 대로 행동하고 표정 짓지 않습니까?"

이도원의 말을 들은 유태일 감독은 미간을 좁히며 물었다.

"그게 가능하다고?"

그런 현상은 듣도 보도 못 했다. 연기로 상대의 감정을 끌어내고 영향을 줄 수는 있었지만 거기까지였다. 배우의 연기보다 카메라와 조명, 스태프들이 만드는 분위기가 자리 잡고 있는 것이다.

"여긴 촬영장이다. 완성된 영화도 아니고, 연극이나 뮤지컬도 아니야. 돈을 받고 불협화음을 내기로 작정하고 온 사람들의 마음을 어떻게 돌린단 말이냐?"

이도원은 빙그레 미소 지었다.

"연기는 공간 안의 모든 사물과 호흡하는 겁니다. 감독님께서는 불필요한 스태프들은 최대한 물려주시고, 가능한 한 분위기 조성을 해주십시오. 나머지는 제가 어떻게든 해보겠습니다."

유태일 감독은 고개를 저었지만 굳이 반대하지 않았다. 딱히 다른 묘수도 없었기 때문이다. 보조 출연자들과 단역들에게 추가 수당을 지불해야 한다는 것 빼고는 밑져야 본전이었다.

"좋다. 네가 바라는 대로 해보자."

이도원은 고개를 끄덕이고 촬영 준비가 이루어지는 동안 명상을 하는 시간을 가졌다. 이미 '가짜'라는 것을 알고 있는 현장의 모든 이들을 속여야만 했다. 감정적으로 '진짜'라고 믿게 만들어야만 했다. 따라서 이도원은 다른 곳으로 눈 돌리거나 고민할 새도 없이 어떤 연기를 보일 것인지 집중했다.

'특별히 동선을 짜거나 계획하지 않는다. 준비는 항상 부족하게 느껴지는 법이야. 지금 내가 느끼는 불안감과 떨림을 에너지로 바꿔서 지금까지 해왔던 모든 것들을 쏟아붓는다.'

이도원이 눈을 번쩍 떴다.

현장에는 환한 조명이 들어와 있었다. 스태프가 조명 위에 투명한 종이를 덧대며 빛의 양을 조절했다. 카메라감독은 이도원을 찍을 구도를 유태일 감독과 상의하고 있었고, 음향감독은 붐 오퍼레이터를 통해 장비를 체크하고 있었다.

정성우, 오준식, 심재빈은 현 상황을 관망하며 반대쪽에서 커피를 마시고 있었다. 그들 모두 이도원과 함께 현장에 투입할 배우들이었다.

이도원이 천천히 일어나 다가가자 눈치를 보고 있던 정성우가 물었다.

"왜 다들 그리 심각해?"

이도원은 상황을 설명할까 하다가 그만뒀다. 부담만 가중시킬 뿐, 알든 모르든 달라질 건 없기 때문이었다. 생각을 정리하고 호흡을 내쉰 이도원이 빙긋 웃으며 얼굴색을 바꾸고 대답했다.

"별일 아닙니다. 단역과 보조 출연자의 현장 경험이 부족해서 우리는 제 몫을 해야 될 것 같습니다. 유 감독님이 믿고 선택하신 배우가 우리니까, 실력만큼만 해내면 성공적인 촬영이 될 거라고 생각해요."

다들 고개를 끄덕이며 결연한 얼굴을 했다.

그때 조연출의 지시가 들려왔다.

"촬영 시작하겠습니다. 배우들 위치해 주세요!"

『 연기의 신 』 6권에 계속…

초대형 24시 만화방

신간 100%, 샤워실, 흡연실, 수면실(침대석), 커플석, 세탁기 완비

▪ 강북 노원역점 ▪

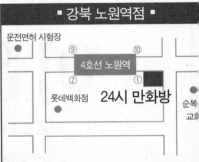

서울 노원구 상계동 340-6 노원역 1번 출구 앞 3층
02) 951-8324 (화용빌딩 3층)

▪ 일산 정발산역점 ▪

경찰서 ● 　　　정발산역 ●
제2 공영주차장 ●　　롯데백화점 ●

24시 만화방

E	C	A
	라페스타	
F	D	B

라페스타 E동 건너편 먹자골목 내 객잔건물 5층
031) 914-1957

▪ 일산 화정역점 ▪

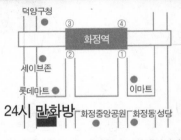

경기도 고양시 덕양구 화정동 984번지 서일빌딩 7
031) 979-4874 (서일사우나 건물 7층)

▪ 부천 역곡역점 ▪

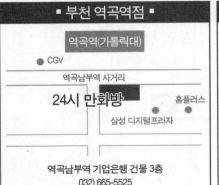

역곡남부역 기업은행 건물 3층
032) 665-5525

▪ 부평역점 ▪

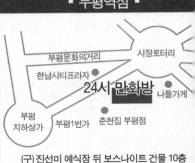

(구) 진선미 예식장 뒤 보스나이트 건물 10층
032) 522-2871